KB009113

wear the
rubynecklace

루비목걸이를
걸다

루비 목걸이를 걸다 1

초판 1쇄 인쇄 2017년 5월 17일
초판 1쇄 발행 2017년 5월 24일

지은이 강규원
발행인 오영배
기획 박성인
책임편집 김수현
디자인 권지연
제작 조하늬

펴낸곳 (주)삼양출판사 · 로즈벨벳
주소 서울시 강북구 도봉로 173
대표 전화 02-980-2112 **팩스** / 02-983-0660
편집부 전화 02-980-2116 **팩스** / 02-983-8201
블로그 blog.naver.com/dan_gul
출판등록 1999년 3월 11일 제9-00046호

ISBN 979-11-283-9190-3 (04810) / 979-11-283-9189-7 (세트)

+ (주)삼양출판사 · 로즈벨벳의 서면 허락 없이는 어떠한 형태나 수단으로도 이 책의 내용을 이용하지 못합니다.
+ 지은이와 협의하에 인지는 생략합니다. 잘못된 책은 구입한 곳에서 바꾸어 드립니다.
+ 이 도서의 국립중앙도서관 출판시도서목록(CIP)은 서지정보유통지원시스템홈페이지(http://seoji.nl.go.kr)와
   국가자료공동목록시스템(http://www.nl.go.kr/kolisnet)에서 이용하실 수 있습니다. (CIP제어번호: 2017010940)

 은 (주)삼양출판사의 성인 로맨스 문학 브랜드입니다.

wear the ruby necklace

루비 목걸이를 걸다

1

강규원 장편소설

ROSE velvet

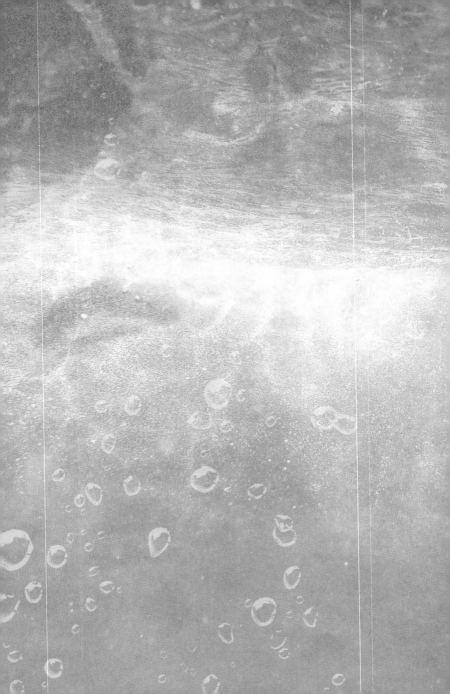

| 차 례 |

프롤로그

맑은 밤하늘에 별빛이 가득했다. 태양이 저물고 뜨거운 열기가 식자 눅눅하지만 미지근한 공기만이 남았다. 바다에서 불어오는 비릿한 바람 사이로 폭죽에 쓰인 화약 냄새가 매캐하게 섞였다. 끊임없이 이어지는 파도 소리가 자장가처럼 마음을 달랬다.

어둠이 내려앉은 백사장은 텅 비어 있었다. 바캉스 시즌이나 다름없는 시기에 플로리다 해변이 비다니 신기한 일이었다. 고요한 정적만이 커다란 바위 근처에 머물렀다. 꼭 의자처럼 바위는 높이가 낮고 평평했다.

그 바위 위에 단둘만이 앉아 있었다. 서로의 손을 각지껴서 잡고 나란히 앉아 있는 남녀는 하염없이 바다만 바라보고 있었다. 두 사람을 감싸고 있는 분위기는 여름 해변에 걸맞지 않게 무거웠다.

그는 지나가면서 본 주얼리 브랜드에서 그녀를 위한 생일 선물을 샀다. 매장 직원은 이 목걸이에 담긴 의미를 한참 동안 설명했었다. 직원은 이 펜던트의 붉은 루비는 정열적인 사랑을, 루비를 감싸고 있는 다이아몬드는 영원한 사랑을 의미한다며 연인에게 좋은 선물이 될 거라고 추천했었다.

루비 목걸이는 본의 아니게 이별 선물이 되고 말았지만.

"7월, 네 생일에 내가 옆에 있지 못할 테니까. 미리 주는 거야."

그녀가 말없이 목걸이 펜던트를 만지작거렸다. 어두워서 색깔이 잘 보이지는 않았지만 붉은 계통의 동그란 보석과 그 주변에 투명하게 반짝거리는 보석이 섬세하게 세공되어 있었다.

"7월 탄생석이 루비라면서?"

"진짜?"

몰랐다는 투로 되묻은 그녀가 멋쩍게 웃어 보였다.

"이쪽 건 뭐야? 다이아몬드?"

"응."

예상치 못한 고가의 생일 선물을 받게 되어 그녀는 당황스러웠다.

"받, 받아도 되는 거야?"

내일이면 헤어질 인연에게 과한 선물이 아닌가 싶어서 그녀가 걱정스럽게 중얼거릴 때였다.

"이번에는 보내 줄게."

그녀가 멈칫했다. 이별을 말하는 그를 그녀가 딱딱하게 굳은 표정으로 바라보았다. 그는 그녀의 시선을 모르는 척, 상자에서 목걸이를 꺼내 들었다.

"결혼할 사람이, 예순이라고 했지?"

"완전 생각도 하고 싶지 않아."

그의 말을 듣자마자 그녀가 미간을 찌푸렸다. 사랑하는 남자와 헤어지고 나서 그녀는 늙은 남자에게 팔려 가듯 결혼을 해야 할 운명이었다. 암담한 미래는 생각도 하고 싶지 않다는 듯 그녀가 고집스럽게 입을 다물었다.

"20년?"

"응?"

"20년 정도면 다 늙어 빠지겠지, 그 노인네도."

도저히 이해할 수 없는 그의 말에 그녀가 고개를 갸웃거렸다. 그는 목걸이 고리를 풀면서 말을 이었다.

"네가 스물아홉이지?"

"응."

"좋아, 그럼 자릿수 딱 맞춰서 21년."

그녀가 의미를 알 수 없는 소리에 입술을 삐죽였다.

"무슨 소리야?"

"21년 뒤에도 나를 사랑한다면······."

잠깐 말을 멈춘 그가 연인의 목에 목걸이를 걸어 주었다. 펜던트가 닿는 생소한 느낌에 그녀가 시선을 슬쩍 내렸다. 쇄골 밑에서 동그란 보석이 반짝거렸다. 그가 그녀의 머리카락을 정리해 주고 나서 말했다.

"이 목걸이를 걸고 나와. 6월 한 달. 매일 이곳에 있을 테니까."

그녀의 눈동자가 세차게 흔들렸다.

1장
여기서 만난 것도 인연이니까?

올해 스물아홉, 윤지원은 엄마로부터 황당한 소리를 듣고 있었다.

"결혼해라."

"뭐?"

마시고 있던 녹즙을 주르륵 뱉을 뻔한 지원은 고개를 갸웃거렸다.

"엄마, 지금 나보고 결혼하라고 했어요?"

"그래."

"농담하는 거죠?"

지원이 기가 막힌 듯 웃으면서 눈살을 찌푸렸다. 그럴 만도 했다. 학부 때부터 만났던 남자에게 천박하게 돈을 내밀면서 헤어지라 말한 사람이 바로 자신의 엄마였다. 5년을 넘게 연애했던 남자는 엄마로부터 3천만 원을 받고 지원에게 이별을 선고한 뒤 자취를 감추었다.

그날 이후, 윤지원은 결혼이고 나발이고 관심 없는 일종의 건어물이 되어 버렸다. 그런데 정작 자신을 이렇게 만든 엄마가 결혼을 입에 올렸다.

"농담 아니다."

"웃겨! 엄마가 그런 소릴 어떻게 해, 나한테?"

윤지원은 결혼까지 생각했던 박민철하고 헤어진 뒤로 회사까지 그만두었다. 아무것도 하고 싶지 않았다. 온 힘을 다해 사랑했던 사람한테 차인 것과 그 이별의 원인인 엄마 탓에 무기력해졌다. 최선을 다해 봤자 이렇게 외부적인 일에 휘둘리면서 살아갈 텐데, 노력하는 게 다 부질없어졌다.

"상대가 누군지나 알아?"

엄마는 딸의 비난을 치기 어린 반항 정도로만 취급했다.

"은찬 자동차 사장님이야."

은찬 자동차 사장이든, 나발이든 간에 결혼하고 싶은 생각은 하나도 없었다. 딸의 표정이 변하지 않자, 엄마의 말이 줄줄 이어졌다.

"너 같이 백수에 성격 나쁜 애한테 이게 얼마나 좋은 자리인 줄 알아?"

"엄마는 엄마 딸을 그렇게 욕하고 싶어?"

욱하는 마음에 지원이 버럭 대꾸했다. 물론 엄마는 쉽게 넘어가지 않았다.

"욕이라니? 사실 아니야? 네가 언제부터 놀았는지 알아? 성깔은 또 얼마나 더러운지…… 지금도 엄마한테 바락바락 대들고 있잖아? 스물아홉이나 먹어서는."

정곡을 찔린 지원의 얼굴이 파삭 구겨졌다.

"네가 뭐라 하든, 엄마는 이미 벌써 마음 정했어. 이게 얼마나 좋은 자린데? 그리고 아빠 회사에도 이게 좋아. 너랑 결혼하는 조건으로 은찬에서 이번에 무슨 오토 어쩌고 하는 신기술 개발에 투자해 준다고 그랬어."

지원은 충격을 받았다. 아버지마저 자신을 결혼 시장에 팔아 넘길 줄 몰랐다. 막내딸이라면 끔찍하게 여기던 아버지가, 투자를 조건으로 막내딸을 팔아먹다니!

'오토 어쩌고 하는 기술'은 지원이 알 바 아니었다. 그런 신기술을 개발하지 않아도 아버지 회사는 안정적이었으니까.

"……그러니까 엄마랑 아빠 모두 다 날 팔아먹겠다는 거죠?"

"얘, 말은 똑바로 해. 이게 얼마나 너한테 이득인데?"

"대체 어디가 이득이야? 관심도 없는데!"

민철과 억지로 헤어진 이후로 지원은 순순히 결혼해 줄 생각이 없었다. 부모가 쉽게 그녀의 인생을 쥐고 흔들도록 내버려 두고 싶지 않았다. 무기력해진 가운데 그 생각만이 그녀를 지탱하는 기둥이었다.

"29년 동안 엄마 아빠한테 의지하고 살았으면 이제 밥값은 해. 알았어?"

이제는 '부모님 은혜' 공격이다. 지원은 '하!' 하고 기가 막힌 웃음을 뱉었다. 엄마는 더 이상 지원과 대화해 봤자 소득이 없다는 듯 고개를 절레절레 저으며 나가 버렸다.

"미쳤어? 미친 거야? 결혼이라고?"

지원은 긴 머리를 쥐어뜯고 나서 휴대폰을 켰다. 일단 포털 사이트로 들어간 그녀는 도대체 은찬 자동차 사장이 어떤 놈팡이인지 검색부터 시작했다. 그리고 윤지원은 할 말을 잃고 말았다.

"아…… 저씨 잖아?"

젊었을 적에는 미남이었을 법한 인상 좋은 아저씨 사진이 나왔다. 손주환. 기업인. 그리고…… 60세. 내년 환갑.

내년에 환갑!

"미친 거 아냐?"

그러니까 '손주환(60)'이 '윤지원(29)'하고 결혼하겠단다. 아무리 요즘 나이 차 많은 커플이 유행이라지만 31년 차이는…… 너무 심했다. 지원은 울고 싶어졌다. 아무리 막내딸이 안하무인이라 해도 그렇지, 어떻게 부모가 되어 가지고 이런 아저씨한테 젊은 딸을 팔아넘길 생각을 할 수가 있지?

지원의 얼굴이 새파랗게 질렸다. 이러고 있다가는 내년 환갑인 아저씨한테 팔려 가게 생겼다. 가만히 있을 수가 없었다.

'일단, 일단…… 튀자.'

벌떡 일어난 윤지원은 화장대 서랍을 뒤져서 여권을 찾아냈다. 휴대폰으로 통장 잔고를 보니 천오백만 원가량이 남아 있었다. 도서관에서 쥐꼬리만 한 월급을 받으면서 일을 했는데, 아버지 카드로 살았던 터라 그나마 월급 얼마 정도를 저축해 둔 게 다행이었다.

지원은 망설임 없이 짐을 싸기 시작했다. 붙박이장을 열어서 캐리어를 꺼낸 그녀는 일단 보이는 대로 옷을 집어넣었다. 얼마나 도망 다녀야 할지 모르니까 그녀는 얇은 여름옷을 여러 벌 챙겼다.

"화장품……."

도망자 주제에 화려하게 화장하고 다닐 필요는 없었다. 선크림과 가벼운 질감의 립스틱, 혹시 모르니 마스카라, 몇 가지 화장품을 더 챙긴 그녀는 선글라스를 손에 쥐었다.

무기력한 것이 언제였냐는 듯 지원은 순식간에 짐을 챙기고 항공권을 알아보기 시작했다. 얇은 옷만 챙겼으니 추운 곳으로는 가지 말자. 그나마 영어가 익숙하니까 영어권 국가가 좋을 것이다. 지원은 바로 미국행을 결정했다.

"캘리포니아는 한국 사람이 너무 많아. 안 돼."

……해서 목적지는 텍사스를 지나 플로리다로 결정되었다. 그녀는 여차하면 국경이라도 넘어 버리겠다는 의지를 다졌다.

"경유는 두 번만 하자."

피곤하니까.

윤지원은 그 와중에도 제 몸은 끔찍하게 생각했다.

안타깝게도 지금은 저녁이었고, 당연히 비행기는 없었다. 제일 빠른 비행기는 내일 새벽 나리타를 경유해서 애틀랜타에 도착하는 건데 플로리다로 들어가려니 거기서 또 비행을 해야 했다. 지원의 안색이 나빠졌다.

윤지원은 멀미가 심했다. 비행시간만 근 하루에 다다르는 여행은 하고 싶지 않았…… 으나 해야만 했다. 내년 환갑인 아저씨한테 팔려 가기에 스물아홉은 너무 어렸다.

플로리다에 아무리 한국인이 적다지만, 그래도 사람들이 많이 찾는 관광지는 위험하다. 윤지원은 말리부 해변가로 가는 어리석은 선택은 하지 않았다.

"델타를 타면 싸군."

지원은 바로 내일 자 항공권을 결제했다. 잔고는 천사백만 원이 되었다. 혹시 엄마가 다시 들어올까 봐 그녀는 문을 살피면서 조심조심 캐리어를 도로 붙박이장 안에 넣었다.

이따 새벽에 조용히 튀어야겠다. 지원은 마른침을 삼켰다.

*   *   *

적도에 가까운 곳이라 아직 본격적인 여름은 아니지만 플로리다는 죽을 것처럼 더웠다. 그래서 다들 그렇게 바다에 뛰어들지 못해 안달인가 보다.

평화로운 해변. 거기서 윤지원은 추격을 당하고 있었다. 언제부터인가 인적이 드물어진 해변, 장식용으로 박아 넣은 큰 바위 뒤에 숨은 지원은 숨을 몰아쉬었다.

빌어먹을. 부모님을 너무 얕봤다. 그나마 윤지원이 미성년자거나 범죄자는 아닌 터라 공권력 사용은 불가능해서 다행이었다. 슬쩍 고개를 내밀어 바깥 상황을 살핀 지원이 한숨을 내쉬었다. 다행히도 '윤지원 씨!' 하면서 자신을 쫓아오던 사람들은 보이지 않았다.

"어휴, 미치겠네."

까딱했다가는 잡혀서 불명예스럽게 귀환할 뻔했다. 도대체 부모님은 자신의 행선지를 어떻게 안 걸까? 아버지 카드는 전혀 쓰지 않았는데 말이다.

"더워 죽겠다."

지원이 끙끙 앓는 소리를 냈다. 비행 후의 멀미도 멀미지만, 이 더위에 캐리어까지 이고 전속력으로 뛰었으니 살아 있는 게 용했다.

철썩, 파도치는 소리 외에 아무 소리도 들리지 않는 고요한 해변이었다. 조심조심 바위 뒤에서 나온 지원은 주변을 둘러보았다. 그렇게 많던 사람들이 하나도 보이지 않았다. 스르르 밀려오는 파도와 파도에 이끌려 해변으로 나온 해초만 눈에 띄었다.

"여긴 어디지……."

해외다 보니 휴대폰은 이미 끊겨 있었다. 로밍 서비스 같은 건

신청할 생각도 들지 않았다. 혹시 휴대폰을 켰다가 추적이라도 당할까 싶어서였다.

아무리 둘러보아도 보이는 건 길게 펼쳐진 해변. 그리고 끝없는 바다뿐. 하늘은 맑고 태양은 쨍쨍하고 여긴 어딘지 모르겠고, 지나가는 사람도 없었다.

"어딘지 모르겠다."

불안함을 없애기 위해 그녀가 일부러 소리 내어 중얼거렸다. 그때 그녀의 뒤로 그림자가 졌다. 지원의 고개가 스르르 돌아갔다.

사람이 있다! 키가 훌쩍 크고 몸이 탄탄한 동양인 남자였다. 몸이 탄탄한 건, 그가 상의를 탈의하고 있어서 자연스럽게 알 수 있던 거다.

지원이 환하게 웃으면서 선글라스를 벗었다. 뭐라 말할 수 없이 그가 반가웠다.

"저기요."

서양인이었다면 아마 영어로 말을 걸었을 테지만, 동양인이라 그녀는 저도 모르게 한국말이 튀어나왔다. 그가 미간을 찌푸리자 그제야 지원은 자신이 한국말을 했구나, 하고 깨달았다. 그런데 웬걸.

"여기 어떻게 들어왔어요?"

남자는 유창하게 한국어를 구사했다! 지원은 이 세상의 모든 신들에게 감사했다. 말까지 잘 통할 동포라니, 기적도 이런 기적은 없었다.

"한국분이세요?"

반가워하는 그녀를 그가 무심하게 내려다보다가 고개를 끄덕였다. 그녀의 얼굴에 다시금 화색이 돌았다.

"아, 정말 다행이다! 저기, 죄송한데 여기 어디예요?"

"네?"

남자는 생각도 못 한 소리를 들었다는 듯 얼굴을 찡그렸다. 그럴 만도 했다. 여기는 프라이빗 비치. 즉, 회원으로 등록한 사람들만 들어올 수 있는 해변이었다. 그리고 아직 이곳에 등록한 회원은 한 명도 없었다. 이 해변도, 리조트 개발권을 따내고 건물이 완공된 이후로 자신이 처음 걸음한 곳이다.

"······여기 어떻게 들어왔어요?"

그가 위치 정보를 알려 주기는커녕 오히려 심각하게 묻자 그녀의 표정도 점점 굳어졌다. 들어오면 안 되는 곳인가? 그녀의 눈동자가 이리저리 흔들렸다.

공항에서 예약한 호텔까지 버스를 타고 들어왔는데 호텔 근처에서 쫓기기 시작했다. 결국 체크인은 물 건너갔고, 캐리어를 든 그녀는 해변을 따라 방향도 인지하지 못한 채로 열심히 도망쳤다. 그러다 보니 어느새 이곳에 있었다.

"그······ 게 잘 모르겠는데요. 어쩌다 보니?"

모호한 대답으로 말을 돌리는 여자를 그가 매섭게 쳐다보았다. 그녀가 우물쭈물 말을 이었다.

"정말…… 잘 몰라요. 여기가 어딘지도 모른다니까요. 아까 분명 메이저 호텔 앞이었는데 사람들한테 쫓겨 가지고……."

"쫓겼다고요?"

남자는 지원의 말에서 이상한 점을 짚었다. 아차, 하면서 지원이 얼굴을 일그러뜨렸다. 듣기 거북하게 쫓겼다는 말을 왜 했을까. 후회되었지만 이미 엎지른 물이었다.

"제가 나쁜 일을 한 건 아니고요……."

"경찰에 신고하겠습니다."

플로리다 주는 총기 소유가 합법이었다. 위험하다면 또 위험한 곳이기에 그는 매정했다. 당장이라도 경찰을 부를 것처럼 그가 돌아서자 그녀가 그에게 획 매달렸다.

"안 돼요!"

낯선 남자의 허리를 끌어안은 지원이 처절하게 털어놓았다.

"제발! 전 범죄자가 아니에요. 그리고 저 여기서 끌려가면 나이 60살 먹은 노인네랑 결혼하게 생겼다고요. 절대 그럴 순 없어요. 결혼할 생각도 없었는데, 상대가 내년이면 환갑이라니까요! 미친 거잖아요, 이거! 내가 몇 살인데!"

지원의 손길에 남자의 어깨가 꿈틀했다. 구구절절 늘어놓는 사정이 흔한 신파극 같았으나 거짓말로 들리지는 않았다.

워낙 이 여자가 간절해야 말이지.

"그건 안됐는데, 내가 그쪽 말을 어떻게 믿죠?"

하지만 그는 한 번 더 생각하고 움직이는 타입이었다. 그의 등에 코를 박고 있던 지원이 힐금 고개를 들었다. 그는 오만하게 턱을 들고 곁눈질로 뒤에 있는 그녀를 내려다보았다. 콧날 하며 입술 선, 턱까지 끝내주는 얼굴선이었으나 이 남자가 미남이든 추남이든, 지금은 그의 외모가 중요한 게 아니었다.

"그…… 동포애?"

지원의 헛소리에 남자의 미간이 확 좁아졌다. 오답이었다.

"그, 그럼 어, 어떻게 해야 믿어요?"

두 사람의 눈빛이 허공에서 만났다. 지원은 왠지 자신이 남자를 뒤에서 끌어안고 있는 이 상황이 부끄러워지기 시작했다. 그녀가 슬그머니 그에게서 손을 떼어 냈다.

"여권."

"네! 여권……."

캐리어 위에 놓은 가방을 뒤적여 그녀가 초록빛 대한민국 여권을 꺼내 그에게 내밀었다. 그러자 남자가 기가 막힌다는 듯 한숨을 뱉었다.

"달란다고 줘? 바보예요?"

맞다. 여권은 아무에게나 넘기는 게 아니었지! 너무 구석에 몰려서 자신도 모르게 남자에게 여권을 넘길 뻔했다. 바보 취급을 당한 그녀가 여권을 도로 품에 갈무리하며 투덜거렸다.

"그, 그쪽이 달라고 했잖아요!"

"달라고 해도 주는 거 아니라고요."

구구절절 옳은 소리였다. 그녀는 입술만 삐죽거렸다.

한편 그는 그녀의 순진한 건지, 멍청한 건지 모를 태도에 안심했다. 이렇게 정신줄 놓은 여자라면 범죄를 저질렀다거나 다른 꿍꿍이를 가지고 있지는 않을 것이다. 아까 했던 소리도 분명 진실이리라.

"혹시 탈북했어요?"

"네에?"

지원은 어이가 없어서 웃음도 나오지 않았다.

"전…… 고향이 서울인데요?"

"그럼, 젊은 여자가 왜 예순이나 먹은 남자랑 결혼을 해요?"

남자가 태연하게 대답했다. 음, 일리 있는 소리다. 여기에 사실 그 예순 살 남자는 대기업 사장이고, 부모가 투자를 빌미로 자신을 그쪽에 팔아넘기려고 한다는 사정을 말할 수는 없었다. 어쨌든 가족 일이기도 했고, 솔직히 말하자면 창피했다.

"그, 그런 사정이 있기도 해요……."

지원이 시무룩하게 말했다. 어떻게 부모가 딸을 예순 먹은 아저씨한테 투자금을 받고 팔 생각을 했는지 어이가 없었다.

"메이저 호텔은 이쪽으로 쭉 가서, 좌회전하면 바로입니다."

"아하…… 고맙습니다."

남자는 이곳이 어딘지는 알려 주지 않았지만, 그녀의 행선지로 가는 방법은 알려 주었다. 꾸벅 고개를 숙이고 캐리어에 의지해서 일어난 지원은 공항에서 산 생수를 전부 마시고 나서 그가 가르쳐 준 길로 걷기 시작했다.

'빌어먹을!'

호텔 주변에 깔린 사람들을 멀리서 보고 지원은 소리 없이 절규했다.

부모님은 메이저 호텔에 대한민국 출신 윤지원이 묵는다는 걸 알게 된 게 틀림없었다. 이대로라면 호텔에 들어가서는 안 된다. 머리가 띵해졌다. 더운 날씨에 뛰질 않나, 먼 거리를 왕복하질 않나, 심지어 점심부터 굶기까지 했다. 오늘은 저질 체력 윤지원에게 너무 힘겨운 날이었다.

'어떡하지?'

일단 메이저 호텔에서 2박 정도 하면서 다른 호텔을 알아볼 생각이었는데, 이대로라면 2박을 야외에서 노숙하게 생겼다. 호텔에 체크인 하는 그 순간 끌려갈 테니까.

"아, 그렇지!"

사람 많은 해변보다는 아까 그 남자를 만난 조용한 해변이 숨어 있기 좋을 것이다. 지원은 쿨하게 메이저 호텔에서의 2박을 포기하기로 결심했다. 평소라면 신경도 쓰지 않았겠지만 천사백만 원 잔고를 떠올리자 숙박비가 아까워졌다. 그녀는 그래도 제일 싼 방이었으니까 괜찮다고 마음을 달랬다.

'지친다.'

지나가다 보이는 자판기에서 생수를 두 개 산 지원은 최대한 들키지 않도록 조심하면서 왔던 길을 되돌아갔다.

그래도 할 수 있는 한 최선을 다해 반항할 것이다. 부모 손에 휘둘리는 인생은 딱 질색이었다. 무엇보다 예순 살 아저씨와 웨딩마치를 올리기엔 자신의 인생이 너무 아까웠다. 심지어 인터넷 검색 결과, 손주환 사장은 슬하에 서른둘이나 먹은 아들이 있었다.

아들보다 어린 아내를 원하다니 노인네가 욕심도 많지. 중얼중얼, 욕을 하면서 지원은 계속 걸었다. 어느새 주변이 어두워지고 있었다.

어디서 불꽃놀이를 하는지 시끄러운 소리가 들렸다. 웃고 떠드는 젊은 여행객들의 모습이 지원은 문득 부러워졌다.

'좋겠다. 누군 노인네 재취 자리에 가게 생겼는데…….'

아무 상관 없는 타인들에게 화를 내 봤자였다. 눈살을 찌푸린 지원은 힘없이 걸음을 옮겼다. 점점 인적이 사라지고, 소란스러운 소리도 들리지 않았다.

고요하게 바닷바람만 불고, 파도 소리만이 잔잔했다. 해가 지면서 주변이 어슴푸레해졌다. 아까 자신이 숨어 있던 바위를 발견한 지원이 안도의 한숨을 내쉬었다. 그래도 길을 잃지는 않았다.

아까는 바위 뒤에 숨어 있었는데, 바위 너머로는 뭐가 있을까? 물을 한 모금 마신 그녀가 호기심을 이기지 못해 바위를 딛고 올라갔다.

"어?"

아무것도 없을 줄 알았는데 의외로 번쩍번쩍한 리조트가 있었다. 아, 그럼 아까 그 남자는 저기 묵는 손님이었나 보다.

"저기…… 방 남아 있을까?"

지원은 주변을 다시금 둘러보았다. 해가 떨어지면 더 어두워질 것이다. 고요한 바다가 왠지 무섭게 느껴졌다.

'하루만 묵자.'

이상하게 아까 그 사람들은 이곳으로 쫓아오지는 않았다. 어쩌면 이 리조트가 피난처가 될 수도 있다. 지원은 기대를 품고 바위에서 내려와 리조트로 들어가는 길을 찾아 빙 둘러 올라갔다.

'뭐지?'

뚜벅뚜벅 걸어서 자동문 앞에 선 지원은 의아했다. 번쩍번쩍하고 고급스러운 리조트에는 사람의 흔적이 거의 없었다. 마치 이제 막 지어진 건물처럼 먼지 하나 보이지 않게 깨끗한 실내이긴 한데…….

"어, 어떻게 오셨어요?"

……한국도 아닌 곳에서 제일 먼저 한국말이 들린다.

여자 목소리가 뒤에서 들렸다. 지원이 고개를 돌리자 얌전한 유니폼 차림의 한국 여자가 지원을 이상하다는 듯 바라보고 있었다. 아무래도 리조트 직원인 것 같은데, 손님 응대를 이렇게 해도 되는 건가? 지원도 혼란에 빠졌다.

"여, 여긴 숙박 안 하나요?"

두 여자는 낯선 미국 땅이 마치 서울 한복판인 것처럼 한국말을 나누고 있었다. 여자가 고개를 갸웃거렸다.

"어떻게 오신 거죠?"

"거, 걸어서요?"

여전히 여직원은 지원을 수상적게 보고 있었다. 당연했다. 아직 리조트는 오픈 전이었고, 한국인 여직원을 포함한 몇몇 직원들이 교육과 적응을 위해 리조트에 들어왔기 때문이었다. 아직 오픈도 안 한 리조트를 찾아온 손님이라니, 기가 막힐 법도 했다.

"왜 안 가고 다시 왔어요?"

그때 낯설지 않은 음성이 지원의 귓가에 꽂혔다. 여직원은 지원의 뒤에 서 있는 남자를 보고 고개를 숙인 채 황급히 멀어졌다. 그러고 보니 이 남자, 지금은 옷을 단정하게 입고 있었다. 흠, 왠지 조금 아쉽다 싶은 마음이 들었지만 내면의 소리를 외면하고 지원이 솔직히 말했다.

"어…… 그…… 메이저 호텔에도 사람이 깔려서요."

"그쪽 진짜 범죄자 아닙니까?"

"아니에요! 오히려 모범 시민이면 모범 시민이지!"

남자의 의심스러운 눈초리에 지원이 분통을 터뜨렸다. 그러거나 말거나 남자는 주변을 살피고 나서 물었다.

"그럼 여긴 뭐 하러 온 건데요?"

"숙박 좀…… 하려고요."

그를 올려다보는 그녀의 눈빛에 간절함이 담겼다. 노숙하고 싶지 않다는 그녀의 의지가 엿보였는지 남자는 한숨을 내쉬었다.

"여기 방이 남을 거라고 생각했어요?"

"없, 없나요?"

"내가 어떻게 압니까?"

남자가 퉁명스럽게 대꾸했다. 그는 그녀에게 자신이 이 리조트 관계자임을 알리고 싶지 않았다. '동포애' 운운하면서 객실 하나 부탁할 것이 뻔했으니 말이다. 어차피 한 달쯤 뒤에 이 자리를 다른 사람에게 물려줘야 하기도 했고.

"로비에서 자면 안…… 되겠죠?"

날이 추운 건 아닌데, 그래도 밖에서 낯선 사람들을 경계하면서 자고 싶지는 않았다. 그녀가 조심스럽게 물었다.

"마음대로 하세요."

그가 확 돌아서며 관심 없다는 투로 말하자 그녀의 어깨가 축 처졌다. 그녀의 실망한 표정을 보지 못한 그는 프런트 데스크에 대기하고 있던 직원에게 눈짓을 했다. 베테랑 직원은 남자의 눈짓에 담긴 의미를 금세 알아챌 수 있었다.

"손님?"

낯선 남자의 목소리에 지원이 고개를 들었다. 근데 또 한국말이다. 그것도 유창한.

'여긴 한국 사람밖에 없어?'

실제로 한국인이나 동아시아 관광객을 대상으로 지은 리조트긴 했지만 그녀가 알 리는 없었다.

"도움이 필요하십니까?"

그 도움, 윤지원에게 정말 필요했다. 그녀가 마른침을 꿀꺽 삼키고 조심스럽게 입술을 떼었다.

"객실…… 남아 있나요?"

"……예."

아직 오픈을 하지 않은 리조트에 손님을 받는 게 괜찮은 걸까? 베테랑 직원은 잠시 고민하다가 긍정했다. 지원의 눈빛이 너무나도 절실해 차마 그녀를 내쫓을 수 없어서였다.

* * *

살 것 같다!

고급 침대에서 푹 자고 일어났더니 이제 정말 살맛이 난다. 어제 캐리어를 들고 뛰느라 팔다리가 다 아팠지만 기분만큼은 상쾌했다.

제일 저렴한 방을 무려 나흘이나 빌렸다. 나름 고가의 리조트라 비싸긴 또 엄청 비쌌지만 금액을 떠나 쉴 수 있다는 게 무척이나 감사했다.

배가 고픈 윤지원은 재고 따질 것 없이 바로 조식을 먹으러 나갔다. 카펫이 깔려 있는 복도는 여전히 썰렁했고, 인기척은 하나도 없었다.

심지어 조식 뷔페가 펼쳐진 조식장까지 사람이 하나도 없었다. 분명 음식은 따끈따끈하고 신선하게 잘 만들어졌는데…… 참 이상한 일이다.

"손님이 별로 없나?"

귀곡 산장이라거나, 살인 사건 등 온갖 괴담이 떠오르자 괜히 으스스한 기분이 들어서 그녀는 일부러 혼잣말을 중얼거렸다. 그러고 보니 여기 와서 본 사람이라고는 유니폼을 착용한 직원 몇 명, 아니면 손님으로 보이는 그 남자뿐이었다. 배가 고파서 아침 식사 좀 하려고 했더니만 이런 상황에서 밥을 먹으려니 체하게 생겼다.

'어색해!'

아무도 없는 주변 눈치를 슬그머니 보고 지원이 막 접시를 꺼내 들 무렵이었다. 출입문 쪽에서 발걸음 소리가 들렸다. 가뜩이나 긴장하고 있었는데 인기척이 나자 그녀는 육식동물을 만난 초식동물처럼 놀라 접시를 떨어뜨렸다.

"흐익!"

접시가 바닥에 나뒹굴었다. 다행스럽게도 두툼한 카펫과 접시의 훌륭한 내구성 덕에 접시는 깨지지 않았다.

"별 걸 다……."

익숙한 목소리에 지원이 눈을 동그랗게 뜨고 소리가 난 쪽을 돌아보았다. 편한 린넨 셔츠 차림의 남자가 지원을 황당하다는 투로 바라보고 있었다.

단 한 사람뿐인 손님 때문에 조식이 차려졌다. 어차피 남은 음식을 직원들이 아침 식사로 나누어 먹으면 되기도 하지만, 하여튼 이 여자 때문에 차려진 거나 다름이 없었다.

남자가 무슨 생각을 하는지 모르는 지원은 그나마 안면 있는 사람이라고 그를 반겼다.

"안녕하세요!"

반갑게 웃으면서 다가오는 지원을 남자가 무심하게 응시했다. 숙박부에 적힌 그녀의 이름은 Jay Yoon. 노인네와 결혼하기 싫어서 도망 다니고 있다더니 자신의 본명을 쓰기 싫은 듯했다. 그러거나 말거나 그녀는 물 만난 물고기처럼 조잘거렸다.

"혼자 쓸쓸하게 먹을 줄 알았는데 그쪽이 와서 덜 쓸쓸하게 먹겠네요, 아침."

"아, 예……."

자신이 조식장에 온 이유는 그저 이 여자가 아침 일찍 끼니를 챙기러 왔나 궁금해서였다. 역시나 여자는 씩씩하게 밥을 먹으러 왔다. 비싼 리조트에 묵으면서 챙길 건 전부 챙기겠다는 듯이 말이다.

"여기 손님이 별로 없나 봐요."

듣는 사람이 없는데도 그녀는 소리를 낮춰 말했다. 그의 표정이 일그러졌다. 손님이 없는 건 당연하다. 아직 오픈도 안 한 리조트니까.

"한국분이신 거 같은데…… 어디서 오셨어요?"

"서울이요."

"오! 저도 서울에서 왔어요."

인천 공항에서 플로리다까지 어떻게 왔는지 술술 털어 놓는 여자를 그가 한심하게 쳐다보았다. 여권을 순순히 넘길 때부터 알아보았지만 이 여자는 빈틈이 너무 많았다. 그가 경고의 의미로 차갑게 물었다.

"그러다 내가 메이저 호텔에 가서 그쪽 정보 팔아먹으면 어쩌려고 이래요?"

"네에?"

설마 그럴 리가! 이미 남자를 완전히 신뢰하고 있는 지원의 눈동자가 크게 흔들렸다.

"지, 진짜 그러시는 건…… 아니죠?"

그가 대답하지 않자 그녀의 불안이 더욱 증폭되었다. 이 비싼 곳에 나흘이나 예약을 했는데, 이제 와서 서울로 강제 송환은 있을 수 없는 일이다.

'그러면 예순인 할배랑 결혼…….'

끔찍한 상상에 그녀가 고개를 흔들고 그를 간절히 응시했다.

"저기, 그래도 우리…… 한민족, 동포잖아요. 해외에서…… 서로 이렇게 뒤통수치지 맙시다. 네?"

이 여자는 탈북한 것도 아니면서 자꾸 한민족이나 동포 같은 말을 서슴지 않고 썼다. 그는 코웃음만 치고 고개를 돌렸다. 버려진 강아지처럼 그녀가 그를 계속 빤히 바라보았다.

그녀의 시선을 모르는 척, 남자는 새카만 커피만 한 잔 뽑아서 들고 멀어졌다. 결국 혼자 남게 되는 건가, 당황한 지원이 목소리를 높였다.

"아침 안 드세요?"

"네."

얄밉게도 그는 그녀를 돌아보지도 않고 휑하니 조식장을 나가 버렸다. 홀로 남은 지원이 출입문 쪽을 삐친 눈으로 보다가 입술을 삐죽였다. 생긴 건 깎아 놓은 조각처럼 잘생겼는데 성격은 아주 글러 먹었다.

'혼자 못 먹을 줄 알고?'

너무 피곤해서 저녁도 거르고 잠든 탓에 그녀의 위는 어서 음식을 달라고 아우성이었다. 지원은 토마토 수프와 카프레제 샐러드 등, 가벼운 음식부터 접시에 담기 시작했다.

조식장에서 가지고 나온 종이컵을 버린 후, 방에 들어온 하경은 노트북 전원을 켰다. 최상층 로열 스위트룸이었으나 그는 이 좋은 곳에서 꼼짝없이 일이나 하는 중이었다.

이제 오픈 일정과 프로모션만이 남았다. 한국 본사에서도 예산 승인이 떨어졌다. 메일을 확인한 그의 표정이 너그러워졌다.

아버지는 기꺼이 아들을 도와주었다. 어디 열심히 홀로 일구어 보라고, 2년 전부터 아들을 내버려 둔 아버지는 투자는 해 줄지언정, 결코 한 군데도 참견하지 않았다. 이것도 다 외동아들을 향한 신뢰 덕분일 것이다.

아들이 돌아오리라는 믿음.

어머니가 돌아가신 뒤, 하경은 어머니가 휴양 차 찾았던 미국

플로리다에 리조트를 짓고 싶다는 욕심이 생겼다. 아버지가 붙잡을 수 없을 정도로 자유로운 영혼이었던 어머니의 이름을 딴 리조트를 세우고 싶었다.

외국에 나가면 어머니는 항상 자신을 메리엔이라고 불러 달라 말했다. 메리엔. 자신과 아버지는 소녀 같은 이름에 떨떠름해했으나, 어머니는 그 이름을 정말 좋아했다. 하긴, 김숙자 보다는 메리엔이 낫긴 하다. 일부러 '김숙자 여사!' 하고 부르면 어머니는 정색을 했었다. 추억을 떠올리고 하경이 피식 웃었.

고온다습한 플로리다를 어머니가 자주 찾은 이유는, 놀랍게도 한국과 멀다는 이유뿐이었다. 미국에는 한국 사람이 너무 많은데 그나마 플로리다는 한국 사람이 적다는, 이해가 갈 듯 말 듯한 이유였다.

몸을 의자에 깊숙하게 기대기 무섭게 하경의 휴대폰이 울렸다. 누군가 했더니 아버지였다.

"무슨 일이세요?"

ㅡ거기 몇 시야? 여덟 시?

"네. 퇴근하셨죠?"

서울과 플로리다는 현재 열세 시간의 시차가 났다. 거긴 밤이었다.

유쾌한 어머니는 세상을 떠났고, 하경은 이제 아버지와 단둘이 남았다. 그래서일까? 그는 전보다 아버지를 살갑게 대했다.

ㅡ이 달 말에 오지?

"네. 왜요? 외로우시면 조금 더 빨리 갈까요?"

아들의 애교스러운 대꾸에 아버지가 껄껄 웃었다. 하지만 진심도 담겨 있었다. 하경은 큰 집에 나이 든 아버지 혼자 두고 먼 타국 땅까지 온 게 괜스레 죄송스러웠다. 일하는 사람들이 있다고 한들, 자식보다 나을까.

―손하경.

"네?"

―모든 일은 끝이 중요한 법이야. 끝까지 잘 마무리하고 와라.

이러니 아버지를 존경하지 않을 수가 없다. 하경의 입가에 미소가 지어졌다.

―아, 그리고 너…….

아버지답지 않게 말끝이 흐려졌다. 무슨 일인가 싶어서 하경의 미간이 찌푸려졌다.

"네?"

그러나 아버지는 헛기침을 하고 별일 아니라는 투로 말을 이었다.

―아니다. 돌아오면 말하마. 메리엔, 잘 부탁한다.

리조트를 가리키는 것임을 알면서도 하경의 가슴 한구석이 찡했다.

전화를 끊고 하경은 축축해진 마음을 다스리고자 창가로 향했다. 발코니 문을 열고 나간 그가 탁 트인 바다를 바라보았다.

어머니는 이제 없다. 알면서도 참, 사람 마음이 쉽지가 않다.

그때, 감상적인 표정으로 창가에 서 있던 하경은 이곳저곳 기웃거리는 지원을 발견하고 미간을 찌푸렸다.

이상한 리조트다. 지원은 리조트 주변을 돌아보면서 꺼림칙함을 떨칠 수가 없었다.

먼저, 사람이 안 보인다. 아직 바캉스 시즌이 아니라고 해도 사람이 이렇게 없다니? 심지어 메이저 호텔 예약도 힘들었다. 한겨울을 제외하고 연중 휴양지나 다름없는 플로리다 해변에 이렇게 휑한 리조트가 있다니!

"개미 새끼 한 마리도 없네."

로비를 거닐면서 지원이 중얼거렸다. 일단 방을 잡고 짐을 풀었으니 사기를 당한 건 아닌데, 기분이 좀 이상했다.

또 하나는 직원 응대가 이상했다. 보통 이런 곳 직원들은 접객태도가 상당히 좋은 편이다. 너무 공손해서 오히려 지원 자신이 죄송해질 정도로 호텔 직원들은 손님을 정중하게 대했다. 그런데 여기는 꼭 그녀를 손님으로 대하지 않는 것 같았다.

아까도 그랬다. 마침 묵는 곳이 고급 리조트니까 지원은 여기에도 풀장 같은 휴양 시설이 있겠거니 짐작하고 직원에게 물어보았다. 돈이 아까워서라도 모든 시설을 다 알차게 이용하고 떠날 생각이었다. 그런데 직원은 지원을 당황한 눈으로 보며 시설은 오픈하지 않았다는 말만 하고 휙 사라졌다.

"대체 여긴 뭐야? 뭐 하는 데야?"

직원의 말대로 이용할 수 있는 시설은 하나도 없었다. 제일 저렴한 방을 선택한 윤지원이 리조트에서 즐길 수 있는 건 방 안의 월풀 욕조뿐이었다.

'빌어먹을…….'

그렇다고 하루 종일 목욕이나 하고 있을 수는 없잖아.

절로 한숨이 흘러나왔다. 급해서 제대로 알아보지도 않고 덥석 숙소를 잡은 게 문제였다. 지원은 발끝에 차이는 것 없이 매끈한 길을 한참 돌아다니다가 모든 걸 포기하고 방에 들어가기로 결심했다.

그때였다.

"이봐요."

지원의 등 뒤에서 이젠 낯설지 않다 못해 익숙한 목소리가 들렸다. 그런데 참 이상하게도 지원은 그의 목소리가 좋았다. 이 적막하고 할 일 없는 리조트에서 그의 목소리를 들으면 살아 있는 느낌이 들었다.

"뭘 자꾸 빙빙 돌아다녀요?"

하경은 사실, 이 여자가 리조트 주변을 수색하듯 돌아다니는 꼴이 마음에 들지 않았다. 아직 오픈 전이고, 미흡한 구석이 있을지도 모르는데 이런 맹한 여자에게 약점을 보여 주고 싶지 않다는 이유에서였다.

"저기, 여기 좀 이상하지 않아요?"

그러나 지원은 하경이 못마땅해하는 건 상관하지 않고 이 리조트의 이상한 점을 지적했다.

"사람이 어떻게 이렇게 없죠? 옆에 메이저 호텔만 가도 바글 바글한데."

"그럼 거기 가시든가."

하경이 삐딱하게 중얼거렸다. 이 리조트를 그런 싸구려 호텔 하고 비교하다니, 기분이 나빴다.

"거길 어떻게 가요? 가면 당장 한국행인데."

눈을 동그랗게 뜨고 반박한 지원이 길게 한숨을 내쉬었다. 진 짜 어떻게 해야 하나. 물론 돌아가긴 해야 했다. 귀국 비행기 티 켓은 보름 후. 매일 백만 원 아래로 쓴다는 전제하에 잡은 계획 이었다. 돈이 더 있었으면 더 오래 버텼을 것이다.

솔직히 윤지원은 열흘 이상 가출해 본 적이 없었다. 민철과 헤 어진 이유를 알았을 적에 제주도에서 열흘을 보냈었다. 엄마가 전화로 울며 사정까지 했으나 지원은 집에 들어가지 않았다. 그 런 그녀가 도로 집에 돌아온 건, 민철이 돈을 돌려주지 않을 거 라는 말을 듣고 나서였다.

'나쁜 자식! 죽어라!'

민철만 좋다면 모든 걸 버리고 결혼하겠다고 했는데, 민철은 3천만 원이 더 소중했다. 고작 3천만 원어치도 못하는 자신이 비 참해서 지원은 얌전히 집에 들어갔다.

저번에는 열흘이었지만, 이번에는 보름이었다. 저번에는 일 주일 만에 엄마가 손을 들었지만, 이번에는 얼마나 갈지 모른다.

뭐, 결혼이 엎어지지 않더라도 막내딸이 생각보다 마음이 많이 상했음을 알릴 수만 있다면 충분했다.

"저기요."

울적해진 지원이 하경에게 말을 붙였다. 그는 대답하지 않았다. 그의 대답이 필요치는 않았던 듯, 그녀가 계속 말했다.

"그쪽도 저랑 나이대가 비슷해 보이는데, 갑자기 부모님이 예순 먹은 여자랑 결혼하라고 하면 어떨 거 같아요?"

말도 안 되는 소리에 하경이 지원을 경멸하듯 바라보았다. 자신이 뭐가 아쉬워서 예순 먹은 여자랑 결혼을 하나. 그런 기우는 결혼은 모자라거나 아쉬운 사람이나 하는 거다.

"저희 아버지는 그럴 분이 아닙니다."

"아니, 우리 엄마 아빠도 그럴 사람이 아닌 줄 알았다고요."

지원이 뚱하니 받아쳤다. 엄마도 엄마지만, 아버지의 결정이 참 충격적이었다. 막내딸을 그토록 끔찍하게 여기더니 내년 환갑인 아저씨한테 팔아넘길 줄이야…….

"제가 그 아재…… 아니, 그 아저씨랑 결혼하는 게 집안을 위해 좋대요."

어깨가 축 처진 지원의 모습이 안쓰러웠으나 하경은 남의 사정에 관심이 없었다. 그래도 여기까지 도망칠 정도면 나름 실행력이 있는 여자였다. 근데 왜 하필 행선지를 이곳으로 정한 걸까? 한국인들은 캘리포니아는 잘 알아도, 플로리다는 낯설게 느낄 텐데.

"왜 플로리다로 온 건데요?"

"한국 사람이 적으니까요."

하경이 지원을 물끄러미 응시했다. 이 황당한 여자는 고(故) 김숙자…… 아니, 메리엔 여사 같은 소리를 하고 있었다.

"미국엔 어딜 가나 한국 사람이 많은데, 플로리다는 적다고 하더라고요. 아닌가요?"

"……다른 주보다는 적은 편이죠."

하경의 긍정에 지원이 멀리 수평선을 바라보며 말했다.

"괜히 계획보다 이르게 잡혀서 돌아가고 싶진 않았어요. 저도 생각이 있다는 걸 보여 주고 싶었거든요."

생각이 있는 여자가 처음 보는 사람에게 잘도 여권을 주겠다. 말과 행동이 전혀 다른 지원을 하경이 복잡한 시선으로 쳐다보았다.

"아, 맞다! 이것도 인연인데 우리 통성명이나 할까요? 저는……."

"아뇨."

하경이 딱 잘라 거절하자 무안해진 지원이 얼굴을 붉혔다. 하긴, 한국 사람들은 차가운 편이지. 아마 이 남자도 그럴 것이다. 어쩌면 쉬러 온 곳에서 자신과 얽혀서 피곤해할지도 모른다. 나름 대로 남자의 입장을 이해해 주며 지원은 무안한 마음을 달랬다.

"그래도…… 저기요, 이봐요, 하고 부르는 건 좀 그렇잖아요?"

지원은 어딘가 거리감이 느껴지는 호칭을 교정하고 싶었다.

그도 그녀의 말이 일리가 있다는 듯 끄덕였다.

하지만 하경은 자신의 이름이나 나이 같은 건 밝히고 싶지 않았다. 혹여 그녀가 인터넷에서 자신을 검색이라도 해 볼까 봐 꺼려졌다. 메리엔 프로젝트가 완전히 비밀리에 진행되는 것이 아니기에 조금만 검색을 해 보아도 손하경이 현재 이 리조트의 오너임을 어렵지 않게 알 수 있기 때문이었다.

그렇다고 가명을 쓰기에는 손발이 좀 오그라들었다. 하경이 가지고 있는 '가명'에 대한 인상은, 마치 김숙자의 메리엔 같은 거였다.

"직업이 뭐예요?"

하경이 먼저 물었다. 지원이 왜 그런 걸 묻느냐는 듯 그를 쳐다보았다. 그는 자신의 사정을 전혀 말하고 싶지 않았기에 그녀의 처지로 이 상황을 몰아가기로 했다.

"솔직히 우리가 서로 통성명하는 거, 그쪽한테 불리한 거 알죠?"

"왜…… 아아!"

맞다. 어쨌거나 윤지원은 도망자였다. 이름이니 뭐니 사실대로 알렸다가 이 남자가 정보를 팔아먹을 수도 있었다. 뭐, 보름 뒤면 돌아가겠지만, 그래도.

"되게 똑똑하시네요."

지원이 하경을 우러러보았다.

'아니 그쪽이 멍청한 거야.'

……라고 하경은 차마 면전에 대고 말할 수는 없어서 어색한 미소만 내비쳤다.

"직업을 알면, 그걸로 부르면 되잖아요? 교사라면, '선생님' 하고 부르면 되고."

듣고 보니 일리가 있다. 맹렬하게 고개를 끄덕인 지원이 환하게 웃으면서 대답했다.

"도서관 사서…… 요. 그쪽은요?"

물론 지금은 백수지만, 회사를 때려치우기 전까지는 사서였다. 백수라고 말하기 자존심 상해서 지원은 전 직업을 입에 담았다.

한편, 하경은 자신의 제안이 참 쓸데없었음을 깨달았다. 직업이라니, 메리엔 프로젝트를 끝내고 서울에 돌아가면 자신은 자동차 회사를 물려받는다. 이 여자한테 차마 자신이 대기업 사주의 아들이라고 솔직히 말할 수도 없고, 그렇다고 현재처럼 메리엔 리조트 오너라고 할 수도 없는 노릇이었다.

곰곰이 생각하던 하경은 직업을 대충 지어냈다.

"카센터 합니다."

뭐, 이것도 나름 자동차 관련 업종이니까.

"카센터요? 사장님이신가 보네요?"

"지…… 금은 아버지가 하고 계시는데, 돌아가면 제가 물려받겠죠."

"오, 그렇군요."

납득했다는 듯 지원이 고개를 끄덕였다. 그러니까 가업을 잇기 전, 일종의 휴가 같은 걸 온 모양이다. 시끄러운 일에 말려드는 게 싫었을 법도 하다.

"그럼 여긴 쉬러 오셨나 봐요?"

"네…… 비슷합니다."

하경의 떨떠름한 대답에도 의심 한 자락 없이 지원이 빙그레 웃었다. 그리고 보니 어제 뒤에서 그를 안았을 때 몸이 탄탄했다 싶었는데, 카센터 하는 사람들은 다들 그런가 보다. 지원은 자신의 차를 맡기곤 했던 카센터 직원을 떠올렸다. 그 사람도 참 근육질이었다.

"그럼 전 그쪽을 뭐라고 부를까요? 예비 사장님?"

"카센터라고 부르세요. 저도 도서관이라고 부를 테니까."

그의 멋대가리 없는 선택에 지원이 웃음을 터뜨렸다. 청량한 웃음소리가 허공에 흩어졌다.

*   *   *

이 리조트는 사용할 수 있는 시설이 거의 없는데도 룸서비스만큼은 가능한 모양이다. 점심이야 해변까지 꾸역꾸역 걸어가서 길거리 음식을 사 먹었지만 해가 진 뒤로 어디 나가서 밥을 먹을 자신이 없는 지원은 기꺼이 저녁 식사를 룸서비스로 부탁했다. 그렇게 만난 사람은 다름 아니라 어제 체크인을 도와준 베테랑 직원이었다.

'여기…… 일하는 사람도 별로 없어?'

프런트 데스크에서 일하는 사람이 아니라…… 룸서비스까지 나르는 직원이라니? 당황한 지원이 문을 연 채로 직원을 멍하니 한참 동안 올려다보았다.

"안녕하세요. 실례하겠습니다."

먼저 자연스럽게 인사를 건네는 걸 보니, 베테랑은 베테랑이었다. 이런 상황에도 얼굴 근육 하나 움찔하지 않고 지원의 저녁 식사를 테이블 위에 놓아 주니 말이다. 그제야 지원은 자신이 너무 무례하게 굴었음을 깨닫고 허겁지겁 지갑에서 팁을 꺼내 그에게 건넸다. 20달러짜리 지폐를 팁으로 받은 직원의 눈동자가 잠깐 흔들렸지만, 그는 금세 평온을 되찾았다.

정리는 마친 직원이 빙그레 웃으면서 뜬금없는 정보를 알려 주었다.

"와인 바가 7층에 있습니다. 관심 있으시면 둘러보세요."

"와인 바요?"

오늘 와인 바가 최종 검수를 마치고 열렸다. 아마 오너가 제일 먼저 이용하고 있을 것이다. 거기에 이 손님이 좀 낀다고 해서 별 탈은 나지 않을 것이다.

직원은 오전에 그녀가 오너와 한참 동안 이야기를 나누는 장면을 목격했다. 불청객인 줄로만 알았는데 의외로 미스터리 쇼퍼 같은, 어쩌면 본사 감사팀 직원일수도 있겠다는 망상이 무럭무럭 자라났다. 그는 다른 직원들에게도 Jay Yoon이 평범한 사람이 아닐지도 모른다며 조심하자는 조언을 했다.

직원이 나가고 나서 저녁을 순식간에 해치운 지원은 테이블 앞에서 멍하니 있었다. 배가 불러서 머리가 잘 안 돌아갔다.

보통 이런 리조트나 호텔은 자사 홈페이지를 가지고 있었다. 그런데 아무리 찾아보아도 '마리앙 리조트'나 '마리안느 리조트'는 검색이 되지 않았다.

'마리안느가 아닌가?'

대부분 미국에서 이런 고급 리조트 이름은 프랑스식으로 불렀던 것 같아 메리엔이 아닌, 마리앙, 마리안느로 검색한 것이 문제였다. 그것도 한국 사이트에서 말이다. 다른 이름으로 검색하기조차 귀찮아서 지원은 더 이상 휴대폰을 만지지 않았다.

"술이나 먹을까?"

지원은 왠지 플로리다와 어울리는 데킬라가 베이스인 칵테일이 끌렸다. 하도 빈둥거리기만 해서 저녁에 잠도 안 올 것 같으니 술이나 먹어야겠다.

7층에 도착한 지원은 주변을 둘러보면서 복도 끝까지 걸었다. 와인 바 앞에 다다르자 자동문이 소리 없이 열렸다. 와인 바 안은 무척 고요했다. 우아한 음악조차 들리지 않아서 지원은 절로 침을 삼켰다.

'잘못…… 왔나?'

영업을 안 하는 걸까? 지원의 눈동자가 불안하게 흔들렸다.

와인 바를 둘러싸고 있는 탁 트인 전면 유리창 너머로는 암흑만이 가득했다. 아마 바다일 것이다. 빛이 없는 바다는 우주처럼 암흑뿐이었다. 지원은 발소리가 나지 않도록 주의하면서 창가로 다가갔다. 그때 익숙한 음성이 들렸다.

"여긴 어떻게 알고 왔어요?"

"어?"

카센터가 어느새 그녀의 뒤에 서 있었다. 이 남자는 툭하면 뒤에서 나타났다.

"여기 계셨어요?"

하경은 바로 대답하지 않았다. 도서관은 순진한 표정을 짓고 있었지만, 어째서인지 그녀의 순진한 얼굴 뒤에 뭔가가 있을 것이라는 기분이 들었다. 7층 근처에도 오지 않던 그녀가 와인 바 오픈에 딱 맞추어서 온 것이 심상찮았다.

"근데 여기 영업해요?"

두리번두리번 주변을 둘러보는 그녀를 그가 심각하게 내려다보았다.

"여기 어떻게 알고 왔냐니까요?"

"모를 게 뭐가 있어요? 룸서비스 시키니까 와인 바 있다고 알려 줘서 와 봤어요."

날카로운 질문에는 날카로운 대답이 이어질 뿐이었다.

룸서비스? 도대체 누가 룸서비스를 맡고 있지? 쓸데없이 정보를 흘리고 다니는 직원이 누군가 싶어서 하경이 눈살을 찌푸렸다. 그러거나 말거나 지원이 투덜거렸다.

"너무 할 게 없어서 술이나 마시고 자려고 했는데⋯⋯ 영업 안 하는 건 아니죠?"

"⋯⋯합니다, 영업."

겨우겨우 영입해 온 실력 있는 바텐더는 바 뒤에서 신메뉴 개발에 집중하고 있었다. 이 여자에게 신메뉴를 먹여 보는 것도 나쁘지는 않을 것 같았다. 여성들의 입맛을 휘어잡는 것이 매출의 관건이었다.

"술 한 잔 사 드릴까요?"

"네? 카, 카센터 님이 왜요?"

카센터 님이라는 호칭에 하경은 웃음을 터뜨릴 뻔했다. 놀란 토끼 눈을 하고 자신을 바라보는 이 여자의 표정이 처음으로 마음에 들었다.

"여기서 만난 것도 인연이니까?"

그가 바람둥이 같은 소리를 뱉었다. 지원은 그를 미심쩍게 쳐다보았지만 아무렴 어떠냐는 생각이 들었다. 게다가 고급 리조트의 와인 바는 한 잔 당 수십 달러씩 할 것이다. 메이저 호텔에 가져다 부은 돈도 있고, 비싼 리조트에 4박이나 하는 것도 그렇고, 아까 룸서비스까지⋯⋯ 예상보다 지출이 많기도 했다.

"좋아요. 그럼 저야 감사하죠."

그가 안내하는 자리에 얌전히 앉은 지원이 주변을 흘끔거리자 이내 바텐더가 나타났다. 인상이 진한 라틴 계열 남자는 스페인 억양으로 하경과 대화를 나누었다. 정석적인 미국 영어는 조금 알아듣지만, 스페인 억양이 섞인 영어는 통 무슨 소린지 모르겠다. 지원은 멍하니 두 남자를 쳐다볼 뿐이었다.

대화를 마치고 바텐더가 갑자기 안쪽으로 사라졌다. 무슨 일인가 싶어서 지원이 하경을 돌아보았다.

"자신이 개발한 신메뉴를 드리겠대요."

"신메뉴요?"

데킬라가 들어간 칵테일이 마시고 싶었는데. 지원은 조금 아쉬워졌다.

"전 세계에서 처음으로 선보이는 거래요."

"오! 그건 좋네요."

갈대 같은 윤지원의 마음은 단숨에 기울어졌다. 세계 최초! 상상만 해도 가슴이 두근거렸다.

다시 나온 바텐더는 지원에게 눈웃음을 보이면서 칵테일을 만들기 시작했다. 화려한 손놀림이 장기인 듯, 바텐더는 곡예에 가까운 아슬아슬한 몸짓을 보이기도 했다. 현란한 움직임이 멈추고 나자 마술처럼 칵테일 잔에 새빨간 술이 가득 찼다.

"엥?"

바텐더가 언제 잔에 술을 부었는지 지원은 한참을 곱씹어 봐도 알 수가 없었다. 작게 고맙다고 인사를 한 후, 그녀가 잔을 집었다.

지원이 마시는 모습을 지켜보던 하경이 물었다.

"어때요?"

"……상큼하고 깔끔한데 뒷맛이 좀 써요."

그가 고개를 끄덕이고 바텐더에게 지원의 말을 옮겼다. 그럴 줄 알았다는 양 바텐더가 쿡쿡거렸다. 두 남자는 자기들끼리 뭐가 그리 좋은지 웃으면서 한참 동안 대화를 나누었다. 힐끗, 그들을 곁눈질하면서 그녀는 칵테일을 홀짝거렸다. 역시 끝 맛이 쓰다.

"칵테일 이름이 뭔지 알아요?"

"모르죠. 지금이 세계 최초라면서요."

눈가를 귀엽게 찡그린 지원에게 하경이 고개를 낮추어 귓가에 소곤거렸다.

"그녀의 목에 걸린 루비 목걸이."

"오……."

뭔가 그럴싸한 이름이다. 지원이 다시 칵테일 잔을 바라보았다. 새빨간 술이 꼭 루비를 녹인 것 같다. 오랜만에 맛있는 술을 마시니 지원은 기분이 좋았다. 다른 것도 마셔 보고 싶은 마음에 그녀가 하경에게 말을 붙였다.

"맛있는데 다른 건 없을까요? 세계 최초면 더 좋고요."

"그건 바텐더한테 물어봐야겠는데요."

지원이 고개를 끄덕였다.

일단 지금만큼은 잔고 생각을 하지 말자. 뭐, 정 안 되면 마지막 며칠 정도는 공항에서 노숙을 하는 수도 있으니까. 지금을 즐겨야겠다. 부모님이 포기하지 않으면, 어차피 자신의 미래는 정해져 있는 셈이다. 자유로운 시간을 가득 누리고 싶었다.

'막 나갈 거야.'

윤지원은 마음을 다잡았다. 보름 뒤, 서울에 들어가서 후회하고 싶지 않았다.

세계 최초라는 다른 술도 세 종류 먹어 보았으나 너무 강하거나, 너무 크리미하거나, 혹은 무슨 맛인지 알 수 없을 정도로 맹숭맹숭했다. 윤지원의 입맛에 세계 최초 칵테일은 루비 목걸이가 제일이었다. 그녀는 벌써 빨간 칵테일을 다섯 잔째 마셨다. 그녀가 잔을 비울수록 하경의 표정이 어두워졌다.

"도서관 씨. 괜찮아요?"

"네에…… 아니요…….."

괜찮은 건지, 괜찮지 않은 건지 모를 이상한 대답을 하며 그녀가 허탈하게 웃었다. 알코올에 이성이 희석될수록, 가슴속에 맺혀 있던 억울한 감정이 피어올랐다. 그녀가 씩씩거렸다.

"정말 부모님이 나한테 어떻게 이럴 수가 있죠?"

"뭐가요?"

지원의 술주정에 하경이 당황했다. 그녀는 칵테일 잔을 부술 기세로 바 위에 쾅 내려놓았다.

"이제 스물아홉인데…… 난 서른도 안 되었는데 어떻게 60살 먹은 아저씨한테 시집을 보내냐구요…….."

눈물이 날 것 같아 지원이 코를 훌쩍거렸다. 하경은 그녀를 가만히 응시했다. 예순이라. 아버지가 내년에 환갑이니, 그녀의 신랑이 될 사람은 아버지와 동갑이란 뜻이었다.

아버지가 만약 도서관 같은 어린 여자를 새어머니라고 데려온다면 어떨까? 끔찍한 상상에 그의 미간이 좁아졌다. 아버지의 인품으로서는 절대 있을 수 없는 일이다. 아직도 어머니를 그리워하는 분 아닌가.

"그리고 그 아재는 저보다 나이 많은 아들이 있단 말이에요. 그래, 아재하고 결혼한다 쳐! 근데 내가 그 사람을 또 어떻게 봐요?"

하경은 정말 할 말이 없었다. 무슨 말로 지원을 위로해야 할지 감도 잡을 수 없었다. 그는 위로 대신 그녀의 어깨를 토닥여 주었다. 예순이나 먹은 남자의 이기심에 이 여자도, 남자의 아들도 참 안됐다.

"박민철, 그 개새끼가 진작 나랑 결혼해 줬으면 이런 일도 없었을 텐데!"

이를 갈면서 지원이 버럭 화를 냈다. 모르는 이름이라 하경의 미간이 좁아졌다.

'박민철은 또 누구야?'

"하여튼…… 카센터 님도 조심해요. 언제 부모님이 돌변할지 모른다니까요."

"그런 분이……."

아버지는 그럴 사람이 아니었다. 오히려 결혼과 같은 중대사에 아버지는 보수적이고 대쪽 같은 타입이었다. 서른한 살이나 어린 여자를 며느리도 아니고 아내로 맞을 분이 아니었다. 반대로 아들을 부모뻘 되는 여자에게 장가들게 할 타입도 아니었다.

하지만 하경은 말을 도중에 멈추었다. 너희 부모랑 달리 우리 아버지는 그럴 사람이 아니라고 부정해 봤자 그녀의 가슴에 상처만 하나 더 만드는 셈이었다.

"결혼할 생각도 별로 없긴 했지만, 하게 되면 나도 내 또래랑 알콩달콩 살고 싶었는데…… 미쳤어, 진짜."

지원의 눈에서 결국 눈물이 뚝 떨어졌다. 조명 아래 반짝반짝 빛나는 고급 원목 위로 투명한 눈물이 고였다. 이젠 울기까지 하는 도서관을 어떻게 달래야 하나 하경은 난감해졌다.

그때 하경에게 바텐더가 손수건을 슬쩍 건넸다. 눈물을 닦아 주라는 의미였으나 하경은 그 의도를 읽지 못하고 지원에게 손수건을 내밀었다. 무뚝뚝하기 그지없는 놈이라고, 바텐더가 혀를 차면서 안으로 들어가 버렸다.

손수건을 받아 든 지원이 눈물을 닦고 코까지 킁 풀었다. 코가 뚫리자 왠지 가슴까지 시원해졌다.

"……죄송해요, 울어서."

그녀가 하경에게 손수건을 다시 내밀었으나 그는 고개를 저었다. 남이 코 푼 손수건을 굳이 받아 들고 싶지 않았다.

"보름 뒤에 가는데, 그때도 엄마 아빠가 포기하지 않으면…… 진짜 전 어떡하죠?"

지원의 눈에 다시금 눈물이 차올랐다. 첫 결혼사진을 내년이면 환갑인 아저씨랑 찍게 생겼다. 미치겠다, 정말! 상상만 해도 가슴이 턱턱 막혔다. 울분이 차올랐다.

"미국에 불법 체류라도 할까요? 한국에 안 들어가면 되잖아. 오! 이거 좋은 방법인 것……."

지원이 화색을 띠었으나 뜬금없는 범죄 계획에 하경이 지원을 미친 사람 보듯이 쳐다보았다. 그의 눈동자에 담긴 경멸의 빛을 읽자 그녀의 어깨가 축 처졌다.

"……아니죠, 네. 좋은 방법 아니죠."

시무룩해진 지원에게 하경이 이성적인 대화를 시도했다.

"부모님하고 제대로 이야기는 나눠 봤어요?"

"어차피 듣지도 않을 걸요? 엄마는 이미 완전히 마음을 굳혔고 아빠도, 아빠까지 그럴 줄 몰랐는데 자기한테 도움이 된다고 딸을 팔아먹겠다고 이미 다들…… 결정을……."

지원이 차마 말을 잇지 못하고 울먹거렸다. 하경은 그녀가 측은했다.

"예순 살 먹은 아저씨랑은 결혼하기 싫다고 딱 잘라 말을 해야죠."

"그게 통할 사람들이었으면 애초에 저를 그 집에 시집보내려고 하지도 않았을 거예요."

하긴. 일리 있는 소리라 하경도 고개를 끄덕였다. 현실이 막막해서 지원은 한숨을 길게 내쉬었다.

"보름 뒤에 귀국하면, 전 그 아재랑 식장에 손잡고 들어가겠죠?"

"그렇게 빨리 결혼이 진행되겠어요? 이것저것 준비도 많이 할 텐데."

"어차피 그쪽은 재혼이잖아요. 대단하게 하지도 않을걸요."

듣고 보니 또 그렇다. 하경은 이번에도 지원의 말에 납득했다. 참 가여운 여자였다. 부모뻘인 남자한테 팔려 가듯 결혼하는 것도 안됐지만 결혼식이라는 환상에 젖지 못할 것이 안타까웠다.

"귀국 전까지는 하고 싶은 거 다 하면서 지내고 싶어요. 다시는 못 할 거니까."

쓸쓸한 시선으로 지원이 중얼거렸다.

"맞다. 또…… 남자는 서른만 넘어도 체력이 달린다던데……."

"뭐요?"

뜬금없는 소리에 하경이 깜짝 놀라 지원을 바라보았다. 그가 당황하든 말든, 그녀는 여전히 처연하게 중얼거렸다.

"체력이 달려서 아저씨들이 그렇게 비아그라를 먹는다잖아요."

'생각이 왜 저렇게 막 나가?'

하경은 지원의 말이 기가 막혔다. 그리고 뭐? 서른부터 체력이 달려? 웃기는 소리다. 왜냐하면 바로 손하경, 그 자신이 올해 서른두 살이니까! 자존심이 상한 그가 울컥한 마음을 애써 내리누르고 말했다.

"서른 정도로는 아무 문제없거든요."

"그럼 뭐해요? 난 60살 먹은 아재랑 결혼할 텐데."

삐죽거리는 지원을 하경은 복잡한 눈빛으로 바라보았다. 자신이 도서관의 마음을 다 어찌 이해할까? 예순 살 남자랑 결혼하게 생겨서 서울에서 여기까지 도망쳐 올 정도니, 그녀는 지금 모든 것이 다 절망적이리라. 그는 그녀의 마음을 최대한 이해하려 애를 썼다. 그녀가 계속 혼잣말처럼 불평했다.

"애도 못 가질 거 아니에요. 그래, 뭐 늦둥이가 생길 수도 있겠지만 그러면 그 집 아들은 얼마나 기분 나쁘겠어요? 나라면 정말 싫을 텐데."

하경 역시 동감이었다. 자신보다 어린 새어머니가 동생을 낳는다는 상상은 하고 싶지도 않았다.

"그런 생각은 하지 마요. 아직 시간은 있고, 혼인 신고를 한 것도 아니잖아요? 방법을 찾을 수 있을 거예요."

하경이 최선을 다해 위로의 말을 건넸으나 그게 지원에게 들릴 리가 없었다. 귀국하면 정상적인 결혼 생활은 윤지원의 인생에 없게 된다. 그녀는 참 아득해졌다.

"……어떻게 해야 할지 하나도 모르겠다니까요."

그러면서 지원은 칵테일 잔을 집어 들고 바텐더를 향해 같은 술을 한 잔 더 부탁했다. 바텐더는 소녀 같은 동양 여자를 걱정하듯 보다가도 손님의 부탁을 거절할 수는 없어서 한 잔을 더 만들어 주었다.

지원 혼자 술을 마시게 둘 수 없어서 하경도 적당한 걸로 한 잔 주문했다. 먼저 그녀의 칵테일이 나왔다. 그녀는 칵테일을 물 끄러미 응시했다.

아버지 회사에 결혼을 전제로 투자를 해 준다고 했다. 예순 살 사장님의 그 기막힌 제안을 아버지가 받아들인 건, 그만큼 투자가 중요하기 때문일 것이다. 아버지가 원망스럽기는 했으나 지원도 아버지가 자신을 얼마나 사랑하는지 잘 알고 있었다. 사랑하는 막내딸을 그런 곳에 시집보낼 각오를 다질 정도면, 생각보다 회사에 투자가 급한 걸지도 모른다.

효녀 심청도 아니고, 효녀 윤지원 나섰다.

"우울하니까 이제 그만 얘기해야지. 재미없죠?"

그렇다면 이 혼사가 엎어질 일은 없을 것이다. 피할 수 없는 일을 구질구질하게 타인에게 말하는 것도 정도가 있는 법이다. 칵테일을 한 모금 마시고 나서 지원이 홀가분한 표정을 지었다.

한편, 도서관의 마음이 도대체 어떻게 변한 건지 하경은 통 알 수가 없었다. 조울증 같은 병이라도 있는지 울다가 또 금세 차분해지는 그녀의 모습은 꽤 희한했다.

"다른 이야기해요. 아! 카센터 님 있잖아요, 처음 봤을 때요."

그녀의 대화 주제는 잘도 바뀌었다. 하경은 도서관과 처음 만났을 때를 떠올렸다. 어땠더라? 캐리어를 든 여자가 바위 뒤에 숨어 가지고…….

"몸매가 너무 좋아서 깜짝 놀랐어요."

"……네?"

갑작스러운 몸매 칭찬에 하경의 머릿속이 하얗게 지워졌다.

"카센터 하시는 분들은 다 그래요? 저희 집 근처에도 제가 가는 카센터 직원이 몸이 진짜 좋거든요. 아! 그럼 카센터 님 아버님도 근육질이고 막 그런⋯⋯."

거기까지 말하던 지원이 하경의 당혹스러운 시선에 말을 멈추었다. 자신이 무슨 소리를 했는지 방금 전까지 말하고 있었으면서도 기억이 잘 나지 않아 잠깐 머뭇거리던 그녀는 뒤늦게 실수를 깨달았다.

알코올 기운에 아무리 신이 나도 그렇지, 남의 아버지 몸매까지 운운하다니! 정말 경솔하기 짝이 없는 소리였다. 지원이 고개를 수그렸다.

"죄송해요."

"뭐⋯⋯ 괜찮아요."

하경이 당혹스럽게 지원을 바라본 것은, 그녀의 예의 없는 소리 때문만은 아니었다. 그러고 보니 그날, 셔츠를 벗고 있었다. 워낙 덥고 습한 곳이라 야외에 나갈 때에는 항상 물병을 지참하고 다니는데, 물을 마시다가 손이 미끄러져서 셔츠가 다 젖어 버렸던 것이다.

프라이빗 비치에서 남의 눈을 의식할 필요도 없었기에 그는 볕이 쨍쨍 내리쬐는 바위 위에 셔츠를 올려 두고 해변을 거닐었다. 다 말린 뒤에 리조트로 돌아가면 되는 거였다. 그러다가 도서관을 만났다. 그리고 그녀는 경찰에 신고하겠다는 그를 만류하기 위해 뒤에서 그의 허리를 끌어안았다.

'그때 날 만졌다…… 이건가?'

하경은 지원의 손을 힐끔 쳐다보았다. 운동을 열심히 하길 잘했다. 처음으로 그는 꾸준히 운동한 자신이 자랑스러워졌다.

"카센터 님……."

"네?"

자신을 부르는 소리에 하경이 지원의 손에서 시선을 뗐다. 근데 또 이 여자의 눈에 눈물이 차오르기 시작했다.

"……같은 남자랑 결혼하는 여자는 얼마나 좋을까요?"

그녀는 그를 부르는 것이 아니었다.

다른 이야기를 하자더니, 결국 또 팔려 가는 결혼 이야기로 돌아왔다. 하경이 뭐라 말하기도 전에 지원이 계속 웅얼거렸다.

"나도 몸매 좋고 젊은 남자랑 결혼하고 싶은데……."

내년에 환갑인 아저씨랑 결혼하게 생긴 자신의 절망적인 미래를 그리고 나서 지원은 양손에 얼굴을 묻고 흑흑거렸다. 적나라하게 드러나는 그녀의 마음에 '몸매 좋고 젊은 남자' 하경은 괜스레 얼굴이 붉어졌다.

얼굴에서 손을 뗀 지원은 목이 타는 듯해서 남은 술을 단숨에 마셨다. 속은 여전히 뜨겁고 너무 울어서 머리도 아팠다. 눈물 탓에 술기운이 온몸으로 퍼져 나가자 눈앞이 울렁거렸다.

'이제 그만 마시고 객실로 돌아가야겠다.'

……까지 생각한 지원은 바 위에 머리를 박고 기절했다.

뒤처리가 자신의 몫이 되자 옆에 있던 하경의 눈동자가 흔들렸다. 도서관 혼자 이야기하고 혼자 울다가 혼자 쓰러지다니, 기가 막혔다.

2장
왜 자꾸 사람, 자극해요?

머리가 너무 아파서 지원은 정신을 차릴 수가 없었다. 칵테일을 물 마시듯 꿀꺽꿀꺽 마셨던 것도 같은데 어떻게 되었더라? 지원의 머릿속에 어렴풋이 와인 바 정경이 떠올랐다. 그리고 옆에서 자신의 한탄을 들어 주고, 몸도 좋고 젊은데 잘생기기까지 한 카센터 역시 떠올랐다.

"안 돼!"

눈을 번쩍 뜬 지원이 비명을 질렀다. 희끄무레한 빛줄기 사이로 하얀 천장이 보였다. 갑자기 소리를 지른 탓에 뒤늦게 숨이 찼다. 그녀가 컥컥, 숨을 내쉬면서 눈동자를 굴렸다.

좀 익숙한 천장이다. 머리가 터질 것 같은데도 고개를 돌리니 하얀 베개가 보였다. 음, 낯설지는 않은 침구였다. 반대로 고개를 돌리자 바닥에 굴러다니고 있는 자신의 캐리어가 보였다. 다행히 자신이 묵고 있는 객실이었다.

'귀소 본능?'

필름이 뚝 끊겼는데 그래도 얌전히 객실로 돌아왔다. 죽을 것 같은 고통을 느끼면서 그녀가 몸을 일으켰다. 옷도 어제 입은 옷 그대로였다. 신발은 한쪽만 신고 있었다. 다른 한쪽이 어디 있나 둘러보니 출입문 바로 앞에 떨어져 있었다.

"휴……."

한숨이 절로 나왔다. 혹여 카센터와 사고라도 쳤을까 싶어 얼마나 놀랐는지 모른다. 아니, 물론 그 남자가 그럴 사람으로 보이지는 않지만 만약이라는 것도 있고 또 어딘가 조금 미묘한 이야기를 나누기도 했으니까…….

거기까지 생각한 지원이 표정을 굳혔다.

'설마 내가 아쉬워하는 거야? 미쳤어?'

지원은 양손에 얼굴을 묻어 버렸다. 내년 환갑인 아저씨와 다르게 몸매 좋고 젊은 남자. 게다가 카센터는 얼굴도 잘생겼다. 처음에는 사람 성격이 별로다 싶었는데, 또 어제 보니까 술도 사 주고 이야기도 잘 들어 주고 나름대로 위로도 할 줄 아는 남자였다.

'그래서?'

어질어질했지만 일어나서 침대를 나온 지원은 창가로 다가가 커튼을 열어젖혔다. 강한 볕이 단숨에 쏟아져 들어왔다. 눈가를 찡그린 채 그녀가 바깥 풍경을 바라보았다. 가장 저렴한 객실이라 바다 따위는 보이지 않았다. 그래도 군데군데 보이는 야자나무가 이곳이 한국이 아닌 타지임을 드러내고 있었다.

왜 아쉽다는 생각이 들었을까? 여행을 떠나면 기분이 들떠서 사고를 치기도 한다. 여행지에서 만난 사람들끼리 눈이 맞는 경우도 있지 않은가. 그런 경험담을 여기저기서 주워들은 탓에 잠시나마 이 같은 쓸데없는 생각이 든 것뿐이다.

게다가 이건 부질없는 망상에 불과했다. 카센터와 일이라도 쳐서 뭘 어쩌겠다고? 부모님이 결혼을 포기하지 않으면, 자신은 결혼식장행이다. 예순 먹은 아저씨 손을 잡고 말이다.

"……정말 끝내주는 일이야."

지원이 일부러 소리 내어 비아냥거렸다.

늦게 일어난 바람에 조식은 물 건너갔다. 지원은 대충 샤워를 하고 개운한 기분으로 객실을 나왔다. 아침 겸 점심으로 뭘 먹는 게 좋을까? 덥고 습한 플로리다는 차가 없으면 다니기가 힘들었다. 가능하면 리조트 내에서 해결할 수 있는 게 좋을 것이다.

문제는 이 리조트에 손님이 워낙 없다는 데 있었다. 지원은 굳게 닫힌 출입문을 보고 혀를 찼다. 어떻게 입주 레스토랑이 하나같이 문을 닫을 수가 있지? 손님이 없어서 그런 건지, 아니면 이따위로 영업하기 때문에 손님이 없는 건지 확실치는 않았다.

'어이없어.'

기막힌 한숨을 내뱉고 나서 지원이 발걸음을 돌렸다. 앞으로 이 리조트에서 지낼 날은 2박 남았다. 시내와 가까운 호텔로 숙소를 꼭 옮기고 말리라. 지원이 마음을 굳게 다졌다.

어제 하도 술을 퍼마셔서 속이 썩 좋지 않았다. 숙취 해소에는 얼큰한 국물이 최고인데, 룸서비스를 부탁하면 올지 모르겠다. 특히 지원은 라면이 먹고 싶었다. 꼭 해외를 나오면 입맛의 자기주장이 강해진다.

'라면이 아니라면 뭐…… 국수? 베트남 쌀국수 같은 건 있을 법도 한데?'

아침 겸 점심 메뉴를 정하느라 지원은 심각한 표정으로 걸었다. 무엇보다 행선지를 어떻게 정해야 할지 혼란스러웠다. 이곳에서 걸어서 가 본 곳은 메이저 호텔이 전부였다. 가는 길에 푸드 트럭이 있는 것을 보고 어제 점심에도 다녀왔다.

'맞다, 거기 국물 있는 거 안 팔았지?'

어제의 윤지원은 칠리소스가 범벅인 핫도그만 먹어도 맛있다고 생각했었다. 그때였다.

"……관 씨! 이봐요, 도서관!"

덥석, 지원의 어깨가 붙잡혔다. 깜짝 놀라 뒤를 돌아본 지원은 아는 얼굴을 보고 반갑게 웃었다.

"안녕하세요."

그러나 카센터는 지원을 살펴보다가 조심스럽게 물었다.

"……괜찮아요?"

"네? 뭐가요?"

천진난만한 그녀의 눈동자를 그가 복잡하게 응시했다.

어젯밤, 하경은 바에 머리를 박고 기절한 도서관을 손수 옮겨 줬었다. 의식을 잃은 여자는 예상보다 무거웠지만, 아주 들지 못할 정도는 아니었다. 쌀부대를 둘러메듯 그녀를 메고 그가 어색하게 와인 바를 나섰다. 그녀의 객실이 이미 어딘지 잘 알고 있던 그는 거침없이 그녀를 객실로 데려갈 수 있었다.

가는 도중이 문제였다. 정신을 잃은 도서관이 대뜸 흑흑 울기 시작한 것이었다. 처음에는 그녀가 정신을 차린 줄 알고 깨워 보려 노력했으나 놀랍게도 이 여자는 자면서 울었다. 그녀는 종종 '어떻게 엄마가 나한테 이럴 수가 있어?'라거나 '내년에 환갑…….' 같은 소리를 했다.

하경이 도서관의 자세한 일은 모르겠지만 집안 사정이 열악해서 팔려 가듯 결혼하는 것만은 확실했다. 무의식중에 울기까지 할 정도로 그녀는 힘들어 하고 있었다. 안됐지만 그렇다고 해서 처음 본 여자를 자신이 도와줄 수는 없는 노릇이었다.

직원에게 마스터키를 얻어서 도서관을 침대 위에 두고 하경이 한숨을 크게 내쉬었다. 제 할 일은 다 한 셈이다. 그녀는 침대에 누워서도 계속 흐느끼고 있었다. 그는 그녀의 울음소리를 듣지 못한 척 객실을 나섰다.

그 뒤로 손하경은 늦은 시간까지 잠을 이루지 못했다.

"어제 술을 그렇게 먹었는데, 괜찮나 해서요."

"아……."

괜찮기는 개뿔, 머리는 아직도 빙빙 돌고 속도 불편했다. 아무리 속상해도 술을 물 마시듯 먹어서는 안 되는 거였다. 아무리 비싼 술이라도 숙취는 거지같았으니까.

"헉!"

갑자기 놀란 숨을 들이마시는 지원을 하경이 의아하게 쳐다보았다. 비싼 술! 고급 리조트의 와인 바는 칵테일을 한 잔에 얼마에 팔고 있을까? 지원의 눈동자가 흔들렸다. 자신이 몇 잔을 먹었는지 기억이 나지 않아 셀 수도 없는데, 아마 한 손은 가뿐히 넘어갈 것이다. 그럼 대체 얼마야?

지원이 하경을 올려다보았다. 차마 입이 떨어지지 않는다.

'제가 얼마나 술을 마셨고, 얼마가 나왔나요? 계산은 설마 그쪽이 다 했나요?'

……라고 가볍게 물으면 될 일인데 자신이 대체 얼마치의 술을 먹었는지 두려워서 쉬이 말이 나오지 않았다.

'재수 없으면 노숙 확정인데.'

노숙하게 되면 카센터를 처음 만난 그 바위에서 노숙해야겠다. 나름대로 대안을 짜며 지원이 힘겹게 입을 열었다.

"저기, 어제 술값이요……."

"아, 너무 신경 쓰지 않아도 돼요."

하경은 다른 것도 아니고 술값을 걱정하는 지원이 의외라는 생각이 들었다. 아직 영업 시작도 아니고, 바텐더도 시험 삼아 술을 내놓은 거라 돈을 주고받을 일은 없었다. 하지만 이 사실을 모르는 지원으로서는 대단히 부담스러웠다.

"많이 나왔을 텐데…… 죄송해요."

그녀가 정말 미안한 듯 눈가를 찡그렸다. 서울에서 카센터를 하는 사람. 심지어 사장도 아니고 많지도 않은 월급을 모아서 여행 왔을 사람에게 술값을 뒤집어씌웠으니 미안하기 그지없었다.

물론 하경은 정말 개의치 않았다. 돈을 내지도 않았지만, 돈이 없는 것도 아니었다.

"조식 안 먹었죠?"

"네? 네…… 늦게 일어나서."

"잘됐네. 그럼 이거 갖다 먹어요."

그가 대뜸 지원에게 손에 든 봉투를 내밀었다. 받지는 않고, 그녀는 멀뚱히 봉투를 바라보았다.

"뭔데요?"

"치킨 수프요. 숙취에 좋던데, 난."

음식이라는 소리에 지원이 봉투를 냉큼 받았다. 여기저기가 아프고 난리도 아닌데 푸드 트럭까지 어떻게 걸어서 나가나 걱정이 태산이었다. 그런데 이렇게 좋은 기회가 올 줄이야! 봉투를 받아 든 그녀의 표정이 환해졌다.

"정말 고맙습니다. 어떻게 나가야 하나 걱정이었는데!"

"별거 아니에요. 지나가다가 사 온 거니까."

그가 말은 그리 해도 지원은 카센터가 천사처럼 느껴졌다. 세심하게 신경까지 써 주는 카센터는 생각보다 더욱 좋은 남자일지도 모른다.

"저한테는 진짜 은인이에요. 어제 술도 사 주시고, 오늘 밥도……."

그녀가 봉투에서 눈을 떼지 못하다가 고개를 번쩍 들었다. 이대로 얻어먹고 있을 수만은 없다. 오는 것이 있으면 가는 것도 있어야 하는 법.

"제가 이따가 저녁 살게요. 저녁에 스케줄 괜찮으세요?"

"네, 뭐…… 근데 꼭 그러지 않아도 돼요."

"아뇨! 염치없이 얻어먹을 수는 없죠. 제가 저녁 푸짐하게 쏠게요."

……라고 말을 하면서도 지원은 머릿속으로 예산을 계산했다. 그래, 200달러까지만 쓰자. 술값도 굳었고, 밥값도 굳었으니 조금 더 써서 300달러까지도 괜찮겠다.

"알았어요."

"그럼, 여섯 시에 로비에서 봬요."

카센터는 떨떠름해 보였으나 지원은 가벼워진 마음으로 객실로 향했다. 어서 빨리 치킨 수프가 먹고 싶었다.

여섯 시. 윤지원은 그나마 제일 멀쩡해 보이는 면 원피스를 입고 로비로 나왔다. 도망자 신세로 지낼 생각이었기에 후줄근한 옷만 들고 온 게 이렇게 후회스러울 줄이야.

'그리고 화장품은 또 왜 안 들고 와서!'

선크림에 가벼운 립스틱, 그리고 마스카라. 색조 화장품은 이게 다였다. 링클 케어니 수분 크림이니 하는 기능성 화장품은 이 상황에 다 필요 없는 거였다. 그나마 속눈썹을 한 번 올려 주어서 눈동자가 맑고 또렷해 보였다.

'그래, 뭐 연애하는 것도 아니고…….'

울적한 마음을 애써 달래면서 지원이 주변을 둘러보았다. 도대체 영업할 의지가 있는 건지, 없는 건지 프런트 데스크에는 직원이 없었다. 덜렁거리다가 잃어버릴까 봐 카드 키를 맡기고 싶었는데 이 리조트 꼴을 보니 자신이 들고 다니는 게 덜 위험할 것 같았다.

"많이 기다렸어요?"

그때 뒤에서 기다리던 음성이 들렸다. 지원이 몸을 홱 돌렸다. 카센터는 캐주얼한 셔츠에 면바지 차림이었다. 뭐랄까? 그는 윤지원을 별로 의식하지는 않는 느낌이었다.

"아, 아뇨……."

괜스레 시무룩해졌지만 그녀는 생각을 떨쳐 내려고 애를 썼다. 카센터가 보기에 자신도 편한 차림을 한 듯 보일 것이다. 애초에 혼자 쉬러 온 것이니 남들 눈에 좋아 보일 옷을 챙기지도 않았을 테고 말이다.

"저기, 혹시 차 있어요?"

"제 차로 갈까요?"

지원이 대답 대신 고개를 끄덕였다. 그가 앞장서서 주차장 쪽으로 향했다.

카센터의 차 조수석에 오른 지원은 감격에 휩싸였다. 얼마 만에 자동차를 타는 건가! 그동안은 자동차의 소중함을 몰랐는데, 메이저 호텔에서 이 리조트까지 걸어 다니면서 차가 절실하긴 처음이었다. 무엇보다 큰 문제는 한국을 후다닥 뛰쳐나온 윤지원이 국제 운전면허증을 발급받지 않아서 차를 렌트조차 할 수 없다는 데 있었다.

"생각해 둔 가게 있으면 안내해요."

"어, 그게…… 없는데요."

시동을 건 하경이 지원에게 황당한 시선을 보냈다. 이 여자는 자신이 저녁을 사겠다고 큰소리를 쳤으면서 메뉴도 정하지 않았다.

"제가 차가 없어서…… 지금 여기 갇혀 있다시피 하는 거거든요. 그래서 잘 몰라요, 뭐가 있는지."

"차가 없다고요?"

그는 그녀를 믿을 수 없다는 듯 바라보았다. 플로리다는 차가 없으면 다니기 무척 힘든 곳이었다. 날씨도 날씨고, 대중교통도 한국만큼 좋지 않아서 메리엔 리조트까지 들어오는 버스도 없었다.

그가 당황해서 물었다.

"그럼, 어…… 떻게 다녔어요? 설마 걸어서?"

"네. 어젠 점심 먹으려고 몇십 분을 왕복했어요. 거의 한 시간? 푸드 트럭에서 타코랑 핫도그를 먹었는데 돌아오니까 다 꺼진 거 있죠?"

이 더운 날씨에 한 시간이나 걷다니! 그녀의 말이 하경은 무척 충격적이었다. 그런데도 일사병 하나 없이 건강한 모습이 신기했다. 햇볕 아래 5분만 있어도 풀썩 쓰러질 것 같이 생겼는데 이 여자는 의외로 무척 건강했다. 어쩌면 하경 자신보다 더 체력이 좋을지도 모르겠다.

"너무 힘들더라고요. 그래서 아침에 어떻게 가나 걱정했어요."

하경은 할 말을 잃고 운전만 했다. 정말 여러모로 사람 놀라게 만드는 여자다.

지원이 30분 씩 걸려서 다녔던 길은 차를 타고 가자 단숨에 끝이 났다. 그녀가 쓸쓸하게 차창 밖을 보며 중얼거렸다.

"벌써 오다니……."

메이저 호텔을 지나서 다운타운 쪽으로 더 들어가니 신세계였다. 차이니즈, 재패니즈는 물론 베트남, 멕시칸, 이탈리안, 프렌치 등등 온갖 레스토랑이 즐비했다. 보통 1층짜리 건물이 다수였지만 2층, 3층짜리 건물 전체를 쓰는 레스토랑도 있었다. 관광객의 주머니를 노리는 고급 레스토랑도 종종 보였다.

"뭐 먹을까요?"

"뭐 드시고 싶은데요?"

"아무거나 상관없어요. 도서관 씨는?"

그는 참 아무렇지도 않게 그녀를 도서관이라 불렀다. 뭐, 나쁘지는 않았다. 솔직히 카센터보다는 도서관이 나은 것도 같고.

"저도 아무거나요."

"그럼, 더우니까 일식으로 할까요? 메밀 소바라거나?"

"어…… 그걸로 괜찮아요?"

그는 대답 대신 생긋 웃었다. 메밀 소바는 한국에서야 저렴하겠지만 이곳에서는 그다지 저렴한 편도 아니었다. 또한 그는 그녀에게 거하게 얻어먹을 생각도 없었다. 집안 사정 때문에 팔려가듯 결혼하는 여자에게 부담까지 지워 주고 싶지는 않았다.

"괘, 괜찮으시면 일식집으로 가세요."

지원이 더듬거리다가 대답했다. 갑자기 자신을 보고 빙그레 웃는 카센터의 얼굴에 잠깐 넋이 나갈 뻔했다. 괜히 얼굴이 뜨거워지는 기분이라 그녀가 손으로 뺨을 감쌌다. 이 남자가 예상보다 다정해서 자꾸 가슴이 싱숭생숭했다.

하지만 인생은 쉽게 풀리지 않았다.

"……사람이 되게 많네요."

지원이 허탈하게 말했다. 벌써 3번째 퇴짜였다. 가는 가게마다 사람이 넘쳐 나서 자리가 없었다. 관광객에 현지인들까지 합세하니 온갖 가게에 사람이 바글바글했다.

"금요일 저녁이라서 그래요."

내심 짜증스러운 그녀와 달리, 카센터는 감정적으로 별로 동요하지 않는 모양이었다. 여전히 평온한 목소리로 그는 핸들을 돌렸다.

"일식 말고 다른 데도 괜찮은데……."

"이 시간에는 다 비슷할 겁니다."

"그, 그럼 비싼 데도 괜찮아요."

지원이 덧붙였으나 하경은 그녀를 흘깃 쳐다보고는 고개를 저었다.

"우리, 너무 편하게 입었어요."

어느 정도 격식 있는 차림이었다면 모를까, 패스트푸드점이나 갈 정도로 편하게 입고 나왔다. 애초에 파인 레스토랑을 갈 생각이 없었기에, 하경은 도서관이 부담스럽지 않게끔 캐주얼한 옷을 선택했다.

한편, 지원은 두 사람을 '우리'로 묶은 그의 말에 또 혼자 설레고 있었다. 사소한 말 한 마디에도 가슴이 두근거렸다.

'정말 주책이다.'

낯선 여행지에서 만난 멋진 남자. 설렐 요소가 없는 건 아니지만, 문제는 윤지원이 귀국 후에 결혼하게 된다는 데 있었다. 그것도 예순 먹은 아저씨랑 말이다.

'빌어먹을.'

차라리 여기서 추억이라도 쌓고 가는 게 낫지 않을까? 한국에 돌아가서 언제 카센터만한 남자를 만날까? 아무리 돈을 발라 관리를 해도 예순 살 먹은 아저씨는 카센터 발끝도 못 따라올 것이 뻔했다. 지원은 절망적인 표정으로 창밖을 응시했다. 창문에 그의 옆모습이 비쳤다.

'하긴, 떡 줄 사람은 생각도 않는데…….'

누가 떡 줄 사람인지.

울적한 기분을 애써 내리누르면서 그녀가 자세를 바로잡았다. 그때, 그가 입을 열었다.

"맥도날드 있네요."

"네에? 뭐요?"

그가 한 손으로 핸들을 고정하고 손을 들어 길 건너 좌측 도로변을 가리켰다. 지원이 맥도날드를 몰라서 물은 것은 아니었다.

"매, 맥도날드 가자고요? 햄버거 드실 거예요?"

"금요일 저녁인 걸 깜빡했어요. 여기가 관광지라 금요일 밤엔 예약을 해야 했는데, 이대로 돌아다녀 봤자 자리 잡기 힘들 거예요."

"그, 그래도……."

"드라이브 스루 있으니까 사서 리조트로 돌아갑시다."

그가 유턴을 하기 위해 1차로로 진입했다. 고작 맥도날드라니, 지원이 어쩔 줄 몰라서 다시금 물었다.

"……그걸로 정말 괜찮으세요?"

"괜찮아요. 나 햄버거 좋아하니까."

물론 윤지원도 햄버거라면 환장을 했다. 하지만 그건 그거고, 햄버거 하나로 때울 빚이 아니었다.

"저기, 그럼 제가 나중에 또 살게요. 부담스러워 하지 마시고요, 정말 햄버거 하나로는 죄송해서……."

"그게 편하면 그러세요."

다행히 카센터는 무던한 성격이었다.

저녁 식사 대접을 하겠다고 뻥뻥 큰소리를 쳐 놓고 맥도날드 행이라니! 어디 가서 말하면 창피를 당할 것이다. 상상만으로도 창피해서 그녀는 귀 끝까지 뜨거워졌다. 그녀 쪽은 보지도 않고 그는 맥도날드 주차장 쪽으로 차를 몰았다.

빅맥 세트와 쿼터파운더치즈버거 세트. 세금까지 내도 20달러가 채 되지 않는 놀라운 가격!

'어떻게 이럴 수가……'

운전하는 하경을 대신해서 지원의 무릎 위에 봉투가 놓였다. 그녀는 정말 어이가 없었다. 이 상황을 도저히 믿을 수가 없었다. 지갑에서 20달러짜리 지폐를 꺼냈을 때에도 현실감이 들지 않았다.

"너무 미안해하지 않아도 돼요. 정말로 치즈 버거 좋아하니까."

그가 그녀의 마음을 읽은 듯 부드럽게 말했다. 미안함이 잔뜩 담긴 그녀의 시선을 읽은 탓이었다. 그녀는 제대로 대답도 못 하고 맥도날드 봉투 위로 시선을 떨구었다. 차마 할 말을 찾지 못했다.

돌아가는 길도 역시 빨랐다. 수십 분씩 걸어서 가는 것과는 차원이 달랐다.

리조트에 도착해서 주차장에 차를 세운 뒤, 하경이 안전벨트를 풀었다. 그가 짐을 달라는 듯 손을 내밀자 지원이 맥도날드 봉투를 건네고 눈치껏 그를 따라 주섬주섬 내렸다. 그런데 웬걸,

그는 맥도날드 봉투 안에서 제 몫을 꺼내고 있었다.

"그럼 잘 먹을게요."

"네?"

지원이 눈을 동그랗게 뜨고 그를 쳐다보았다. 뭐야? 이대로 헤어지는 거야? 끝난 거야? 저녁 대접은 망한 거야? 그녀의 머릿속이 복잡해질 찰나, 그가 미소를 지으며 그녀에게 봉투를 안겨주고 단호히 인사했다.

"들어가세요."

"……네?"

하경이 미련 없이 등을 돌렸다. 빅맥이 든 봉투를 양손으로 들고 지원은 하염없이 카센터의 뒷모습만 바라보았다. 다리에 힘이 빠져 풀린 그녀가 비틀거렸다. 덩그러니 윤지원 혼자 남았다.

저녁으로 맥도날드 쿼터파운더치즈버거를 먹은 손하경은 메일 확인을 마친 뒤에 생각에 빠졌다. 일이 잘 안 풀리는 것은 아니었다. 오픈 준비는 순조로웠고 서울은 주말이라 이제 업무는 올 스톱이었다. 이제 마음 편히 쉬어도 되는데.

그를 고민에 빠지게 한 존재는 따로 있었다.

도서관. 건물 말고 여자.

도서관이 자꾸 생각이 나서 하경은 내심 당황스러웠다. 그녀가 유난히 눈에 밟히게 된 건 그날, 와인 바에서 술잔을 같이 기울인 이후였다.

그녀를 얌전히 객실에 데려다 놓고 자신은 새벽까지 잠을 이루지 못했다. 도서관의 사정이 안타까워서 곱씹다 보니 날이 어슴푸레 밝아 왔던 것이다. 처연하게 눈물 흘리는 그녀의 모습이 머릿속에서 사라지질 않았다.

'안타깝지. 안타까워.'

하지만 자신이 도와줄 수는 없었다. 남의 집안 사정에 멋대로 관여하는 건 무례한 짓이었다.

'도대체 어떤 부모기에 젊은 딸을 늙은이한테 시집보내?'

하경은 문득 화가 났다. 그녀의 입장을 자신에게 대입해 보니, 정말 절망적이고 화가 나는 상황이었다. 만약 아버지가 갑자기 그에게 나이 많은 여자와 결혼하라고 하면 얼마나 실망스럽고 기분 나쁠까? 그래서 그녀가 그토록 울면서 어머니를 원망한 것이리라.

적어도 부모라면, 자식에게 최선을 다해야 하는 법이다. 손하경이 아는 모든 부모는 그랬다. 자식에게 최선의 교육을, 최선의 환경을, 결혼까지도 최선의 짝을 찾아 주는 것이 주변 부모들의 꿈이었다. 그래서 하경은 이 세상 부모들이 참 대단하고 존경스러웠다.

그런데 아닌 부모도 있는 모양이다.

하경은 맥도날드 봉투를 가만히 쳐다보았다. 음식은 다 먹었고, 쓰레기만 담겨 있는 봉투였다. 아까 도서관에게 등을 돌리고 걸어갈 때 얼마나 뒤가 따끔거렸는지 모른다. 미안하지만 그럴 수밖에 없었다. 제 몫만 홀랑 빼서 먼저 도망치듯 방으로 돌아온 데는 다른 이유가 있었다.

언제부터인가 자신을 향한 도서관의 눈빛이 미묘하게 느껴졌다. 처음에는 호의 정도인 줄로만 알았다. 일단 낯선 땅에서 한국 사람을 만났으니 반가웠을 것이다. 아직 오픈하지 않은 리조트에 갑자기 나타난 그녀에게 놀라, 조금 까칠하게 대했는데도 그녀는 그를 볼 때마다 반가워했다.

그런데 그녀의 눈빛이 달라졌다. 단순히 아는 사람을 보는 눈빛이 아니라, 묘한 감정이 담긴 눈빛으로 바뀌었다. 그 감정의 이름이 뭔지 그는 몰랐다. 그래서 도서관이 물끄러미 바라보면 자신은 무의식적으로 긴장을 하게 되었다.

'하긴, 저녁 정도는 같이 먹었어도 괜찮은데.'

하경은 성급하게 도망친 것을 잠시나마 후회했다. 도서관은 아마 황당했을 것이다. 자신이 내빼자 뒤에서 '네?' 하고 기가 막힌다는 듯 반문을 하던 그녀의 목소리가 아직도 선했다. 하지만 그녀와 계속 같이 있었다가는 정말 이상한 기분이 들 것만 같았다.

"카센터 님…… 같은 남자랑 결혼하는 여자는 얼마나 좋을까요?"

그녀의 울먹이는 목소리가 귓가에 들리는 착각이 일어서 하경은 저도 모르게 벌떡 일어나 버렸다. 깨질 것처럼 처연하게 울다가도 마음 정리를 하던 도서관의 모습이 떠올랐다. 생각해 보면 어젯밤, 술자리에서부터 그녀가 신경 쓰이기 시작한 것 같다. 여자의 눈물은 무기라더니, 정말 그녀의 눈물이 세검이 되어 그의 심장을 쿡 찔러 버렸다.

그럼, 달라진 것은 그녀의 눈빛이 아니라 자신의 마음일까?

하경이 양손으로 허리 근처를 짚었다. 이쯤이었던가, 도서관이 끌어안은 부분이?

가만히 그녀의 손길을 곱씹던 그가 화들짝 놀랐다. 이게 무슨 짓인가, 싶었다. 그 여자는 귀국 후에 예순 살 먹은 남자와 강제로 결혼하게 될 텐데 말이다.

한편 그 시각, 테이블 위에는 다 식어 버린 햄버거가 있었다. 입맛이 통 돌지 않아서 객실로 돌아온 지원은 햄버거에 손도 대지 않았다. 하루 종일 먹은 거라고는 카센터가 사다 준 치킨 수프가 다였는데 이상하게 먹고 싶은 생각이 들지 않았다.

'식으면 맛없는데…….'

그런 생각을 하면서도 그녀는 무기력하게 침대 위에 앉아 있었다.

카센터가 훌쩍 떠나 버린 주차장에 홀로 남겨지자 지원은 무척 외로워졌다. 그녀는 한참을 움직이지 못했다. 자신을 두고 먼저 가 버린 그를 따라 가서 같이 로비에 들어간다거나, 같이 엘리베이터를 타고 싶지 않았다.

뭐라고 할까? 카센터가 자신에게 선을 긋는 느낌이 들었다. 우리는 남남이고, 사적인 일은 어느 정도의 선까지만 허용하자는 듯 말이다. 저녁을 제대로 사겠다고 말은 했는데 왠지 이루어질 것 같지 않아, 지원이 고소를 지었다.

'우와! 진짜 떡 줄 사람은 생각도 안 했어.'

지원이 뒤로 털썩 드러누우면서 실없는 생각을 했다.

귀국까지 2주도 남지 않은 상황에 자유롭게 지내보겠다고 결심했다. 어디 가서 카센터 같은 남자를 만나기도 쉽지 않으니 할 수 있다면 여행지의 진한 추억 정도를 만들어도 되지 않을까, 라고 생각도 했다. 그에게 흑심이 없다고도 말할 수 없었다. 어쨌든 유복한 집 막내딸이라서 외모 관리도 잘 받았고, 모난 데 없이 예쁘장한 얼굴이라 남자에게 어필할 자신도 있었다.

그런데 이젠 자신감이고 뭐고 하나도 남지 않았다. 그나마 결혼이라는 인생의 위기에서 발악을 하며 사라졌던 무기력함이 다시 돌아와 버렸다.

'정말 창피하다.'

만약 누군가가 윤지원의 생각을 읽을 수 있다면 그녀는 부끄러워서 바다에 뛰어들고 싶을 것이다. 카센터는 아무 생각도 없는데 윤지원 혼자 머릿속으로 애먼 상상이나 하고 있었다. 어디 가서 외모에 자신 있다는 소리는 이제 죽어도 못 할 것 같았다.

하긴, 귀국하면 예순 살 아저씨의 재취 자리에나 가게 될 운명이다. 어쩌면 그녀는 자기 자신을 과대평가하고 있었는지도 모르겠다. 엄마 말대로, 직업도 없고 조금 있으면 서른인데다, 성격도 나쁘고 본인 생각보다 예쁘지도 않으니까 예순 살 먹은 아저씨가 넘보는 거다.

"모르겠다."

지원이 중얼거렸다. 그래, 카센터는 쉬러 온 사람이다. 심지어 자신은 그의 이름조차 모르지 않나. 그가 그녀에게 마음이 있었다면 벌써 이름이 뭐고, 나이가 어떻고 등등, 구구절절 그 자신에 대해 어필했을 것이다.

'그만하고 싶다.'

부정적인 생각은 하고 싶지 않은데, 꼬리에 꼬리를 물고 나쁜 생각만 피어오른다. 그녀는 눈을 감았다. 햄버거는 아까우니까 내일 아침에 먹어야지. 식은 빅맥은 퍽퍽하고 맛이 없지만 괜히 조식장에 갔다가 카센터를 만나면 눈물이 날 것 같으니까.

이 리조트에서 지내는 것도 이틀 남았다. 다른 곳으로 숙소를 잡으면 카센터와의 인연도 끝이었다. 이런 부질없는 관계에 뭘 대체 얼마나 기대한 건지. 지원은 조소가 나왔다.

＊   ＊   ＊

이튿날, 지원은 다 식은 빅맥을 먹고 리조트 바깥으로 나갔다. 리조트 앞에 있는 해변은 사람이 하나도 보이지 않았다. 해는 내리쬐는데 이 좋은 날씨에 사람이 하나도 없는 해변이라니 비현실적으로 보였다.

짧은 바지와 민소매 셔츠 하나만 덜렁 입고 나온 지원은 신발을 벗어 그 바위 밑에 가지런히 두었다. 햇빛에 혹여 샌들이 상할까 걱정되어서였다.

괜히 리조트 안에 있다가 카센터를 만날까 봐 그녀는 오전부터 해변으로 피신했다. 맨발에 닿는 고운 모래 느낌이 좋았다. 모래가 까칠까칠하지 않고 보드라워서 마음이 조금 편해졌다. 태양열을 한껏 받은 모래는 체온보다 열이 많아서 발 마사지를 받는 느낌까지 주었다.

해변을 따라 걷던 그녀는 바다에도 호기심이 생겼다. 먼저 그녀는 밀려오는 파도의 끝부분에 발을 담갔다. 지면과 가까운 얕은 곳은 미적지근했다. 한 걸음 더 나아가니 금세 물이 차다는 게 느껴져서 그녀는 내심 놀랐다.

바다에 와 본 것도 오랜만이다. 민철에게 차이고 제주도로 가출했을 때 마지막으로 바다를 보았었다. 그 이후 가족 여행을 가자는 둥 엄마는 막내딸의 기분을 풀어 주려 여행을 제안했으나 무기력해진 지원은 바깥출입을 삼가고 싶었다.

그러다가 한 방에 뻥 터져서 플로리다까지 날아왔지만 말이다.

정말 되는 일이 없다. 지원은 발끝으로 물을 뻥 찼다. 허공으로 바닷물이 튀었다. 수면 위로 물방울이 떨어져서 원을 그렸다. 그때 멀리서 낯익은 목소리가 들렸다.

"거기서 뭐해요?"

바람과 파도만이 있던 공간에 남자 목소리가 들려 깜짝 놀란 지원이 소리가 난 쪽을 돌아보았다. 카센터가 아무렇지도 않은 표정으로 그녀를 응시하고 있었다. 그녀는 할 말이 없어서 입을 다물고 침묵만 지켰다. 그가 그녀 쪽으로 다가왔다.

"조금 있으면 해가 더 강해지는데."

"됐어요. 푸드 트럭까지 걷기도 했는데 이 정도는 괜찮아요."

지원이 퉁명스레 대꾸하자 하경이 그녀를 물끄러미 내려다보았다. 그녀의 기분이 썩 좋아 보이지 않아서 그는 난감했다. 아마 어제 자신이 도망친 것 때문에 기분이 나쁜 것이리라.

이상하기도 하지. 도서관에게서 도망치고 싶으면서도 자꾸 그녀에게 신경이 쏠렸다. 조식장에 그녀가 나타나지 않아 리조트 주변을 산책하는 척 살펴봐도 그녀의 기척은 없었다. 4일 숙박 예약을 했으니 아직 돌아갈 때도 아니었는데, 싶을 즈음 하경은 그녀를 해변에서 발견했다.

결국 하경이 지고 말았다.

"어제 다 못 산 저녁, 오늘 살래요?"

"저랑 별로 밥 같이 먹고 싶지 않은 것 같은데요."

"누가요? 내가?"

"그럼 여기 또 누가 있대?"

지원이 투덜거렸다. 이로써 어제 일 때문에 화가 난 게 확실해졌다. 하경이 희미하게 미소를 지었다.

"어젠 미안했어요. 갑자기 할 일이 생각나서 마음이 급했거든요."

차마 당신한테 이상한 기분이 들어서 도망쳤다고는 말할 수 없는 터라 그는 대충 일 핑계를 댔다.

"아, 정말요?"

다행히 그녀는 믿는 눈치였다. 하긴, 도서관은 모르는 사람에게 여권을 덥석덥석 주던 여자였다.

"일이 있었으면 말이라도 하지."

괜히 식은 햄버거를 먹고 조식도 건너뛰었다. 그래도 하경의 말에 지원의 기분은 단숨에 좋아졌다. 뭐야, 어제 괜히 혼자 삽질했다. 그녀는 웃지 않으려고 입술에 힘을 꽉 주었다. 그런데도 자꾸 입꼬리가 흔들거렸다.

"그러니까 다시 저녁 사요."

"그럼, 오늘은 예약 미리 해요."

"알았어요."

고개를 끄덕인 그가 손목시계로 시간을 살폈다. 조금 있다가 일식집에 예약을 해야겠다.

"혹시 불꽃놀이 생각 있어요?"

"불꽃놀이요?"

지원의 목소리가 살짝 올라갔다. 첫날, 불꽃놀이를 하면서 신이 난 여행객들을 봤다. 부럽기도 하고 질투가 나기도 했었는데, 혹시 카센터가 불꽃놀이에 관심이 있는 걸까? 그녀가 상기된 얼굴로 그를 올려다보았다.

"저녁 먹고 오는 길에 관심 있으면 사 올까요?"

"네!"

그녀가 밝게 웃었다. 하경은 이렇게 간단하게 그녀의 기분이 풀리니 뭔가 허탈하면서도 다행이다 싶었다. 투덜거리는 그녀를 보고 이 자리에서 즉흥적으로 생각해 낸 불꽃놀이가 묘수가 되었다.

"대단치는 않을 테니, 기대하진 마요."

"그냥, 지금은 뭘 해도 재미있을 것 같아서요."

정말이었다. 리조트 시설은 이용할 수도 없고, 온몸이 불어터질 정도로 월풀에 들어가 있었더니 목욕도 지겨웠다. 얼마나 지루하면 해변에 나와서 모래를 밟고 있는 것마저 신선하게 느껴졌을까?

"아침 안 먹었죠?"

"아뇨, 어제 사 온 빅맥 먹었는데요?"

"그럼 어젠……."

안 먹었다는 거다.

하경이 말끝을 흐렸다. 지원은 발에 감기는 바닷물을 다시금 멀리 차 냈다. 허공으로 물방울이 튀었다. 어젯밤 생각은 별로 하고 싶지 않았다.

"어젠 그냥 먹기 싫었어요."

"끼니 거르면 건강에 안 좋아요."

"괜찮아요, 아직 젊어서."

농담처럼 대답하는 도서관을 하경이 말없이 응시했다. 어딘가 우울한 감정이 그녀의 눈동자에 잠깐 머물다가 사라졌다.

"점심에 또 푸드 트럭까지 걸어갈 겁니까?"

그녀는 하경의 말을 농담으로 알아들었는지 까르르 웃기만 했다. 정오까지 앞으로 두 시간 남아 있었다. 더욱더 태양은 작열할 것이다. 30분 동안 걸어서 푸드 트럭에 가고, 또다시 30분을 걸어서 리조트로 돌아오기엔 가혹한 기온이었다.

"아뇨, 저녁을 기대해 볼까 해요."

"그럼 조금 일찍 나갑시다. 불꽃놀이도 해야 하니까요."

오늘 따라 카센터가 참 다정하다. 지원은 그를 똑바로 바라보면서 배시시 미소를 지었다. 태양 아래, 건강한 미소를 짓고 있는 도서관을 보자, 하경은 명치가 쿡 찔리는 느낌이었다. 태양빛이 마치 스포트라이트를 비추듯 그녀에게만 향하는 것 같았다.

숨이 막히는 건, 플로리다의 기온이 고온다습하기 때문일 것이다.

그래야만 했다.

다운타운으로 나가는 길, 카센터의 차에 두 번째 탑승. 지원은 의자에 기댄 채로 고개만 돌려 하경을 바라보았다. 휴양지의 여유로운 분위기 덕분인지 카센터 또한 느긋해 보였다.

"예약은 어디로 했어요?"

"어제 처음 간 일식집, 기억해요?"

"아, 거기……."

그 일식집은 퓨전이라는 단어가 딱 떠오르는 가게였다. 일본 전통 그림과 문양이 찍힌 소품들 사이로 야자나무 모형이 있질 않나, 만국기가 천장에 덕지덕지 걸려 있질 않나, 흘려 써서 알아볼 수 없는 한자가 벽지 여기저기 무늬처럼 그려져 있었다.

'여기 사람들은 그런 게 멋있나?'

한국인인 지원으로서는 이해할 수 없는 감성이었다.

"기억해요. 인테리어가 특이해서."

지원이 빙그레 웃으며 대답하고는 다리를 겹쳐 꼬았다. 그녀 쪽을 보고 있던 하경이 화들짝 앞으로 시선을 돌렸다.

짧은 바지 때문에 그녀의 허벅지가 드러났다. 달라붙지 않고 팔랑팔랑 흔들리는 옷자락에 그는 괜히 당황했다.

'사춘기 소년도 아니고 별…….'

하경은 이를 악물고 앞만 바라보았다. 운전하는 데 가장 중요한 건 역시 전방 주시. 사춘기 소년이 아니라 눈 둘 곳이 따로 있어서 다행이었다. 한참 말이 없는 그를 대신해서 그녀가 대화를 이었다.

"거기로 예약했어요?"

"네? 아! 네…… 거기요."

하경은 혼자 속이 뜨끔했다. 그는 일부러 도서관이 앉아 있는 방향인 오른쪽 눈을 찡그리면서 그녀에게 시선이 닿지 않도록 노력했다. 그런데 자꾸 입이 말랐다.

'미쳤나?'

갑자기 도서관이 엄청나게 의식되기 시작해서 하경은 혼란스러워졌다. 출발하기 전에 샤워를 했는지, 그녀에게서 샴푸 냄새 같은 은은한 향이 피어오르는 것도 같았다. 정말 미쳤나 보다. 그의 얼굴이 화끈거렸다.

아직까지 하늘은 손하경 편인지 차는 이내 일식집 주차장에 도착했다. 플로리다의 좋은 점은 땅덩어리가 넓은데 비해 사람 수가 적어서 주차장도 이렇게 널찍널찍하다는 데 있었다. 이곳 사람들은 주차선 따위 신경 쓰지 않고 자기 편한 대로 주차를 했다. 그 역시 평소보다 거칠게 주차를 마쳤다.

아무것도 모르는 지원은 안전벨트를 풀고 밖으로 나와서 기지개를 켰다. 해가 다 지지 않아서 공기는 후덥지근했다. 한여름, 비가 오기 전처럼 눅눅한 날씨였다.

"날도 더우니 냉 모밀이 딱이겠다."

그녀가 혼잣말을 중얼거렸다. 그는 그녀를 바라보고 조용히 미소만 지었다.

어쩌면 가게 콘셉트일지도 모르겠지만, 가게 직원들은 대부분 동양인이었다. 저급한 퓨전 인테리어가 아쉬웠으나 인테리어가 음식 맛에 영향을 주지는 않으니 그쯤은 괜찮았다. 지원은 천장에 가득한 만국기를 보다가 한숨을 삼키며 고개를 내렸다. 그 순간, 그녀와 하경의 눈이 딱 맞부딪쳤다.

먼저 눈을 돌린 쪽은 하경이었다. 그는 생긋 웃고는 바로 메뉴판으로 시선을 돌려 버렸다. 조금 더 눈을 마주하고 있었으면 좋았을지도. 지원은 괜히 아쉬워했다.

그녀는 테이블 위에 편하게 놓여 있는 그의 팔을 쳐다보았다. 자신의 가느다란 팔과는 달리 탄탄하고 근육이 보기 좋게 붙은 팔에 왠지 매달려 보고 싶다는 욕망이 물씬 생겨났다. 제정신이 아닌가 보다.

"흭……."

자신의 황당한 생각에 놀란 지원이 저도 모르게 이상한 소리를 냈다. 카센터가 흘깃 그녀를 쳐다보았다. 무슨 일이냐는 듯, 그가 눈으로 묻고 있었다. 입가를 가린 그녀가 고개를 저었다.

"모밀 둘이랑, 스시 괜찮아요?"

"네, 뭐든 잘 먹어요."

그는 더 이상 그녀의 의사를 묻지 않고 직원을 불렀다. 직원은 아무래도 일본계 유학생인 듯, 딱딱한 영어로 주문을 받았다. 주문이 끝나고 나서야 얼음이 가득 담긴 물통이 나왔다.

물통을 가져다 준 직원이 테이블 구석에 둔 주문서를 지원이 가만히 내려다보았다. 머릿속에서 이상한 상상이나 하는 바람에 카센터를 바라볼 용기가 나지 않아서였다. 그런 그녀의 귓가에 다정한 음성이 와 닿았다.

"별로 안 비쌀 텐데?"

"……네?"

무슨 소린가 싶어서 지원이 하경을 물끄러미 응시했다. 그가 그녀와 주문서를 번갈아 보더니 알 수 없는 미소를 지었다. 그제야 그녀는 그의 말에 담긴 뜻을 알아챌 수 있었다. 아무 생각 없이 주문서를 보고 있었던 걸, 그는 가격 걱정을 하는 걸로 이해한 모양이었다.

"아뇨, 가격 때문이 아니고……."

거기까지 말한 지원이 입을 다물었다. 그 뒤에 뭐라고 말해? 그쪽 보기 부끄러워서 다른 데 시선을 돌린 거라고? 차라리 돈 걱정을 하느라 주문서를 보고 있었다고 말하는 게 낫겠다. 어휴, 한숨을 내쉰 후 그녀가 둘러댔다.

"제대로 주문이 들어갔나 확인했어요."

"그래요? 나, 영어 못하는 편 아닌데."

"아, 아, 아니, 카센터 님이 주문을 잘못했다는 게 아니고요……."

그걸 그렇게 받아들이다니!

당황한 지원이 손을 내저었다. 어쩔 줄 몰라서 입만 뻐끔거리는 그녀를 보고, 장난이었다는 듯 그가 웃음을 터뜨렸다.

"……왜, 왜 웃어요?"

"아니에요, 신경 쓰지 마요."

확실히 도서관은 순진한 면이 있었다. 냉큼 여권을 내민다거나, 이름을 숨기고자 직업명을 호칭으로 정하자는 제안도 의심 없이 수락했다. 또한 그녀는 그가 대강 지어낸 소리를 믿기도 하고, 지금도 놀림에 가까운 농담을 심각하게 여기고 있었다. 당황해서 할 말을 찾지 못하고 눈만 굴리는 모습까지도 순진해 보였다.

제대로 꾸미면 세련된 인상을 주는 지원이지만 화장도 하지 않고 편한 옷차림에 샌들까지 신고 있으니 어벙해 보이는 건 어쩔 수 없었다. 자신이 카센터에게 그런 이미지로 비치는 것도 모르고 지원은 혹시 자신이 그에게 무례하게 행동했나 싶어서 안절부절못했다.

주문한 음식이 나오고 나서야 지원의 마음이 조금 편해졌다. 아침에 먹은 햄버거 이후로 처음 먹는 음식이었다.

관광 상품과 놀이 용품 파는 작은 가게가 다음 목적지였다. 작은 가게들이 몰려 있는 건물이라 주차장은 공용이었고, 일식집 주차장에서와 달리 이번에 하경은 제대로 주차를 했다.

벌써 한차례 관광객들이 쓸고 갔는지 폭죽 종류는 많지 않았다. 하경이 30번 발사되는 설치형 폭죽을 두 개 집었다. 옆에 서 있던 지원이 손을 뻗어 구석을 가리켰다.

"스파클라 30개짜리 하나 남아 있어요!"

어째 계획한 일마다 한 번씩은 어그러져서 마음이 썩 좋지 않았는데, 원하던 폭죽을 발견하자 지원은 신이 났다.

"이거 없는 줄 알고 엄청 실망했는데!"

"다행이네요."

카센터의 목소리가 나직하게 내려앉았다. 단지 목소리뿐인데, 왠지 그가 손으로 자신의 머리를 부드럽게 쓸어 주는 것 같은 미묘한 기분이 들어서 지원의 뺨이 붉어졌다. 폭죽을 든 채로 그녀가 그를 슬쩍 올려다보았다.

'깜짝이야…….'

우연인지 하경도 지원을 바라보고 있었다. 두 사람의 눈이 마주치자 그녀의 어깨가 움찔했다. 카센터의 눈이 다정하게 보이는 건 자신만의 착각일까?

또 혼자 김칫국부터 마시고 있다. 떡 줄 사람은 생각도 않는데. 속으로 자신에게 혀를 차며 지원이 마음을 추스르고 나서 말했다.

"이 정도면 될 것 같아요."

"이리 줘요. 계산할게요."

그가 자연스럽게 손을 내밀었다. 그녀는 손에 들린 스파클라가 아니라 자신의 손을 얹고 싶다는 당황스러운 생각으로 멈칫했다. 아무 움직임 없는 그녀에게 어서 달라는 식으로 그가 눈짓을 보냈다. 아차! 또 혼자 망상을 하고 있었구나, 하면서 그녀가 그에게 손을 뻗었다.

그러자 카센터는 당황했다. 그가 당황한 이유는 손에 잡힌 것이 폭죽이 아니라 그녀의 손이어서.

오른손에 소중하게 스파클라를 쥐고 있던 지원은 하경에게 덥석 왼손을 내밀었다. 그의 손 위에 그녀의 손이 놓였다. 두 사람 사이에 난감한 침묵이 휘몰아쳤다. 얼음처럼 얼어 버린 그녀를 대신해서 그가 어색하게 말했다.

"손…… 말고 폭죽이요."

"죄, 죄송해요. 제가 왜 이런……."

그에게서 손을 뗀 그녀가 새빨개진 얼굴을 숙이고 그에게 폭죽을 내밀었다. 윤지원이 정말 미친 걸지도 모른다. 카센터의 손을 잡고 싶었다는 마음을 부정할 수는 없지만, 그렇다고 스물아홉이나 먹어 가지고 무의식중에 이런 바보 같은 짓을 하다니. 그녀는 그를 똑바로 볼 자신이 없었다.

이상하게 이 남자와 있으면 바보가 되는 것 같아 지원은 정말 울고 싶었다.

도서관을 뒤로 하고 카운터로 가는 하경은 입가에 미소를 지었다. 당황스러운 마음을 지우고 나니 미소가 절로 올라왔다. 등을 돌리고 있지 않았더라면 웃음을 참으려다가 식은땀까지 났겠다.

손바닥 위에 놓인 도서관의 손이 가볍고 부드러워서 온몸이 다 간질간질했다. 그녀의 손가락이 살짝 닿았던 손바닥 가운데에 깃털이 떨어진 듯한 감각이 일었다.

계산을 마치고 나오는 길에 두 사람은 말이 없었다. 지원은 하경을 바라보지도 못했다. 자신의 태도가 한심하기 그지없어서 어깨가 축축 처졌다. 차에 올라서도 그녀는 그와 눈이 마주치지 않도록 노력하며 조심조심 안전벨트를 맸다.

"불꽃놀이는 해변이 좋겠죠?"

"……네? 네."

고맙게도 카센터는 아무 일이 없었다는 듯 말을 걸어 주었다. 지원은 괜히 코끝이 시큰했다. 보면 볼수록 참 좋은 남자다. 입장을 바꿔서, 자신이 카센터였더라면 기분이 나빴을 것이다. 관심도 없는 여자가 갑자기 손을 덥석 만지질 않나 햄버거를 같이 안 먹어 줬다고 삐치질 않나. 자신이었으면 벌써 화를 냈을 법도 한데.

'그런데도 짜증을 안 내. 정말 좋은 사람이야.'

만약 자신에게 귀국 후 결혼이라는 족쇄가 없었더라면, 한 번쯤은 탐을 내면서 대시를 했을지도 모르겠다. 이런 남자를 왜 서울에서 진작 발견하지 못했을까.

'멍청하게 집에만 틀어박혀 있어서 그래.'

후회가 짙게 밀려와, 지원은 시무룩해졌다. 이제 와서 후회한들 무슨 소용일까? 그녀는 우울한 기분으로 바깥을 쳐다보았다. 더운 공기가 들어오지 못하도록 꼭꼭 닫아 둔 차창에 카센터의 모습만 반사되었다. 그녀는 그의 모습을 하염없이 보기만 했다. 이 순간이 영원했으면 좋겠다는 생각만이 머릿속을 가득 메웠다.

물론 현실에 영원한 순간 따위는 없었다. 차는 금세 리조트 주차장에 도착했다. 하경이 폭죽 봉투를 들고 나가자 눈치껏 지원도 따라 나갔다.

"비가 오지 않을까 걱정했는데."

"비요?"

뜬금없는 소리에 지원이 눈을 동그랗게 떴다. 그와 눈이 마주치자 마음속에 있던 아쉬움이 어느새 사라졌다. 그와 함께하는 순간이 영원하지는 않더라도, 후회가 없도록 즐기면 되는 거다.

"강수 확률이 좀 높다고 했거든요."

"아, 정말요?"

그는 대답 대신 빙긋 웃기만 했다. 하긴, 워낙 공기가 덥고 눅눅해서 비가 언제 내려도 이상하지는 않았다. 그녀는 고개를 끄덕이며 그의 뒤를 따랐다.

주차장에서 나온 하경은 길을 따라 빙 둘러 가지 않고, 바위 위로 훌쩍 뛰어내렸다. 이쪽이 훨씬 빠르고 편리했다.

"어……."

문제는 윤지원이 손하경을 따라 하지 못한다는 데 있었다. 키가 훌쩍 큰 그와 달리 그녀는 바위 위에서 밑을 내려다보며 머뭇거렸다.

'저길 어떻게 뛰어내린 거야?'

어림잡아서 1미터는 넘을 높이였고, 밤이라 시야조차 어두웠다. 그녀는 자신을 두고 뛰어내린 남자를 야속하게 응시했다. 그제야 하경이 아차 싶어서 지원을 올려다보았다. 그녀가 서운한 마음을 숨기고 말했다.

"돌아갈게요."

"잠깐만요."

그가 갑자기 그녀를 불러 세우더니 바닥에 들고 있던 봉투를 내려놓았다. 그녀가 그를 물끄러미 바라볼 때였다. 그가 그녀에게로 양손을 뻗었다.

"받아 줄게요."

"네?"

"바위가 땅처럼 평평한 편이니까 너무 걱정하진 말고."

"뛰, 뛰어내리라고요?"

식겁한 지원이 새된 목소리로 되물었다. 겁을 집어먹은 도서관의 모습이 왠지 귀여워서 하경이 작게 웃음을 터뜨렸다. 그가 웃든 말든, 그녀는 심각한 표정이었다.

"여기서 다친 사람 한 번도 본 적 없어요."

거짓말은 아니었다. 물론 여기서 뛰어내린 사람은 손하경 하나뿐이었지만 말이다.

그의 말과 자신을 향해 뻗은 손에 지원의 마음이 살짝 흔들렸다. 무엇보다 이대로 눈 딱 감고 뛰어내리면 카센터가 받아 줄 것 아닌가? 저 탄탄한 두 팔로.

윤지원은 욕망에 눈이 멀어 버렸다.

"좋아요. 믿…… 어 볼게요."

카센터는 어서 뛰어내리라는 듯 고개를 끄덕였다. 지원은 심호흡을 크게 한 다음 바닥에서 발을 떼었다. 떨어지는 데 3초면 될까? 그녀는 속으로 수를 셌다.

3초는커녕, 하나까지만 세었는데도 어느새 그녀는 그의 팔에 붙잡혀 있었다.

하경은 어린아이를 안아 주듯 지원을 받아 주었다. 눈을 꽉 감고 뛰는 도서관의 모습은 어린 소녀 같았다. 무서운 경험을 한 아이처럼 그녀는 그의 목을 꼭 끌어안고 있었다. 얇은 옷 사이로 두 사람의 체온이 서로에게 전해졌다.

뛰어내린 것 같지도 않아서 슬그머니 눈을 뜬 그녀는 깜짝 놀랐다. 카센터의 든든한 팔에 안길 것까지는 예상했으나, 서로의 숨결이 닿을 만큼 가까운 거리라고는 생각하지 못했다. 이내, 발이 땅에 닿자 안정감이 느껴졌다. 그제야 그녀가 고개를 들었다.

발이 땅에 닿은 것을 확인한 후, 그녀의 팔을 놓아준 카센터는 웃고 있지 않았다. 그는 무표정하게 그녀를 바라보다가 한 걸음 물러나서 아무렇지 않게 입을 열었다.

"불을 깜빡했어요."

둘 다 흡연을 하지 않아서 라이터가 없었다. 지원이 고개를 끄덕이자 하경은 바로 뒤돌아서 그녀에게서 멀어져 갔다. 바위 위로 다시 올라가기는 무리였고, 결국 돌아가야만 했다.

멍하니 그의 뒷모습을 보고 있던 그녀가 참고 있던 숨을 크게 뱉었다.

'뭐지?'

뭔가 묘한 분위기였던 것 같다.

카센터의 눈빛이 평소보다 조금 더 짙고 무거웠던 것은 자신만의 착각일까? 지원은 바닥에 내려놓았던 봉투를 들고 주춤주춤 모래사장으로 내려왔다.

이상하게도 방금 전까지 엄청 기대되었던 불꽃놀이가 전혀 기대되지 않았다. 반짝거리는 스파클라 불꽃보다는 돌아온 카센터가 무슨 말을 할지 그게 더 기대되어서 지원은 당혹스러운 한숨을 내쉬었다.

한편, 프런트 데스크에 있는 직원에게 라이터를 빌린 하경은 다시 그녀에게 돌아가기 위해 건물 밖으로 나오면서 한 손으로 얼굴을 감싸 쥐었다.

'미치겠네!'

도서관이 자신에게 기댔을 때, 잠깐 정신을 놓는 줄 알았다. 그녀의 체온과 체향이 한순간 그의 이성을 마비시킨 탓이었다. 그냥 돌아오라고 말할 것을, 왜 뛰어내리라고 종용했을까? 그러면서도 하경은 도서관이 자신에게 안겼을 적 말랑말랑한 감촉을 다시 상기했다.

얼굴로 피가 몰리는 것 같다. 아, 다른 부분으로도. 하경은 한숨을 푹푹 내쉬면서 걸었다. 최대한 시간을 좀 벌어 봐야겠다. 이번에는 바위 위로 뛰어내리지 말고 제대로 길을 따라 걷기로 했다.

차라리 한겨울 서울처럼 칼바람이라도 불면 얼마나 좋을까. 해가 졌는데도 후덥지근한 공기는 그에게 다른 생각을 허용하지 않았다. 고요한 가운데 들리는 건 파도 소리뿐이었다.

겨우 진정하고 돌아간 하경은 멍하니 허공을 보고 있는 지원과 맞닥뜨렸다. 더운 바람이 불어와 그녀의 머리카락을 살랑살랑 흔들었다. 머리를 매만지던 그녀가 인기척을 느끼고 그에게 고개를 돌렸다.

"라이터 가진 사람이 없었나 봐요?"

도서관이 생각보다 늦어진 하경을 지적했다. 그가 난처한 미소만 흘렸다. 사실을 알았다가는 그녀가 자신을 짐승 보듯 경멸할 것이다.

"구해 왔어요."

"아, 다행이다. 못 가져오는 줄 알았어요!"

하도 카센터가 돌아오지 않아서 지원은 설마 그가 라이터를 구하지 못하는 건가 걱정했다. 그러면 불꽃놀이 계획은 수포로 돌아가는 셈이다. 이 모래사장에서 원시적으로 불을 피울 수도 없으니까.

"뭐부터 해 볼까요?"

"스파클라요."

단호한 지원의 말에 하경은 30발짜리 폭죽을 괜히 샀다 싶었다. 뭐, 나중에 써도 되겠지. 그는 그녀가 원하는 대로 스파클라 폭죽의 비닐 포장을 뜯었다. 그녀가 냉큼 가느다란 폭죽 네 개를 집었다.

"한 번에 태울 거예요. 왕 불꽃!"

도서관은 손에 든 폭죽을 의기양양하게 들었다. 그녀는 어린 애처럼 반짝거리는 눈으로 그가 불을 붙여 주기를 기다렸다.

곧, 스파클라 끝에 불이 붙었다.

"오!"

지원은 파삭파삭 타면서 불꽃을 뿜어내는 폭죽에 신이 났다. 그녀는 마치 올림픽 봉화주자처럼 오른손을 높이 들어 올렸다.

"탄다!"

스파클라는 정말 잘 타고 있었다. 4배로.

"오! 대박! 짱 크죠?"

그녀가 허공에서 팔을 돌리며 물었다. 환한 불꽃이 어두운 공간에 궤적을 그렸다. 그녀는 손을 원으로 돌리기도 했고 8자를 만들기도 하며 혼자 신이 나서 날뛰었다.

이런 정적인 폭죽에도 까르르 웃는 지원을 보니, 하경은 그녀가 얼마나 심심했는지 알 법도 했다. 조금 이르게 시설 오픈을 할까, 수영장 정도는 아무 문제도 없는데. 그가 머릿속으로 고민할 때였다.

"벌써 끝나?"

그녀가 아쉬운 듯 불평하는 소리가 들렸다. 벌써 폭죽의 불빛이 사그라지고 있었다. 어째 한국에서 썼던 것보다 빠르게 닳는 기분이다.

"이리 와요."

그가 폭죽을 꺼내 불을 붙여 주며 그녀를 불렀다. 그녀는 신이 나서 후다닥 그에게 달려왔다. 아, 그러고 보니 혼자만 신이 나서 날뛰고 있었다. 막 불꽃이 튀기 시작한 폭죽을 넘겨받은 그녀가 조심스레 물었다.

"근데 카센터 님은 안 해요?"

"해요."

"네……."

하경은 가만히 서서 폭죽에 불을 붙였다. 뜨겁게 타들어 가는 불꽃이 꼭 자신의 마음 같았다. 그가 고개를 돌려 모래사장을 휘젓고 다니는 지원을 바라보았다. 도서관은 아무것도 모른 채 불꽃 같은 그의 마음을 들었다 놨다 하기 바빴다.

그래, 도서관이 자꾸 거슬린다. 왜 거슬리냐고 물을 필요도 없다. 관심이 있으니 거슬리는 거다. 아무 관심 없는 여자가 거슬릴 리가 없지. 그는 자신의 마음을 인정하기로 결심했다. 손하경은 저 여자에게 끌리고 있었다.

하지만 이 불꽃 같은 마음이 다 타 버리면, 그 뒤에는 뭐가 남을까? 다 타서 지원이 놓고 간 스파클라를 슬쩍 본 그가 한숨을 삼켰다. 다 타 버린 마음은 버려질 것이다. 저렇게.

문득 그는 쓸쓸해졌다. 그녀가 자신에게 호감을 가진 건 확실하지만, 그게 자신처럼 이성적인 의미는 아닐 것이다. 왜냐면 그녀는 귀국 후에 다른 남자의, 그것도 예순이나 먹은 아저씨의 아내가 될 테니 말이다.

도서관이 자신의 인연이 아님을 상기하자 갑자기 기분이 나빠진 하경은 다 탄 스파클라를 바닥에 던졌다. 도서관도 또 스파클라를 얻으러 쪼르르 다가왔다.

"너무 힘들다."

헉헉거리면서 주절거린 도서관이 바위에 털썩 걸터앉았다. 아홉 살도 아니고 스물아홉 살이니 뛰어 노는 것도 한계가 있었다.

"그럼, 이걸로 할까요?"

하경은 쓴 마음을 내리누르고 나서 설치형 폭죽을 꺼냈다. 쉬고 싶은 지원이 고개를 끄덕였다. 그는 바위와 1미터가량 거리를 두고 폭죽을 설치한 뒤 불을 붙였다. 스파클라와 다르게 시끄러운 소리를 내며 폭죽이 쏘아 올려졌다.

"오……."

이번에도 도서관은 감탄을 했다.

시끄러운 소리에 비해 허공에 흩뿌려지는 불꽃은 허무했다. 두 사람은 바위에 나란히 걸터앉아 폭죽의 요란한 소리만 들었다. 왠지 모르게 말을 꺼내기 힘든 분위기가 되었다. 서로 누가 먼저 말을 꺼낼까 눈치를 보다가 이번에는 지원이 먼저 말했다.

"스파클라도 하면 안 돼요?"

그녀가 간식을 조르는 강아지처럼 그를 물끄러미 바라보았다. 손에 들린 강렬한 불빛이 훨씬 마음에 드는 모양이었다. 지금까지 스파클라를 고작 여섯 개밖에 안 썼으니 해도 상관없었다. 하경은 스파클라 두 개를 꺼내서 한 번에 불을 붙이고 그녀와 하나씩 나누어 가졌다.

지원은 흐뭇하게 불꽃을 보다가 슬쩍 하경을 곁눈질했다. 강한 불빛과 어둠 사이에서 그의 얼굴에 그림자가 너울졌다. 눈을 내리깐 채로 그는 스파클라 불꽃에만 시선을 집중하고 있었다.

'카센터는 무슨 생각을 하고 있을까?'

그와 나란히 있는데도 괜히 외롭다는 생각이 들었다. 안 돼. 이런 생각은 하지 말자. 그녀는 마음을 다잡았다. 아주 좋은 추억을 만들 것이다. 귀국하고 팔려 가듯 결혼을 해도 잊을 수 없는 그녀 자신만의 비밀스러운 추억 말이다.

나란히 앉아 스파클라 불꽃을 본다. 요즘 중학생도 하지 않을, 아주 순수하고 담백해서 코웃음이 나올 법한 추억이겠지만 이것만으로도 충분했다. 아니, 충분하다고 믿고 싶었다.

"다 꺼졌네."

"남은 하나도 마저 할게요."

"네!"

지원은 우울한 생각을 하지 않기 위해 일부러 발랄하게 중얼거렸다. 그가 남은 설치형 폭죽을 멀찍이 두고 돌아왔다. 이번에도 카센터는 스파클라 두 개를 꺼내서 불을 붙이고 그녀에게 하나를 건네주었다.

요란하기만 하고 화려하지는 않은 불꽃이 허공에서 터졌다. 서울에 있었으면 할 생각도 들지 않을 만큼 보잘것없는 불꽃놀이인데도 지원은 이 시간이 마냥 좋았다. 옆에 있는 남자 때문일지도 모른다.

"진짜 좋다."

스파클라 불꽃을 바라보면서 그녀가 솔직하게 혼잣말을 했다. 그가 그녀를 흘끔 쳐다보았다.

"며칠 전만 해도 지금 이 시간에 미국 해변에서 스파클라를 태울 거라고는 상상도 못 했을 거예요."

이 남자하고.

며칠 전에는 세상에 있는지도 몰랐던 남자가 지금은 세상에서 가장 좋다. 정말 상상도 못 할 일이었다.

스파클라는 또 끝을 보였다. 희멀건한 연기만 허공에 피어올랐다. 그녀가 바닥에 다 탄 폭죽을 던졌다.

"근데 이거 너무 빨리 꺼지지 않아요?"

"그럼 또 태우면 되죠."

카센터의 목소리가 다정하게 울렸다. 또 태우고, 또 태우고…… 30개의 스파클라가 다 탈 때까지는 계속 이러고 있을 수 있었다. 귀국 전까지 그녀가 결혼이라는 현실을 회피할 수 있듯 말이다.

스파클라를 다시 받아 든 지원이 하경에게 물었다.

"여기서 얼마나 묵어요?"

"이번 달 말까지요."

"아……."

그녀가 고개를 끄덕였다. 이달 말. 카센터는 그녀보다 늦게 귀국하는 모양이었다. 괜스레 그런 사소한 것까지 부러웠다.

"카센터 님도 여기 계속 계실 거면, 저도 귀국 전까지는 그냥 여기서 지낼까요? 어떻게 생각하세요?"

조금이라도 더 같이 있을 수 있다면 여기서 지내는 것도 나쁘지는 않겠다. 그녀가 농담인 척 진심을 내비치면서 그를 바라보았다. 그러나 자신의 거취를 왜 남에게 묻느냐는 것처럼 그가 그녀를 가만히 응시했다.

카센터한테 눈치라는 게 있다면 이 상황이 어떤 상황인지 모를 리가 없었다. 윤지원은 은근슬쩍 그를 떠보고 있었으니까. 하지만 그는 그녀를 바라볼 뿐, 아무 말도 하지 않았다. 역시 아무래도 상관없는 걸까? 바로 대답이 나오지 않아서 그녀는 왠지 창피해졌다. 그때였다.

"왜 자꾸 사람, 자극해요?"

다정하다고 생각했던 카센터의 목소리가 잔뜩 낮아져 있었다. 갑자기 그가 '남자'로 물씬 와 닿아서 그녀는 깜짝 놀랐다. 그러면서도 한편으로는 자신의 공격이 제대로 들어갔구나 싶자 기분이 좋아졌다.

"왜 그러겠어요?"

그녀의 당돌한 대꾸에 그는 할 말을 잃었다. 그녀가 그를 물끄러미 응시했다. 도서관의 마음이 자신과 같다면, 그녀의 시선에 담긴 속뜻은 하나뿐일 것이다.

당신을 원해.

반쯤 타들어 간 스파클라가 바닥으로 떨어졌다. 모래사장에서 스파클라 두 개가 나란히 반짝이며 굴렀다.

단숨에 거리를 좁히고 들어와 양손으로 지원의 얼굴을 감싼 하경은 거침없이 그녀에게 입을 맞추었다. 생소한 감각에 그녀가 눈을 크게 떴다가 이내 곧 감아 버렸다.

맞닿은 입술이 뜨거워졌다.

그를 반기기라도 하는 듯 그녀는 기꺼이 입술을 열어 주었다. 두 사람의 혀가 겹쳐지고 미묘한 감각만이 남았다. 그녀는 현실을 잊고 그의 목을 안았다. 그가 그녀의 뺨에서 손을 떼고 그녀를 자신에게로 끌어당겼다.

입술뿐만이 아니라 심장 박동이 느껴지는 가슴까지 닿았다. 그의 손이 그녀의 등줄기를 따라 훑고 내려갔다.

고요한 가운데, 멀리서 파도 소리만 일었다가 사라졌다. 덥고 끈적거리는 공기마저 시원하게 느껴질 정도로 두 사람 사이는 뜨겁고, 서로에게 닿는 손길은 애절했다. 그녀는 그의 목을 끌어안았다가 팔을 풀고 그의 어깨를 쓸었다. 여자의 몸과는 전혀 다른 탄탄하고 넓은 어깨가 든든했다.

윤지원이 그리도 바라는 여행지에서의 추억은 순수하지만은 않을 것이다. 영원히 비밀로 남을 추억이 지금 만들어지고 있었다.

3장
후회하지 않을 자신, 있어요?

프런트 데스크에 있던 직원은 방금 전에 본 상황을 이해하지 못하고 고개만 갸웃거렸다.

얼마 전에 온 Jay Yoon이 본사 감사팀 직원이라거나 미스터리 쇼퍼인 줄 알았는데, 그게 아닐지도 모르겠다는 생각 탓이었다.

'대표님 애인인가?'

오너가 아무 상관 없는 본사 직원과 객실로 동행할 리는 없었다. 아니, 뭐 있다고 해도 그 여자와 공적인 관계만은 아닐 것이다. 처음에 오너가 별말 없이 그녀에게 객실을 내주라는 눈짓을 했을 때만 해도 둘 사이는 그다지 가까워 보이지는 않았는데, 참기이한 일이었다.

베테랑 직원은 한숨을 내쉬었다. 그만하자. 오너의 사생활에 대한 관심은 이 정도로 해야 했고, 자신은 오늘 본 장면을 잊어야 했다.

그 시간, 지원은 눈을 휘둥그레 뜨고 있었다.

'스, 스위트룸?'

물론 윤지원이 스위트룸을 처음 와 본 건 아니었다. 침실이 여러 곳인 스위트룸은 가족 여행에서 빠질 수 없는 숙소이기도 했고. 하지만, 혼자서 이 넓은 객실을 쓴 적은 중견 기업 오너의 막내딸인 윤지원조차 없었다.

'카센터 사장 아들이라며?'

도대체 얼마나 잘 버는 카센터일까? 수입 차를 주로 만지는 지정 업체 같은 가게라면 가능하긴 하겠는데. 지원이 눈을 이리저리 굴렸다.

와인 셀러에서 와인을 꺼낸 하경이 그녀를 보고 한숨을 삼켰다. 도서관은 스위트룸이 처음인지 꽤 놀란 눈치였다. 일단 그녀에게 자신은 카센터 사장의 아들이었다. 보통 카센터가 얼마씩 버는지는 모르지만, 고급 리조트의 가장 비싼 객실을 턱턱 빌릴 만큼은 아닐 것이다.

다른 객실을 열었어야 하는 걸까? 아까는 그럴 생각조차 못 했다. 여유가 없었다는 말이 더욱 맞을 것이다. 이성이 가루처럼 흩날리기 직전에, 손하경은 겨우겨우 정신을 차렸다.

'하마터면 도서관과 바위에서……'

하경은 다시 한 번 한숨을 눌렀다. 키스를 멈추고 입술을 떼었을 때, 그는 그녀를 바위 위에 눕히다시피 했다. 그때 자신을 바라보던 도서관의 촉촉한 눈동자에 하마터면 거기서 사고를 칠 뻔했다.

"와! 여긴 바다가 보이네요?"

도서관은 위기의식이 아예 없는 듯 그새 바깥 풍경에 관심을 가졌다. 하경은 와인 코르크 마개를 뽑으려다가 그만두었다. 그래, 저 여자는 처음부터 여권을 스스럼없이 주려던 여자였다. 대신 그는 그녀에게 다가가서 대화를 이었다.

"밤이라 잘 안 보이죠?"

"네."

불빛 없는 바다는 암흑일 뿐이었다. 아쉬운 일이지만 지원은 최대한 눈을 크게 뜨고 바다를 보려고 노력했다. 슬프게도 자신의 객실에서는 바다가 보이지 않았으니까.

발코니 출입문을 열고 나간 그녀는 바깥에 마련된 테이블 앞에 앉았다. 밤바람이 바닷물을 머금어서 습했다. 바람은 아까 바깥에서 카센터와 키스했을 때와 다르지 않았다. 불꽃놀이 도중에 해변에서 키스라. 정말 완벽한 추억이다. 그녀는 웃음이 피식 나왔다.

"원래는 여기서 조금만 있다가 가려고 했는데."

대충 신변이 정리되었다 싶을 때 다운타운에 있는 호텔로 옮길 생각이었는데, 이 남자 때문에 못 옮기게 되었다.

"좀 더 있어야겠어요."

말을 마친 그녀가 머릿속으로 여비 계산을 했다. 얼마가 남아 있는지 정확히는 모르지만 그 객실을 계속 쓴다고 해도 심각하게 재정 파탄이 나지는 않을 것이다. 일단 식대부터 최소화하자. 이제부터 점심은 푸드 트럭행이다.

"아! 혹시 예약 있으면 어떡하죠?"

"없을 걸요?"

"어떻게 알아요?"

출입문 뒤에 서 있는 하경을 지원이 물끄러미 올려다보았다. 그는 아차 싶었다. 오픈하지 않은 리조트에 고객이 있을 리가 없는 건 당연하지만, 그건 자신의 입장에서나 알 수 있는 일이었다. 도서관은 메리엔 리조트가 현재 영업 중이라고 생각하니 말이다. 결국 하경은 안타까운 말을 입에 담았다.

"……여기 손님 없잖아요."

"아, 그러네요."

역시나 도서관은 단번에 수긍했다. 리조트가 모자라서 손님이 없는 게 아닌데! 마음 한구석이 울컥했으나 그는 내색하지 않았다.

"그럼, 내일 아침에 연장해야겠어요."

하경은 맑게 웃는 지원을 말없이 바라보았다. 즉흥적인 그녀의 선택이 싫지만은 않지만, 한편으로는 걱정이 되었다. 그때, 그녀가 한 손으로 턱을 괴고 장난스럽게 말했다.

"방에 딱 들어오면 카센터 님이 막 짐승처럼 덤벼들 줄 알았는데."

"뭐라고요?"

멀쩡한 이성을 가진 인간, 하경은 기가 막혀서 말문이 막혔다. 그러나 뺨을 붉게 물들이면서도 도서관은 맹랑했다.

"아깐 엄청났잖아요. 막 이렇게…… 키, 키스하고."

그러고 보면 와인 바에 있던 날도 술에 취해서 헛소리를 한 게 아니라 원래 이 여자는 이렇게 생각과 말이 이리저리 튀는 타입일지도 모른다. 깊게 이것저것 재고 따지는 편이 아니라 원래부터 즉흥적으로 살아온 사람이라면 굳이 걱정을 해 줄 필요가 없을 것이다.

"그것도 엄청 오래."

"그러니까 그렇게 해 줬으면 좋겠다?"

그가 눈을 가늘게 뜨자 그녀가 개구쟁이처럼 웃었다. '꼭 맞다고 대답해야 하나요?'라고 그녀가 눈으로 말하는 것 같았다.

하경은 기꺼이 지원의 초대를 받아들였다. 그는 한 손으로 그녀의 팔을 잡아 일으켜 세웠다. 장난기 가득하던 그녀의 눈동자에 기대가 담겼다.

거칠지 않고 섬세하게 이어지는 키스에 지원은 눈을 감았다. 그의 손이 그녀의 얼굴을 부드럽게 감쌌다. 더운 바람이 두 사람 주변에 불었다.

아무 말 없이 그들은 자석에 이끌리듯 침실로 향했다. 부드러운 색감의 조명이 그녀의 피부에서 반사되었다.

지원의 등 뒤로 닿는 시트는 서늘했다. 아니, 두 사람 사이가 유난히 뜨거운 걸 수도 있다. 그녀가 그의 목에서 팔을 풀고 그를 올려다보았다. 그가 그녀의 머리 옆에 손을 짚고 잠시 말을 골랐다. 그는 한 줄기 남은 가느다란 이성의 끈을 잡고 있었다.

"마지막으로 묻는 겁니다."

"뭘요?"

"후회하지 않을 자신, 있어요?"

도서관은 이해가 되지 않는 듯 미간을 찡그렸다. 그 와중에도 하경의 심장은 빠르게 뛰고 있었다. 제발 거절하지 말아 달라고, 그의 심장이 본능을 대신해서 외치고 있었다. 그녀가 의아하게 물었다.

"무슨 후회를 해요?"

하경은 말이 나오지 않았다. 당신이 서울에 돌아가면 강제로 결혼을 하게 될 텐데 그럼 이 우연한 만남과 뜨거운 밤을 후회하지 않겠느냐고, 구구절절 설명하고 싶지 않았다. 그녀의 결혼을 입에 올리고 싶지도 않았다.

"그만두려면 지금이 마지막……."

"그만두면 후회할걸요?"

누가?

그녀가 그의 말을 도중에 잘랐다. 그녀의 말이 끝나기 무섭게 그의 손에 힘이 들어갔다. 여기서 그만두면, 후회할 사람은 누구일까?

"나중에 우는 소리 하기 없어요."

하경의 마지막 경고에 지원은 눈을 휘며 웃을 뿐이었다. 이성의 시간은 끝이 났다. 그녀가 그의 목을 팔로 감았다. 그가 고개를 숙여 그녀의 입술을 물었다. 그녀의 혀가 그를 피해 도망가듯 매끄럽게 움직였다. 두 사람은 쉴 새 없이 서로의 안을 탐했다.

침대 밑으로 옷가지가 떨어졌다. 지원에게서 입술을 뗀 하경은 심장 박동이 느껴지는 그녀의 왼쪽 가슴 위에 손을 얹어 브래지어를 밀어 올렸다. 흥분 탓에 그녀의 가슴 끝은 단단해져 있었다.

"아……."

저도 모르게 그녀가 신음을 흘렸다. 그가 혀를 세워 유두를 살짝 핥은 탓이었다. 동시에 다리 사이가 젖어 들기 시작했다. 그녀는 그의 머리를 안고, 등줄기를 쓸어 주었다. 그의 어깨가 움찔거렸다.

"하고 싶었어요."

도서관의 솔직한 말 때문에 하경은 숨이 멎는 듯했다. 그가 고개를 들어 그녀를 내려다보았다. 기대가 담긴 그녀의 눈동자가 보였다.

"후회 같은 건 안 할 거예요."

보름 동안의 비밀은 평생 간직해도 될 추억이 될 것이다. 윤지원은 절대 후회하지 않는다. 후회? 천만에. 이 남자를 만나 뜨거운 순간을 보낼 수 있다는 건 축복에 가까웠다. 불쌍한 윤지원에게 하늘이 마지막 자비를 베푼 것이다. 그녀가 그의 등을 쓸다가 어깨에 손을 올렸다.

귀국한 뒤에 도서관이 결혼하든 말든 이제는 상관없었다. 아직 그녀는 유부녀도 아닐뿐더러 자의로 결혼하려는 것도 아니었다. 가슴 한편에 남아 있던 죄책감과 걱정이 눈 녹듯 사라졌다.

카센터가 희미하게 웃으며 브래지어를 벗겼다. 이제 단 한 장의 속옷만 남았다. 브래지어가 떨어지는 작은 소리에 지원의 귀가 쫑긋거렸다. 심장이 더욱 빠르게 뛰었다. 기대감이 아랫배에 잔뜩 고였다.

그는 그녀의 다리를 발목에서부터 쓸었다. 부드러운 감촉에 침이 절로 넘어갔다. 도서관이 조수석에 앉았을 때 곁눈질하고 사춘기 소년처럼 놀랐던 기억이 떠올랐다. 그의 손이 무릎을 지나 허벅지 안쪽으로 향했다.

만난 지 며칠 되지 않았기에 사랑한다거나 깊은 감정을 가진 건 아니었다. 그저 서로에게 끌리고 있을 뿐이었다. 그것만으로도 충분했다. 지원은 카센터의 탄탄한 어깨에서 팔뚝으로 손을 내렸다. 자신과는 다른 단단한 느낌이 만족스러웠다.

마지막 남은 속옷까지 남김없이 치운 하경이 그녀의 다리를 벌리고 자리를 잡았다. 그의 손길은 종아리에서 무릎, 무릎에서 허벅지 안쪽까지 굴곡을 따라 한없이 부드럽게 이어졌다. 기대처럼 부푼 부분을 그가 손가락으로 살짝 쓸자마자 그녀의 입에서 신음이 터져 나왔다.

"흐읏!"

온통 젖어 버린 곳에 낯선 손이 닿자 그녀의 허리가 저절로 팅겨졌다. 그가 그녀의 핵심을 매만졌다. 강렬한 자극 탓에 촉촉하게 젖어든 내벽이 수축과 이완을 반복했다. 그녀의 손이 시트를 그러쥐었다.

"그만, 어서……."

쾌감에 지원의 목소리가 유난히 떨렸다. 잔뜩 젖은 그녀의 여성은 남자를 받아들일 준비를 마쳤다. 하경은 그녀가 자신을 원하는 말 한마디에 등골이 오싹해졌다. 허리 부근이 저릴 만큼 그 역시 그녀를 원하고 있었다.

지원이 하경을 끌어안고 가슴에 입을 맞추었다. 문득 해변에서 반라의 카센터와 처음 만났던 것이 떠올랐다. 그때는 이렇게 될 줄 몰랐는데. 그녀가 그의 가슴에서부터 길을 따라 복부까지 손을 움직였다. 처음 봤을 때부터 그를 만지고 싶었나 보다.

도서관의 손길에 하경의 마음이 다급해졌다. 이어질 일이 무엇인지 아는 지원은 가슴이 터질 것만 같았다. 흥건하게 젖어 있던 그녀에게 드디어 기다리던 것이 닿고, 그는 단 한 번의 움직임만으로 그녀의 안에 들어왔다. 뿌리 끝까지 거침없이 들어오는 남성에 그녀의 입이 저절로 벌어졌다.

"아!"

하경의 입에서도 채 참지 못한 탄성이 흘러나왔다. 매끄럽고 촉촉한 그녀의 내벽이 침입자를 밀어내려는 듯 수축했다. 그 순간, 그의 눈앞이 아찔해졌다. 숨이 목에서 막혀서 그는 마치 사로잡힌 포로처럼 조금의 미동도 못 했다.

허리부터 시작된 불꽃이 손끝, 발끝까지 퍼진다. 그녀가 날숨을 뱉자 그녀의 안이 서서히 이완했다. 하경이 눈을 길게 감았다가 떴다.

메리엔 여사, 즉 어머니가 돌아가신 후로 변했지만 손하경은 20대 때 온갖 사고를 쳐 봤다. 손하경은 모범생 타입이 아니어서 부모님 몰래 담배를 배우고, 정신을 잃기 직전까지 술을 마셨다. 반반한 외모와 부모의 후광 덕에 여자도 많이 꼬였다. 오는 여자 막지 않고, 가는 여자 붙잡지 않았다. 젊은 혈기에 파트너는 하나이기도 했고, 둘이기도 했다. 아들이라고 하나 있는 것이 어머니가 돌아가시기 전까지 부모님 속도 참 많이 썩혔다.

그런 손하경이 딱 하나 손대지 않은 건 약물이었다. 약물을 손에 넣는 건 어렵지 않았지만 범법자가 되지 않는 건 최소한의 도리였다. 그때, 함께 놀던 친구들이 '끝내주는' 새 약물을 권하면서 했던 소리가 있었다.

"이거 빨고 여자랑 해 봐. 뻑 간다."

호기심이 일었으나 하경은 약물만큼은 거절했다. 그 약물에 손을 대면 어떤 기분이 드는지 그는 지금까지 몰랐다. 질 나쁜 친구들이 말한 '뻑 간다'는 감각을 평생 모를 거라고 생각했다.

"크흣……."

그런데 벼락이라도 맞은 것처럼 감각이 미쳐 날뛰었다. 한 번도 경험해 보지 못한 날카로운 감각에 그는 다시 눈을 감고 숨을 겨우 뱉었다. 그의 미간이 꿈틀거렸다. 그 친구들이 일러 준 '빽 간다'는 감각이 이런 게 아닐까?

하경이 신음을 터뜨리는 바람에 이완되었던 그녀의 내부가 그의 것을 다시 죄어 오기 시작했다. 그가 눈가를 일그러뜨린 채 겨우 정신을 차리고 그녀의 어깨를 잡았다. 눈을 동그랗게 뜬 도서관의 얼굴이 어른거렸다. 그녀가 팔을 들어 그의 얼굴을 쓸어주었다.

지원의 손길이 멈칫했다. 자신의 안에서 그의 존재감이 더욱 묵직하게 느껴졌다. 그는 흐려진 눈빛으로 그녀를 내려다보고 있었다. 그녀는 그의 눈동자에 비친 욕망이 기뻤다. 그녀는 기꺼이 그의 허리에 다리를 감았다. 그가 그러하듯, 자신 역시 그를 욕망하고 있었다. 그가 고개를 숙여 그녀에게 입을 맞추었다. 가벼운 키스였다.

그 키스가 신호탄이 되었다. 그가 느릿하게 그녀에게서 빠져나가더니 다시 위로 쳐올렸다. 강한 힘에 그녀의 숨결이 중간에 끊겼다. 그의 남성이 반복해서 들어올 때마다 젖은 소리가 들렸다.

"하, 으응……."

어디에라도 매달리고 싶어서 지원은 하경의 팔을 옭아매듯 잡았다. 땀에 젖은 손이 미끄러질까 봐 그녀가 팔에 힘을 주었다. 이내 밀려드는 강렬한 자극에 그녀의 허리가 오르내렸다. 발끝까지 느껴지는 짜릿한 감각은 그녀의 머릿속을 텅 비워 버렸다.

가늘게 눈을 뜨고 카센터를 올려다본 지원은 깜짝 놀랐다. 사람이 꽤 다정한 편이라고 생각했는데, 지금의 그는 맹수처럼 눈을 빛내고 있었다. 남자 냄새가 물씬 풍기는 모습이 오싹하리만치 새로워서 반할 수밖에 없었다. 그녀의 시선을 느낀 그가 입가에 미소를 내비치자 심장이 매섭게 뛰었다.

생각과 이성이 사라지자 지원은 하경에게 매달려 몸을 맡겼다. 자꾸 미끄러지려는 손은 그의 팔을 떠나 그의 목을 감았다. 그의 움직임은 더욱 빨라지고 강해졌다. 그의 남성이 민감한 부분을 안쪽에서 자극했다. 번쩍, 척추를 타고 전해지는 짜릿함에 그녀의 호흡이 거칠어졌다.

"아앗! 아, 거기……."

도서관의 교성이 높아질수록 하경 또한 미칠 것 같았다. 그녀의 내벽이 그를 놓지 않으려는 듯 붙잡는 기분이 들었다. 그는 마치 그녀에게 빨려 들어갈 것 같은 착각을 느꼈다. 착각이 아니라 실제로 그녀에게 먹혀 버렸으면 좋겠다는 피학적인 생각을 하며 그가 그녀의 발목을 잡았다.

"아……."

그가 빠져나갔다가 들어올 때의 충만감은 그녀에게서 만족스러운 신음을 만들어 냈다. 발목이 그의 어깨까지 딸려 올라가자 그가 더욱 깊이 들어왔다. 그는 그녀의 예민한 부분을 알아채고 그쪽으로 제 분신을 사납게 찔러 넣었다. 날카로이 벼려진 감각이 순간 번뜩였다. 그녀가 숨도 쉬지 못하고 허리를 움찔거렸다.

"흐윽……."

지원의 작은 움직임이 나비 효과처럼 퍼져 나갔다. 그녀의 내벽이 하경의 남성을 꼭 죄자 그가 참지 못하고 신음과 함께 더운 숨을 토해 냈다. 거미줄에 걸린 날벌레가 된 느낌이 이런 걸지도 모르겠다. 그의 뜨거운 숨결이 허공에서 흩어졌다.

"아, 조금만 더……."

하경이 깊이 들어와 감각을 고조시킬수록 지원은 잡힐 듯 잡히지 않는 절정을 찾으려 애를 썼다. 그가 뿌리 끝까지 난폭하게 박아 들어오자, 번쩍이는 시야를 느끼면서 그녀가 눈을 꽉 감았다. 쾌감으로 그녀의 다리에 바짝 힘이 들어갔다.

"하으윽!"

지원의 입에서 비명과 같은 신음 소리가 터졌다. 동시에 그녀의 안이 수축해서 하경의 미간을 찡그렸다. 그녀의 공세가 만만치 않아 이를 악물고 신음을 삼킨 그가 움직임을 멈추었다. 하지만 손하경은 아직 모자랐다. 조금 더, 그녀를 맛보고 싶었다.

온몸이 녹는 기분에 힘이 들어갔던 다리도 이완될 무렵, 그가 다시 거칠게 움직였다. 그녀의 입가가 다시 벌어졌다.

"아, 안 돼, 잠깐……."

겨우 진정시켰던 감각이 도로 솟구쳐 오른다. 지원의 눈동자가 커졌다. 아랫배에서부터 밀려오는 강렬한 쾌락에 그녀가 숨을 헉 들이켰다. 그녀의 안이 그의 것을 잡아 비틀듯 요동쳤다.

패배감? 하경은 도저히 그녀를 당해 낼 수가 없었다. 큭, 신음을 터뜨린 그는 순간 몸을 경직하며 그녀의 안에 체액을 쏟았다.

그가 그녀의 발목을 내려 주었다. 침대 위에 그녀의 다리가 힘없이 놓였다.

거친 숨소리와 뜨거운 기운만이 두 사람 사이에 맴돌았다. 그는 물론 그녀도 아무 말이 없었다. 대신 그는 그녀의 입술에 가볍게 키스를 하고 땀에 젖어 뺨에 붙은 그녀의 머리를 떼어 주었다. 자신을 향한 그녀의 촉촉한 시선이 너무나도 사랑스럽고 예뻐 보여서 그는 철렁했다.

도서관을 걱정한다? 글쎄, 도서관이 아니라 손하경 자신을 걱정해야 할지도 모르겠다. 결혼할 사람이 있는 여자에게 이대로 속절없이 빠져 버리면, 큰일이니까.

지원이 정신을 차렸을 때는 아직 어둑어둑할 때였다. 그녀는 눈을 가늘게 뜨고 옆을 돌아보았다. 몸에 힘이 하나도 없어서 몸을 일으키는 것조차 힘들 지경이었다.

'아⋯⋯.'

살짝 고개만 돌렸는데 남자의 맨가슴이 보였다. 순간 그녀의 얼굴이 화끈 불타올랐다.

'잤어.'

카센터랑 자 버렸다! 그냥 손만 잡고 잔 것도 아니었다. 그런데 이상하게도 불안하거나 걱정이 되지는 않았다. 오히려 시원하고 기뻤다. 하늘이 내려 준 기회를 제대로 붙잡았구나, 싶어 후련했다.

그녀는 그의 맨가슴에 이마를 댔다. 규칙적으로 들리는 그의 숨소리가 이게 현실이라고 알려 주고 있었다. 가슴이 벅차올라 눈물이 날 것 같았다. 그녀는 눈을 감고 그의 허리를 꼭 끌어안았다.

'그래도 이 사람을 사랑하면 안 돼.'

이름도 모른다. 나이도 모르고, 그가 어떤 사람인지 정확히 모른다. 어차피 귀국하면 다시는 볼 사람도 아니다. 귀국한 뒤에 다시 만나면 오히려 큰일 날 사람이었다. 그저 세상에 다시없을 경험만 서로 선사하면 되는 것이다. 그녀는 마음을 꼭 다잡았다.

"왜 안 자요?"

그때, 지원의 머리 위에서 카센터의 낮은 목소리가 울렸다. 아직 잠기운이 다 가시지 않은 눅눅하고 허스키한 목소리였다. 잠에서 깬 그의 음성이 너무나도 섹시하고 남성적이라 그녀가 저도 모르게 어깨를 움찔거렸다. 그가 그녀의 머리를 쓸어 주었다.

"아직 날 밝으려면 멀었는데."

플로리다는 아침이 빨리 시작되는 곳이다. 그런데도 아직 푸르스름한 빛만 비칠 뿐이었다. 매우 이른 시각이었다.

"잠깐 깬 거예요."

그녀의 목소리가 그의 몸을 타고 울리자 그가 나직하게 웃었다. 그는 더 이상 대화를 잇지 않고 그녀의 등허리를 토닥였다.

다시 자라는 듯, 그의 몸짓은 다정하고 달콤했다.

이 시간이 영원히 지속되었으면 얼마나 좋을까? 시간이 지나갈수록 카센터와 헤어질 시기가 가까워지고 있는 셈이다. 지원은 답답한 마음에 한숨만 내쉬었다. 그러자 하경의 움직임이 멈추었다.

"후회…… 해요?"

"네?"

지원을 안고 있던 하경은 상체를 살짝 뒤로 빼고 그녀의 어깨를 잡았다. 어느새 잠기운이 사라진 그의 눈동자가 그녀를 아프게 응시하고 있었다. 후회하지 말라고 했는데, 역시 잘 모르는 남자와 밤을 보내는 건 후회할 일이었을지도 모르겠다. 하경은 자신에게 최고의 밤이었던 어제가 그녀에게는 후회만 남는 밤이 되지 않았으면 했다. 여자의 마음을 잘 모르는 그는 조심스럽게 되물었다.

"후회하지 않는다면서요?"

후회라니. 오히려 원하던 대로 카센터와 뜨거운 밤을 보내서 얼마나 좋은지 모른다. 그녀가 진심을 담아 고개를 저었다.

"후회하는 거 아니에요."

"근데 왜 한숨을 쉬어요?"

지원은 한숨의 복잡한 의미를 그에게 설명할 자신이 없었다. 그녀가 맹랑하게 웃으면서 제 어깨에 놓인 그의 손을 잡았다.

"그냥, 또 하고 싶어서요."

순진하고 즉흥적인 줄로만 알았던 도서관은 타고난 유혹꾼인가 보다. 하경의 눈에 불꽃이 튀었다. 어쨌든 손하경도 단순하기 그지없는 남자라, 그의 중심으로 피가 몰리기 시작했다. 그가 낭패를 본 사람처럼 고개를 수그리며 투덜거렸다.

"진짜 미치겠네."

도서관은 대체 어떤 여자기에, 이런 귀여운 소리를 하는 걸까? 몸이 밀착되어 있어서 그녀 역시 그의 흥분을 느꼈다. 그는 까르르 웃는 도서관을 다시 홱 끌어안았다.

"진짜 또 할 겁니다."

"네, 또 해요."

바라던 바였다는 투로 그녀가 대꾸했다. 그의 표정이 점점 옅어졌다. 잠깐 잤다고 그새 체력이 회복되었다. 그의 손이 그녀의 허리선을 따라 움직였다.

*　　*　　*

조식장에 갈 힘도 없어서 지원은 아침부터 호화롭게 룸서비스를 받았다. 심지어 카센터가 직접 베드 트레이에 아침 식사를 올려 줄 정도로 호화판이었다. 그녀가 살짝 졸린 눈으로 그를 보며 물었다.

"아침 안 드세요?"

문제는 식사가 1인분이라는 데 있었다. 혼자 먹어야 하나? 지원은 자신과 달리 기운이 넘치는 카센터의 눈치를 살폈다. 그가 커피 잔을 들어 올리며 답했다.

"원래 아침 안 먹어요. 대신, 커피만."

"혼자 먹으려니까 좀 그렇단 말이에요."

그녀가 뾰로통하게 말했다. 전에도 그랬다. 조식장에서 그는 커피만 한 잔 내려 가지고는 훌쩍 떠나 버렸다. 혼자 밥을 못 먹는 건 아니지만, 음식은 혼자 먹으면 맛이 덜했다. 그가 난처한 기색을 표했다.

"그래도 1인분인데."

"1인분치고 많아요. 혼자 다 못 먹는다고요."

그녀가 가벼운 바구니에 담긴 포카치아를 그에게 내밀었다.

"그럼, 빵이라도 커피랑 같이 드세요."

아침부터 배 채우는 걸 그다지 좋아하지 않는 손하경은 지금, 여자 때문에 32년간의 버릇을 고쳐야 했다.

침대 가에 서 있던 카센터가 지원의 옆에 자리했다. 그가 그녀에게서 포카치아를 받아 들었다. 구운 지 얼마 지나지 않았는지, 아직 온기가 가시지 않아 따뜻한 빵은 향기로웠다.

"먹고 씻은 다음에 내려갈게요."

"그쪽 객실로요?"

"네. 욕실까지 빌려 줄 거죠?"

토마토를 포크로 콕 찍으며 지원이 화사하게 웃었다. 하경은 그녀를 물끄러미 응시하다가 제안했다.

"그러지 말고, 여기 쓰는 건 어때요?"

"네?"

"나 혼자 쓰긴 넓으니까."

가족 단위로 예약하는 로열 스위트룸은 분명 손하경 혼자 쓰기에 넓었다. 지원의 눈이 흔들렸다. 물론 바다가 보이는 최상층 객실은 좋긴 한데, 이게 하루에 얼마일지…… 그녀가 머릿속으로 계산을 했다. 여기서 묵으면 며칠도 안 되어서 분명 파산이다.

"저 돈 없는데요."

뭐라고 해야 할까? 도서관은 툭하면 이렇게 하경이 예상하지 못한 방향으로 나가곤 했다. 아삭아삭 샐러드를 먹는 지원을 그가 황당하다는 식으로 쳐다보는 바람에 그녀가 포크를 내려놓고 말을 이었다.

"쉬러 온 거잖아요. 이 비싼 방에서, 혼자."

일단 그녀에게는 그렇게 말했었다. 그가 대답 대신 고개를 끄덕였다.

"아버지 카센터 물려받기 전에. 맞죠?"

"……그래요."

정확히 카센터는 아니지만.

"저같이 잘 모르는 사람이 옆에 있으면 쉬는 데 방해될 걸요? 시간이랑 돈이 아깝지 않아요?"

"우리가 모르는 사람이에요?"

하경이 인상을 찡그리고 바로 받아쳤다. 지원이 고개를 갸웃거렸다. 두 사람은 서로의 이름조차 몰랐다. 모르는 게 아는 것보다 많았다.

"우린 서로 아는 게 별로 없는 것 같은데……."

툭, 하고 그의 손에 들려 있던 커피 잔이 트레이에 놓였다. 입한 번 대지 않은 포카치아도 도로 접시 위에 놓여졌다. 카센터는 마치 입맛이 뚝 떨어진 사람처럼 더 이상 아무것도 먹지 않았다.

"저기, 카센터 님…… 화났어요?"

"왜요?"

"갑자기 안 먹으니까."

순진한 건지 아니면 고단수인 건지 모르겠다. 하경은 기가 막힌다는 듯 한숨을 뱉었다. 어젯밤에 그녀를 안았을 때는 마치 마약이라도 한 것처럼 미치는 줄 알았다. 그 감각을 잊지 못해 새벽에 또 도서관과 뒹굴었다. 그런데 몇 시간 전까지 자신과 내밀한 행위를 했던 여자가 선을 딱 긋고 있었다.

"나에 대해 뭐가 궁금한데요? 알고 싶은 거 있으면 다 물어봐요."

그녀는 고단수가 틀림없었다. 손하경의 입에서 이런 말이 나오게 만들다니 말이다. 그녀는 입에 든 음식을 우물우물 씹어 삼키고는 그를 의아하게 쳐다보았다.

"진짜 물어봐도 돼요?"

"네."

남자가 여자한테 빠지면 천지 분간을 못 한다더니, 손하경이 딱 그 짝이었다. 그는 그녀가 궁금해한다면 뭐든지 밝힐 용의가 있었다. 도서관을 향한 불신은 이미 사라진 지 오래였다. 그녀의 눈이 반짝 빛났다.

"몇 살이에요?"

"서른둘이에요."

"오…… 나보다 나이가 많네."

그녀가 혼잣말을 중얼거리며 고개를 끄덕였다. 와인 바에 있을 적, 그는 그녀의 나이를 들었었다. 스물아홉의 도서관은 귀국하면 서른한 살 차이가 나는 남자랑 결혼을 해야 한다고 그랬다.

하지만 도서관은 더 이상 묻지 않았다. 샐러드를 집고 있는 그녀를 빤히 보던 그가 물었다.

"또 없어요?"

"네. 됐어요."

"정말 이걸로 됐어요?"

왜일까? 도리어 손하경이 매달리는 꼴이 되었다. 도서관은 여전히 그에게 의아한 눈빛만 보낼 뿐이었다. 며칠 전, 서로의 정체를 밝히지 않는 게 그녀 자신에게 좋은 일이라고 말했었다. 혹시라도 도서관이 엉겨 붙을까 봐 둘러댔던 말이 하경은 무척이나 아쉬워졌다.

그때 그녀가 떨떠름하게 말했다.

"알아서 뭐해요?"

다각, 하고 포크가 트레이 위에 놓았다. 지원은 카센터를 복잡하게 바라보았다.

그에 대해 알고 싶지 않았다. 아니, 사실은 알고 싶었다. 이 남자의 이름이 뭔지, 어디에 사는지, 취미는 무엇이고 어떤 음식을 좋아하는지……

하지만 물어볼 수가 없었다. 알아봤자 부질없었다. 어차피 끝이 보이는 관계였다. 그와 함께할 수 있는 시간은 열흘가량. 그 이후, 서울에 돌아가면 자신은 나이 많은 남자의 재취 자리에 들어가게 될 것이다.

침묵이 무거웠다. 누가 먼저랄 것도 없이 둘은 입을 다물었다. 하경의 마음이 지원의 눈빛만큼 복잡해졌다. 하룻밤 같이 보냈다고 뭐라도 된 듯 행동하는 자신이 우습기 짝이 없었다.

"씻으러 갈래요."

"저쪽 욕실 써요."

하경이 우측 욕실을 가리켰다. 지원은 고개를 끄덕이고 침대에서 일어났다.

"아침은 치우라고 할게요."

카센터의 목소리에는 힘이 없었다. 지원은 그를 흘깃 보고 마음을 다잡았다. 이러면 안 된다. 마지막 자유는 즐거운 시간이어야 했다. 조금도 우울하고 싶지 않았다. 그녀가 마른침을 삼키고 나서 억지로 미소를 만들었다.

"씻고 이따가 캐리어 옮겨 와도 되죠?"

하경이 지원을 향해 빙그레 웃어 주었다.

"알아서 뭐해요?"

그녀의 말이 심장을 아프게 찔러서 웃어 주는 것 말고는 할 수 있는 게 없었다. 도서관은 이 만남이 시한부라고 쐐기를 박았다. 물론, 그 역시 알고 있던 것이었다.

정오가 지나고 나서야 지원은 캐리어를 가지고 올라왔다. 하경은 서재로 쓰는 구석 침실을 제외하고는 어디를 가도 좋다고 그녀에게 자유를 주었다.

"숙박비 굳었다!"

도서관은 진심으로 기뻐하고 있었다. 양팔을 번쩍 들고 만세 삼창을 한 그녀는 바다가 보이는 발코니로 향했다. 난간에 양손을 쥐고 몸을 살짝 기울인 그녀가 감탄했다.

"역시 전망 클래스가 다르네!"

울적한 일이라고는 한 번도 겪지 않은 사람처럼, 그녀는 여전히 밝았다. 하경은 그런 도서관이 신기하면서도 사랑스러워서 씁쓸했다. 그녀는 그의 마음을 아는지 모르는지 환하게 웃으면서 몸을 돌렸다.

"오늘 뭐 할 거 있어요?"

"아뇨, 왜요?"

"심심한데."

난간에 등을 기댄 채로 대답한 지원이 한숨을 내쉬었다. 비가 잦다는 지역에 비는커녕, 해만 쨍쨍했다. 바다에 나가 볼까? 아니면 카센터를 부추겨서 다운타운에 가 볼까? 그녀가 머릿속으로 이것저것 재고 따질 때였다.

"수영장 들어가 봤어요?"

"네? 아뇨! 여기 수영장이 있어요?"

"없을 리가……."

하경이 눈가를 찡그리며 말끝을 흐렸다. 시설 오픈을 하지 않았을 뿐이었다. 특히 자신이 묵고 있는 로열 스위트룸에는 개인 풀이 따로 있었다. 쓸 일이 없어서 그쪽으로 향하는 문을 꼭 닫아 두긴 했지만 말이다.

"가고 싶어요."

이미 도서관의 눈은 반짝거리고 있었다. 기대고 있던 몸을 똑바로 세운 그녀가 기대에 부푼 표정으로 그에게 다가왔다.

"어디에 있는 건데요?"

하경은 대답 대신 손으로 뒤편 멀리를 가리켰다. 꽉 닫혀 있는 출입문을 의아하게 쳐다보던 그녀의 안색이 확 밝아졌다.

"프라이빗 풀?"

그녀가 양손을 번쩍 들고는 신이 나서 그쪽으로 달려갔다. 그 역시 은은한 미소를 지으며 그녀의 뒤를 따랐다.

사방이 유리로 둘러싸여서 수영장은 꼭 허공에 떠 있는 것 같았다. 차가운 물속에서 수영을 즐기라고 안은 유리온실처럼 후덥지근했다. 문제는 물이 한 방울도 없다는 것쯤? 기대 가득했던 지원의 눈이 일그러졌다.

"물이 다 빠져 있잖아요!"

"당연하죠. 채우면 되는 거고."

실망스러운 듯 도서관이 입술을 삐죽거렸다. 괜히 머쓱해져서 하경이 말을 돌렸다.

"근데, 수영복은 있어요?"

그를 똑바로 바라보고 있던 그녀가 슬그머니 시선을 돌렸다. 수영복? 그런 걸 챙길 정신은 없었다. 도망치듯 집을 뛰쳐나온 거라 팔자 좋게 수영을 하고 놀 거라는 생각도 하지 않았다. 좀 더 여유를 가져 볼 걸! 이제 와서 후회가 되었다.

지원이 떨구고 있던 시선을 다시 올려 하경을 바라보았다.

"저기, 카센터 님. 우리 점심 먹으러 어디 안 갈래요?"

"다운타운 가서 수영복 사려고?"

"……네."

정곡을 찔린 그녀가 코끝을 찡그리며 대답했다. 속이 빤히 보이는 그녀의 태도에 그가 쿡쿡, 소리 내어 웃었다.

다운타운에 가기 위해 두 사람은 객실을 나섰다.

그러고 보니 카센터의 차, 기분 나쁘게도 은찬에서 나온 차였다. 지원은 구겨진 얼굴로 세련된 행성 무늬 엠블럼을 물끄러미 응시했다.

"왜요?"

운전석 문을 연 하경이 지원에게 의아한 눈빛을 보냈다. 그녀가 갑자기 차 앞에 서서 기분 나쁜 표정으로 엠블럼을 보고 있으니 이상하다 싶었다.

"여기 차 좋아요?"

그녀가 퉁명스레 묻자 그는 당황스러웠다. 지금 도서관은 은찬 자동차의 차기 오너에게 무서운 질문을 하고 있었다. 만약 그녀가 그의 정체를 알게 된다면 이 상황을 어떻게 받아들일까? 그런데 참 이상하게도 그녀가 아니라 손하경 혼자 피가 말랐다.

"……여기 차 별로 안 좋아해요?"

"네."

아주 조금도 머뭇거리지 않고 그녀가 긍정하는 바람에 그는 어쩔 줄 몰랐다.

"어…… 왜요?"

뭐라 말하려던 지원이 멈칫했다. 자신이 그 회사를 싫어하는 이유는 매우 개인적이었다. 예순 살 먹은 사장이 신붓감으로 스물아홉의 윤지원을 점찍었기 때문에! 생각해 보면, 카센터와는 전혀 상관없는 일이었다. 특별히 무슨 사고가 났다거나, 노조 탄압이 있다는 나쁜 소문도 없는 회산데 괜히 그에게 편견을 주는 건 좋지 않은…….

'아냐, 오너 마인드가 그 모양인데 편견 좀 심어 주면 어때?'

"사장 취향이 좀 이상하대서요."

"네에?"

하경의 눈동자가 사정없이 흔들렸다. 사장? 아직은 아버지가 사장이었다. 아버지한테 안 좋은 소문이라도 도는 건가? 당황한 그가 다급히 물었다.

"무, 무슨 소리예요?"

이만큼 당황한 카센터의 모습이 처음이라 지원도 내심 놀랐다. 그녀가 눈을 동그랗게 뜨고 그를 올려다보았다. 더운 날씨 탓인지 그의 얼굴이 조금 붉어져 있었다.

"젊은 여자를 밝히는 거 같⋯⋯."

"아니에요! 그럴 리가요? 좋은 분인데."

도서관의 말을 도중에 자른 손하경은 아버지를 대신해서 열심히 옹호했다. 아버지가 젊은 여자를 밝힌다니? 어디서 그런 소문이 돈단 말인가. 자신이 아는 아버지는 김숙자⋯⋯ 아니, 메리엔 여사에게만 목을 매던 남자였다.

어머니도 종종 그렇게 말했었다. 그 시대 사람치고 아버지만 한 사람 없다고. 그 나이에 그만한 지위까지 가진 남자가 여자 문제 한 번 안 일으키고 사는 게 얼마나 대단한지 아느냐고 몇 번이고 반복해서 말했었다. 물론 그 당시 손하경은 밤 나들이를 다니기 바빴지만 말이다.

"헛소문일 거예요."

단호하게 말하는 하경을 지원이 의심스럽게 쳐다보았다. 헛소문? 웃기는 소리다. 당장 손주환 사장이 윤지원을 찍었다. 즉, 그녀 자신이 당사자였다.

"카센터 님이 어떻게 알아요?"

물론 손하경도 당사자…… 는 아니지만 아들이었다.

"그럼 도서관 씨는 어떻게 아는데요?"

여기서 홧김에 '내가 바로 그 피해자다!' 하고 밝힐 수도 없어서 지원은 한숨만 푹 내쉬었다.

"그런 소문을 들었어요. 조금 있으면 재혼할 거라고. 젊은 여자랑."

"그…… 럴 리가요."

"아니면 다행이네요."

아버지의 재혼 소식을 들은 적 없는 하경이 고개를 저었다. 지원은 그를 흘깃 보고 쓸데없는 소모성 논쟁을 마무리했다.

"헛소문일 수도 있으니까 어디 가서 말하지는 않을게요. 저랑 사정이 비슷해서 좀 기분 나빴거든요."

그녀의 똑 부러지는 말에 그는 미묘한 미소를 지어 보였다.

정말 아니었으면 좋겠다. 지원이 진심을 담아 속으로 중얼거리고 조수석에 올랐다. 카센터가 왠지 그녀의 눈치를 살피는 느낌이 들었다. 카센터의 가게가 은찬 자동차와 꽤 관련이 깊은 가게일 수도 있겠다. 직영점이라거나. 그녀는 모르는 척 안전벨트를 매고 무표정하게 창밖으로 시선을 돌렸다.

"카센터 님 가게, 주로 은찬 차가 많죠?"

"네? 아, 뭐…… 대부분 그렇죠."

하경이 에둘러 대답했다. 정확히 말하자면 그냥 은찬 차만 취급했다. 도서관은 어떻게 받아들였는지 고개를 깊이 끄덕이면서 다 알겠다는 표정을 내비쳤다. 그녀의 표정이 어째서인지 마음에 걸렸으나 그는 더 이상 회사 관련 대화는 하고 싶지 않았다. 1초마다 3초씩 늙는 기분이었다.

"점심으로 뭐 먹을까요?"

"숙박비도 굳었는데, 제가 스시 쏠까요?"

방금 전까지 보이던 불편한 내색은 다 사라지고 도서관은 전처럼 밝아져 있었다. 그런 그녀의 모습에 안심이 되면서도 어딘가 불안해졌다. 혹시 그녀에게 안 좋은 일이 일어난다고 해도 겉으로는 밝은 모습만 보이는 게 아닐까?

문득 하경은 오전에 그녀가 했던 말을 떠올렸다.

"우린 서로 아는 게 별로 없는 것 같은데요……."

정말 아는 게 없다. 손하경이 그녀에 대해 아는 거라고는 단순한 사실 몇 가지가 전부였다. 도서관은 스물아홉 살이고, 직업은 도서관 사서이며, 열흘쯤 뒤에 귀국하면 60살 먹은 남자와 강제로 결혼하게 될 거라는 안쓰러운 미래를 가지고 있었다. 그래서 그녀가 이 차를 보고 떨떠름해 했던 것이리라. 헛소문에 감정을 이입해서 말이다.

아침을 먹다 말아서 점심은 평소보다 배부르게 먹었다. 배가 부르니까 기분이 나아졌다. 지원은 하경과 함께 일식집 근처 쇼핑몰로 향했다.

"뭔가 끝내주는 비키니가 갖고 싶은데."

나이 많은 아저씨와 결혼하게 되면 과감한 수영복을 입을 일이 없을 것이다. 마지막 자유나 다름없어서 지원은 눈에 불을 켜고 수영복을 찾기 시작했다. 그녀가 열중하는 모습을 보던 하경은 슬쩍 시간을 살폈다. 지금쯤 서울은 새벽 네 시일 것이다. 또한 월요일일 테니 아버지가 기상했을 시간이었다.

"잠깐 전화 좀 하고 올게요."

"네."

헛소문을 믿지는 않지만 괜스레 마음이 좋지 않아서 하경은 아버지에게 연락했다. 어머니가 돌아가시고 이제 둘만 남은 가족이라 더욱 애틋한 느낌도 있었다.

"아버지, 저예요."

─왜 새벽부터 전화야?

슬그머니 지원 쪽을 돌아본 하경은 손에 수영복 세 벌을 들고 고민하는 그녀를 보고 나서 마음을 놓았다.

"아버지, 혹시 재혼하세요?"

─무슨…… 말도 안 되는 소리야?

기가 막힌 건지 아버지의 목소리 끝이 살짝 떨렸다. 이걸로 확실해졌다. 도서관은 어디서 이상한 소문을 듣고 온 것이다.

─어디 기사라도 났어?

"아뇨, 그냥요."

─새벽부터 별 황당한 소릴 듣네.

기사화 된 것도 아니라 아버지는 안심했다. 안도의 한숨 소리가 지나가고 나서 아버지의 호통이 떨어졌다.

─계속 헛소리할 거면 끊어!

하경이 웃으면서 전화를 끊었다. 그래도 '혹시나' 하는 마음이 없지는 않았나 보다. 아버지가 어머니를 잊고 다른 여자를 아내로 맞을까 봐 무의식중에 걱정했었는지, 이제야 마음이 완전히 놓였다.

'다 커서 마마보이 같이 굴고 있군.'

그는 자신의 어린 마음을 비웃었다. 이성적으로야 부모에게는 부모의 인생이 따로 있음을 알지만, 그래도 감정은 쉽게 납득이 안 되는 모양이다.

하경이 다시 돌아왔을 때, 지원이 그를 반기면서 양손에 수영복을 하나씩 들어 보였다.

"뭐가 나은 거 같아요?"

그가 한 걸음 물러나서 두 수영복을 번갈아 보았다. 하나는 하얀 바탕에 빨간 도트 무늬가 찍힌 귀여운 수영복이었고, 다른 하나는 치타가 따로 없는 레오파드 무늬의 비키니였다. 그가 떨떠름하게 도트 무늬 수영복을 가리켰다.

"이게 나은데요."

"역시, 남자들은 호피 무늬 별로 안 좋아한다더니."

도서관이 입술을 삐죽거리면서 선택받지 못한 레오파드 수영복을 걸어 두었다. 거울 앞에서 옷 위로 수영복을 대 보는 그녀에게 그가 물었다.

"사이즈는 맞아요?"

"흐흥…… 입고 나올까요?"

지원이 히죽 웃었다. 그녀는 장난스럽게 웃는 자신의 모습이 얼마나 남자를 자극하는지 모르는 듯했다. 하경이 한숨을 길게 뱉었다. 정말 말라 죽겠다. 직원에게 수영장에 물을 채워 두라고 했는데, 수영이고 뭐고 그만두고 바로 침대로 가 버리고 싶었다.

물론 이성을 잘 챙기고 있는 손하경은 아무 내색 없이 도서관의 손에서 수영복을 빼앗았다.

"얼른 갑시다. 날 더울 때 들어가야죠."

"아! 그러네요."

수영장행을 깜빡 잊고 있었던 그녀가 그의 손에 들린 귀여운 비키니로 시선을 돌렸다.

"사 주는 거예요?"

"마지막 선택은 내가 했으니까요."

그의 대답이 이상하면서도 말이 되는 듯해서 그녀는 아무 대꾸 없이 맑게 웃었다.

"대박 차가워!"

새 수영복으로 갈아입은 윤지원은 물에 들어가자마자 좋아

날뛰고 있었다. 그녀가 좋아할 줄 알았지만, 이 정도로 행복해할 줄은 몰랐던 하경은 당황스럽기까지 했다.

"왜 안 들어와요?"

가만히 서 있기만 하는 남자를 지원이 올려다보았다. 기다렸다는 듯이 수영복을 꺼내 입고 풀에 들어간 자신과 달리 카센터는 외출했을 때 차림 그대로였다. 속이 비칠 듯 비치지 않는 그의 린넨 셔츠를 물끄러미 보던 그녀가 대뜸 그에게 물을 뿌렸다.

"이봐요, 카센터 님!"

"아……."

마치 상념에서 깨어난 듯, 그가 눈을 깜박거렸다. 그는 젖은 턱 부분과 가슴팍을 털어 냈다.

처음에는 분명 당황스러웠다. 초등학생도 아니고 물속에 들어갔다고 신이 나서 뛰어 노는 도서관의 모습은 신기하기까지 했다. 그런데 점점 마음속에 이상한 감정이 스며들었다. 그녀에게서 눈을 뗄 수가 없었다. 사람이 밝고 순수해서 사랑스럽다는 걸 모르지도 않는데, 꼭 홀린 것처럼 그녀에게 시선이 고정되었다.

"수영복이 없어서 그래요? 아까 사지."

"아니에요, 없는 건 아닌데……."

그런데 왜 꾸물대고 있느냐고 그녀가 다시 한 번 물을 뿌렸다.

"혼자 놀면 재미없어요."

편리하게 하나로 묶은 긴 머리가 물속에서 나풀거렸다. 하경이 지원을 가만히 쳐다보다가 농담 삼아 답했다.

"물귀신 같은데?"

"진짜 물귀신이 뭔지 보여 줘요?"

말이 끝나기 무섭게 그녀가 그의 발목을 덥석 잡았다. 그의 눈동자가 커질 즈음, 그녀가 그를 수영장 안으로 끌어 당겼다. 첨벙, 멀쩡하게 다 큰 남자가 물에 빠지는 소리가 통쾌했다.

"갑자기 이러는 게 어디 있어요?"

흠뻑 젖은 얼굴을 양손으로 쓸어내린 하경이 투덜거렸다. 지원은 여전히 키득거리고 있었다. 그가 복수 삼아 그녀의 머리를 확 풀어 버렸다. 검은 머리가 물 위로 갈래갈래 떴다.

"그러니까 얼른얼른 들어왔어야죠."

"정말 웃기는 사람이네."

그는 당당한 도서관을 보며 한숨을 내쉬고 수영장 밖으로 나가고자 난간에 손을 올렸다. 그때, 그녀가 그의 허리를 확 껴안았다.

"히히! 못 가!"

신이 난 도서관과 달리, 하경은 그녀의 손길에 굳어 버렸다. 미치겠다, 손하경. 찬물 탓에 서늘해진 그녀의 손에 어깨까지 뻣뻣해졌다. 눈치가 없는 건지 그녀는 큰 소리로 웃고 있었다.

"누가 물귀신이라……."

지원이 키득거리면서 말하려는 순간, 하경이 허리를 돌려 그녀에게 입을 맞추었다. 전혀 예상하지 못한 기습 키스에 그녀가 숨을 멈추고 눈을 크게 떴다. 물에 잠긴 몸은 차가워지고 있는데 맞닿은 입술에 점차 열이 올랐다.

"물놀이는 여기까지예요?"

입술을 떼자마자 도서관이 맹랑하게 말했다. 여전히 그녀는 그의 허리를 감고 있었다. 그녀가 장난스러운 표정으로 슬금슬금 팔을 움직였다. 허리에서 척추를 따라 손을 위로 이동하던 그녀의 눈동자에 장난기가 가득했다.

코가 닿을 만한 거리에서 그가 위험한 미소를 지었다.

"진짜 안 되겠네. 자꾸 이러면 여기서 해 버리는 수가 있어요."

지원의 팔이 뚝 움직임을 멈추었다. 그녀의 시선이 그를 넘어, 난간 밖을 향했다. 고급스러운 빛깔의 타일이 참 딱딱하고 미끄러워 보였다. 그녀가 한쪽 눈을 살짝 찌푸리고 투정했다.

"등 아파서 안 돼요."

투정인데, 꼭 애교처럼 들린다. 그가 듣지 못한 척 고개를 돌리자 그녀가 검지로 그의 옆구리를 쿡 찔렀다. 문제는 거기가 손하경의 성감대라는 데 있었다.

"으……."

그가 저도 모르게 신음을 흘렸다. 즐거운 놀잇감을 발견한 아이처럼 그녀가 씨익 웃었다.

"여기 예민하구나."

지원이 이번에는 검지가 아니라 엄지로 그의 몸을 느릿하게 쓸었다. 눈을 길게 감았다 뜬 하경이 한 톤 낮아진 음성으로 말했다.

"10초, 줍니다."

"네?"

'뜬금없이 웬 10초?'

……라고 생각할 무렵, 그가 그녀의 목덜미에 입술을 묻더니 그대로 무서운 소리를 뱉었다.

"10초 안에 안 나가면 여기서 해 버릴 거예요."

"네에?"

몸을 타고 울리는 카센터의 낮은 목소리보다 그 내용이 무서워서 그녀가 펄쩍 뛰었다. 그러거나 말거나 10초 정도의 인내심만 남은 하경이 숫자를 입에 올리기 시작했다.

"10."

"잠깐만요!"

"9."

카센터는 자비가 없었다.

그래, 솔직히 카센터와 뒹구는 건 좋다. 특별한 사이도 아닌데도 그에게 안기면 사랑받는 기분이라 만족스러웠다. 다만, 침대에서 할 때 한정이었다. 차갑고 축축한 수영장 바닥은 딱 질색이었다.

지원은 필사적으로 프라이빗 풀을 빠져나왔다. 풀에서 실내로 들어가는 길은 미끄러지지 않도록 푹신한 고무로 이어져 있어서 볼썽사납게 넘어지는 일은 없었다.

"……4."

"됐, 됐어요!"

최대한 자제하기 위해 눈을 감고 숫자를 세던 불쌍한 손하경은 도서관의 목소리에 눈을 번쩍 떴다. 그녀는 타월을 몸에 두르고 실내로 들어가서 그를 올려다보고 있었다.

물귀신? 아니 동해 용왕이라도 되는 양, 하경은 당당하게 풀에서 나왔다. 머리부터 발끝까지 잔뜩 젖어 있는데도 그의 걸음은 흐트러지지 않았다.

얇은 셔츠가 물을 머금어 카센터의 피부가 다 비칠 지경이었다. 유려한 선을 그리는 그의 몸을 유리문 뒤에 서서 물끄러미 보고 있던 지원이 저도 모르게 아랫입술을 물었다.

역시 젊은 남자가 최고다.

곧, 물이 뚝뚝 떨어지는 팔이 지원에게 뻗쳐 왔다. 카센터를 자극한 대가가 이런 거라면 뭐 나쁘지는 않았다.

"침대까지는 못 가겠고."

스위트룸은 쓸데없이 넓었다. 도서관의 등 뒤에 있는 넓은 소파를 보며 하경이 말을 이었다.

"소파에서 합시다."

말을 마치자마자 하경은 지원을 잡아먹을 듯 키스했다. 먹이를 발견한 맹수가 되어 그는 그녀를 탐했다. 그녀가 본능적으로 그의 목을 감았다. 타월이 바닥으로 툭 떨어졌다.

입술이 부풀어 오르도록 그녀에게 키스한 그는 입을 떼더니 그녀의 목덜미를 따라 내려가면서 계속 입을 맞추었다. 간질간질한 기분에 그녀의 입가가 풀렸다. 겁 없는 윤지원이 다시 한 번 그의 옆구리를 건드렸다. 멈칫한 하경이 지원의 손을 잡아채 자 그녀가 소리 내어 웃었다.

"크크크……."

"이 여자가 진짜."

카센터의 약점을 알게 되어 지원은 신이 났다. 그녀를 내려다 보던 하경이 미간을 찌푸린 채로 셔츠 단추를 하나씩 풀었다. 젖 어서 손에 달라붙는 느낌이 썩 좋지 않았다. 그녀에게도 물방울 이 톡톡 떨어졌다. 뺨에 떨어진 물을 닦아 낸 그녀가 엉뚱한 소 리를 했다.

"소파 젖어도 돼요?"

"안 될 게 어디 있어요?"

진심으로 손하경은 소파가 망가지든 말든 상관이 없었다. 아 니, 아예 그런 생각조차 하지 못했다. 아직 영업 시작도 하지 않 은 리조트 오너 주제에 말이다.

자신의 손보다 한 마디는 더 긴 카센터의 손을 보며 지원은 내 심 감탄했다. 자동차 정비를 하는 사람 손이 꽤 곱다. 험한 일은 한 번도 해 본 적 없는 사람처럼 부드러운 손이 만지고 싶어서 그녀는 망설임 없이 손을 뻗었다. 마지막 단추를 다 풀어낸 그의 손이 그녀의 손과 얽혔다. 예상대로 부드러운 촉감이었다.

"왜요?"

"손이 고와서요."

"할머니 같은 소릴 하네."

핀잔주는 말 같지만 그는 피식 웃고 있었다. 그녀가 눈을 동그랗게 떴다.

"카센터 님 할머니 계세요?"

"돌아가신 지 좀 됐어요."

"그렇구나."

고개를 끄덕이던 지원이 바닥에 떨어져 있던 큰 타월을 집었다. 하경이 막 바지 버클을 풀어낼 즈음, 그녀가 그의 머리 위로 타월을 둘러 주고는 그의 머리카락과 얼굴을 꼼꼼히 닦으며 사과했다.

"아까 억지로 빠뜨려서 미안해요."

정말 도서관, 이 여자 안 되겠다.

발그레 달아오른 얼굴로 사과하면서 눈을 반짝이는 그녀의 모습이 세상 누구보다도 예뻐서 그는 어쩔 줄 몰랐다. 어떻게 이런 여자를 이제 알게 된 걸까. 조금만 더 빨리 알았더라면…….

상념을 떨쳐내고 하경은 아까와 달리 그녀에게 느리게 입을 맞추었다. 그녀는 자신의 입술을 훑는 그의 부드러운 감촉을 즐겼다. 물기를 닦던 그녀의 손이 멈추었다. 너무 조심스러워서 조바심이 일 정도로 그는 아주 천천히, 그녀에게 키스했다. 고른 치열을 훑으면서 서로의 입 안을 쓸어내리는 입맞춤을 둘은 달게 받아들였다.

"아…….."

비키니 브라톱을 밀어 올린 하경이 고개를 숙여서 가슴 끝에 입을 맞추었다. 야릇하고 간지러운 감각에 그녀가 낮게 숨을 내뱉었다. 뜨거운 숨결이 머리에 닿아 그가 몸을 움찔했다.

"저기요."

"왜?"

욕망으로 짙어진 그의 목소리가 섹시했다. 잠깐 숨을 멈췄던 그녀가 눈을 깜빡거리다가 천천히 입을 열었다.

"불편해 보이는데, 도와줄까요?"

도서관이 가리키고 있는 데로 하경의 시선이 내려갔다. 그녀가 가리키고 있는 곳은 물에 쫄딱 젖은 그의 바지, 정확히는 앞섶이었다. 그가 참지 못한 웃음을 흘리고 물었다.

"뭘, 어떻게 도와줄 건데요?"

"그냥 벗겨 줄게요. 축축하잖아요."

간단하게 답한 지원이 보란 듯이 입술을 혀로 축였다. 두 사람의 타액으로 그녀의 입술이 번들거리고 있었다. 그녀가 허리께로 손을 가져다 댄 순간, 그의 움직임이 뚝 멎었다.

"돌겠네, 진짜."

몸은 움직이지 못하겠는데, 입은 살아서 그가 나직하게 중얼거렸다. 그녀의 손길, 몸짓 하나에 몸이 화르륵 타오르는 것 같았다. 그의 옷을 대신 벗겨 준 그녀가 일부러 그의 옆구리를 찌르며 음흉하게 말했다.

"남자가 뭐가 이렇게 예민해요?"

바로 하경의 얼굴이 확 붉어졌다. 머릿속에 가늘게 남아 있던 이성도 뚝 끊겼다.

카센터는 더 이상 부드럽지 않았다. 오히려 무엇엔가 쫓기듯이 그는 그녀의 비키니 팬츠를 쉽게 내렸다. 마른침이 넘어가는 상황에서도 지원은 여전히 여유로웠다. 카센터는 그녀의 작은 행동 하나에 꼼짝도 못 하던 남자였으니까.

보기 좋게 드러난 가슴을 입에 물고 거칠게 빨던 하경이 무릎을 그녀의 민감한 부분에 대고는 다른 한 쪽의 다리로 그녀의 다리를 벌렸다. 도서관이 본능적으로 다리를 오므리려고 하자 그가 으르렁거리듯 말했다.

"가만히."

그녀의 다리에서 힘이 풀리고, 그는 만족스럽다는 듯 낮게 웃었다. 그 모습이며, 목소리가 지독하게 섹시해서 그녀는 그의 그런 모습에 괜스레 식은땀이 흘렀다. 아, 괜히 건드렸다. 늦은 후회를 하며 지원이 한쪽 눈가를 살짝 찡그렸다.

"하앗!"

하경이 부풀어 있는 여성의 핵심을 엄지로 쓸기 무섭게 지원이 입을 벌리곤 숨을 들이마셨다. 신음을 터뜨리면서 그녀는 자기도 모르게 허리를 들어 올렸다. 짜릿하게 온몸을 지배하는 쾌감에 정신을 놓을 지경이 되었다.

멍해진 지원의 귓가에 대고 카센터가 얄밉게 속삭였다.

"이거 봐. 누가 누구보고 예민하다는 건지."

"아, 몰라요! 그냥 빨리……."

'좀 합시다!'

……까지 말하지는 못하고 대신 지원의 입에서는 신음만 터졌다.

하경이 다시 손을 움직이자 그녀가 그의 목을 끌어안고 눈을 감았다. 이미 자신의 몸은 그를 원하고 있었다. 눈앞의 남자가 어서 자신에게로 들어와서 어딘가의 빈 곳을 채워 주길 바랐다. 그의 눈동자가 한층 더 흐려졌다.

원하는 대로 상이 차려졌으니 이제 기분 좋게 맛을 보면 되는 거다.

지원은 아래에서 뜨거운 그를 느끼고 숨을 길게 내쉬었다. 하경은 그녀의 숨소리를 방아쇠 삼아 아주 천천히 그녀의 안에 진입했다. 매끄러운 그녀의 안이 기다렸다는 듯이 그를 자극했다.

마침내 하경이 짧게 신음을 내면서 끝까지 밀고 들어왔다. 탄력 있게 자신을 받아들이던 그녀의 안이 점차 조여 오자 정말 '빽 갈' 지경이었다.

"하아……."

그의 목에 양팔을 감싼 지원 역시 신음을 흘리면서 팔에 힘을 주었다. 바로 이것이었다. 자신이 원하고 있었던 것은. 모든 것을 다 채워 주는 묵직한 느낌에 그녀가 뜨거운 한숨을 내쉬면서 그에게 더욱 매달렸다.

하경은 움직이지 않고 잠시 가만히 있었다. 그 충만함에 지원

역시 그를 보채지 않았다. 그때 그녀가 엉뚱하게 소곤거렸다.

"오늘 수영은 다 틀렸네요."

하긴, 수영도 기운이 있어야 하는 법이니까. 하경이 피식 웃고는 그녀를 단단한 팔로 안아 조심스럽게 움직이기 시작했다.

끝이 보이지 않는 갈증이었다. 곧, 그는 그녀의 좁고, 뜨겁고, 촉촉한 안을 온몸으로 느낄 수 있었다. 그녀가 그를 조여 올 때마다 그는 거칠게 숨을 내뱉었다. 발끝부터 소름이 돋는 쾌감이었다.

도서관이 옆에 있으면 마약은 확실히 필요 없겠다.

그의 움직임을 따라서 지원도 움직였다. 속도가 빨라질수록 눈앞이 보이지 않았다. 보이는 건 오로지 그녀에게 열중하고 있는 남자뿐. 머릿속에는 그가 사랑스러워서 미칠 것 같다는 생각만이 남았다.

하경의 목을 꼭 끌어안은 그녀는 점차 거칠어지는 숨소리를 참지 못했다. 그는 까맣게 가라앉은 눈으로 그녀의 표정을 놓치지 않겠다는 듯 끊임없이 그녀를 응시했다. 눈이 마주치자, 그가 그녀의 얼굴을 감싸고 입술을 내렸다. 정신없이 혀가 얽혔다. 키스가 마치 섹스의 연장인 양 농밀하고 야릇했다. 절로 몸이 움찔움찔 흔들려서 그녀가 다리로 그의 허리를 감았다.

도서관에게서 입술을 뗀 하경이 미간을 찌푸렸다. 그녀의 안이 그를 강하게 죄어 와 눈앞이 아찔해진 탓이었다.

"큭……."

참지 못한 신음이 그의 입에서 터졌다. 그녀가 그의 뺨을 매만지다가 엄지로 그의 미간을 쓸어 주었다. 그가 고개를 돌려 그녀의 손바닥에 가볍게 키스했다. 간지러운 느낌에 지원이 숨을 흑 들이마셨다.

이 이상 더 체온이 뜨거워질 수 있으리라고 생각하지 못했는데.

하경이 지원의 엉덩이를 잡고 위로 들어 올리며 동시에 그녀의 안으로 더욱 깊게 파고들었다. 짧게 비명을 내지르면서 그녀가 그의 등에 손톱을 박았다. 아릿한 아픔마저도 달콤한 쾌감이 되었다.

"진짜…… 윽! 진짜 사람 미치게 만드는 데, 재주 있어."

"으응, 아, 조금만……."

빨리 움직이라는 건지, 천천히 속도를 늦추라는 건지 모를 그녀의 말은 끝을 맺지 못했다. 그의 움직임이 격해질수록 그녀의 교성이 점차 높아졌다.

"앗, 안 돼…… 아읏!"

그녀가 비명처럼 신음을 터뜨렸다. 발끝까지 힘이 바짝 들어갔다. 절정을 이기지 못하고 그녀의 안쪽 내벽이 수축하며 그의 남성을 강하게 자극했다.

"크읏……!"

마침내 척추를 타고 전율이 관통한 순간, 그 역시 짧은 탄성을 뱉었다. 눈앞이 점멸할 만큼 강렬한 쾌감에 그가 그녀의 목에 뜨거운 숨결을 터뜨리며 흥분을 토해 냈다.

비키니 브라톱도 벗어서 바닥에 떨어뜨린 후, 지원은 맨몸으로 소파에서 하경과 나른하게 몸을 겹치고 있었다. 푹신한 매트리스와는 다르지만 탄탄한 몸 위에 몸을 맡기는 것도 기분이 좋았다. 눈을 감은 채로 안정된 심장 소리를 들으며 한참을 그의 가슴에 귀를 대고 있던 그녀가 번쩍 눈을 떴다.

"생각해 보니까, 저는 그쪽을 카센터 님이라고 부르잖아요."

"네."

정사 후의 노곤함을 즐기며 그가 대답했다. 두 사람 사이에는 이름이 필요하지 않았다. 아니, 이름을 궁금해해서는 안 된다. 아슬아슬한 관계를 끝까지 이어 나가기 위해서는.

하경의 긍정에 지원이 그의 허벅지를 짚고 고개를 돌려 그를 올려다보았다. 그가 그녀를 의아하게 응시했다.

"왜요?"

"근데 왜 그쪽은 저를 도서관 씨라고 해요? 호칭 통일해야 하는 거 아니에요?"

"뭐가요?"

카센터는 지원이 무슨 소리를 하는지 이해가 안 되는 모양이었다. 지원이 입술을 삐죽였다. 지금까지 자신은 그를 카센터 '님'이라고 불렀다. 존칭으로 불러 주었는데, 그는 너무나도 당연하게 그녀를 도서관 '씨'라고 칭했다. 쪼잔하다고 해도 어쩔 수 없었다. 그녀는 그와 동등한 위치에 있고 싶었다.

"이제 저도 카센터 씨라고 할 거예요."

"그러든지."

하경은 도서관이 뭐라고 부르든 상관없었다. 마음 같아서는 가명인 척 본명을 알려 주고 싶기도 했다. 그녀가 자신의 이름을 부르면, 그 울림이 어떨까. 그는 들을 수 없는 소리를 마음속 깊이 갈망했다.

"어? 지금 말 놓은 거죠?"

"안 놓았어요."

하경이 재빨리 부정했다. 그의 허벅지에 손을 두고 있던 지원이 손가락을 살살 움직이면서 제안했다.

"우리 그냥 같이 반말하면 안 돼요?"

"그럼 내가 손해지."

"되게 따지네. 고작 세 살 차인데."

지원이 투덜거렸다. 그녀는 스물아홉이고, 자신은 서른둘이니 손해라고 주장한 하경이 씩 웃었다. 농담이었다. 지금 그들은 서로를 한 남자와 여자로만 보고 있었다. 나이 차이가 얼마가 나든 문제가 될 리 없었다.

"마음대로 해요. 마음대로."

"배고픈 것 같아. 그치?"

그의 허락이 떨어지자 그녀가 기다렸다는 양 말을 놓으면서 힐끔 그의 눈치를 살폈다. 그는 별로 개의치 않았다. 원래 손하경은 몇 살 차이에 파르르 떠는 못난 타입도 아니었다. 그가 그녀의 이마에 달라붙은 머리카락을 막 떼어 줄 참이었다.

"오빠."

하경의 손이 뚝 멈추었다. 그럴 줄 알았다는 듯, 지원이 짓궂게 웃었다. 카센터 '님'이든 '씨'든 간에 그런 멋대가리 없는 호칭은 별로였다. 그녀는 막내로 살아온 스물아홉 해를 담아 그를 자극했다.

"아……."

전혀 상상하지 못한 단어에 당황한 그는 귀 끝까지 붉어진 얼굴을 가리고자 양손에 얼굴을 묻어 버렸다. 그녀가 킥킥 소리 내어 웃으면서 떠들었다.

"되게 좋은가 보다, 오빠."

"미치겠네, 또 섰어."

머리를 쓸어 올리며 손을 뗀 하경이 가라앉은 목소리를 냈다. 정말 지원의 허벅지에 그의 흥분이 느껴지기 시작했다. 그녀가 그의 팽창을 막기 위해 손으로 막으며 간절히 물었다.

"간식 타임은?"

"간식 타임은 무슨."

"안……!"

그는 뭐라 말하려던 그녀의 입을 키스로 막았다. 간식 타임이 아니라 2라운드 시작이었다.

4장
일주일만 신혼하자

그날 이후, 도서관은 하경을 '오빠'라고 칭했다.

특히 그녀는 낯 뜨겁게 침대에서, '오빠, 얼른······.' 같은 소리를 했다. 다시 생각해도 얼굴에 열이 오르는 상황이었다.

처음에야 단순한 그 단어 한 마디에도 심장이 바닥으로 툭툭 떨어지는 느낌이었지만 인간은 적응의 동물이라고, 손하경도 곧 익숙해졌다.

전에는 오빠라는 단어에 헤벌쭉 웃는 놈들을 비웃었었는데, 그런 놈이 되어 버렸다. 하경은 한숨을 푹 내쉬었다. 그러거나 말거나 지원은 에메랄드 빛 아이스크림 박스를 시원스레 카트에 담았다.

"아이스크림도 사야겠다. 민트 초코."

지금, 그녀는 마트에서 장을 보고 있었다. 정확히 말하자면 간식을 사는 중이었다. 그녀의 옆에 선 하경은 거들 것도 없었다.

"역시 당 딸릴 때는 초콜릿이 짱이고."

보이는 대로 초콜릿 봉지를 쓸어 넣는 그녀를 그가 의아하게 쳐다보았다. 한두 개만 먹어도 달아서 질릴 듯한 화이트 초콜릿이 유난히 눈에 띄었다. 그녀는 또 다른 박스를 집었다.

"에너지 바를 먹어서 에너지도 충전해야 하고."

카트가 금세 간식거리로 가득 찼다.

도서관은 어제부터 간식을 '쟁여' 놔야 한다고 하경을 들들 볶았다. 무엇이든 달고 칼로리가 높은 간식을 사 둬야 한다며 그녀는 오늘 아침에 일어나자마자 마트에 가자고 졸랐다. 자동차가 있어야 외출하기 쉬운 동네라 하경의 협력이 절실했다.

카트를 밀면서 그녀는 신이 난 목소리로 말했다.

"나 오늘부터 단 거 엄청 먹게 될 거야."

"왜?"

"그런 게 있어."

지원이 비장하게 대답했다. 도통 모를 소리에 하경은 고개만 갸웃거렸다.

일주일 후엔 두 가지 일을 해야 할 것이다. 일주일 후에 윤지원은 귀국하기 위해 비행기에 오를 것이다. 그리고 또 하나, 일주일 뒤가 생리 예정일이었다. 슬프게도 윤지원은 호르몬의 노예라 생리 전 일주일 동안 단 음식을 와구와구 먹어야 했다.

"이만큼 사면 일주일은 먹겠지?"

그녀가 그를 올려다보면서 물었다. 큼직한 카트를 가득 채운 단 음식을 보자마자 하경은 아찔해졌다. 일주일이 뭘까? 손하경이라면 일 년 내내 먹어도 다 못 먹을 만큼 엄청난 양의 간식이었다. 하경이 차마 대답하지 못하자 지원은 입꼬리를 쓱 올리며 그를 떠보았다.

"살찔 것 같아서?"

"아니."

카센터는 바로 부정했지만 지원은 여전히 그를 의심스럽게 쳐다보았다. 만약 여기서 '응, 너 돼지 될 것 같아서.'라고 하면 정강이 킥으로 매운맛을 보여 줄 생각이었다.

하경 역시 그녀를 응시했다. 한 손으로도 가려질 법한 얼굴, 민소매 티셔츠 사이로 도드라져 보이는 쇄골과 어깨뼈 등을 보자 단 음식 한 트럭을 먹여도 아무 문제가 없을 것 같았다. 그뿐만이 아니다. 도서관은 어마어마한 활동량을 보이고 있었다. 대체로 손하경이 만든 활동량이었지만.

"하긴, 살 좀 올라야 할 것 같긴 하네."

그가 뜻 모를 표정으로 중얼거렸다. 카트 손잡이에 양팔을 얹고 아슬아슬한 자세로 기대어 있던 그녀가 의아한 시선을 보낼 무렵이었다. 하경의 손에 들린 휴대폰이 진동하기 시작했다.

"전화 좀 받고 올게."

카센터가 전화를 받으면서 걸음을 옮겼다. '여보세요?' 하고 말문을 연 것을 보면 한국에서 온 전화일 것이다.

지원은 몸을 똑바로 세우고 하경의 뒷모습을 눈으로 좇았다. 이 시간에 한국은 새벽녘일 텐데 전화가 다 온다. 누굴까? 지원은 괜스레 전화 상대가 궁금해졌다. 밤에 전화를 걸 정도면 가족이나 친한 친구 정도?

아니면, 애인이라거나.

뭉게뭉게 피어오르는 생각에 지원이 양손으로 입가를 가렸다. 애인이라니? 너무 나갔다, 윤지원. 애초에 애인 있는 남자가 혼자 타지로 여행 와서 다른 여자와 잠자리를 같이 할 리가 없지 않은가. 상식적으로 생각해 보면 어불성설이다.

아마 전화 상대는 가족이라거나 친구일 것이다. 그래, 친구. 남자들은 툭하면 밤에 친구들이 부르곤 했다. 예전 애인도 새벽에 친구가 불렀다면서 술자리에 나가곤 했다. 예전 애인, 박민철 말이다.

'얼굴이 생각나지 않아.'

신기하게도 민철의 이름은 생각이 나는데 그의 얼굴이 어떻게 생겼는지 통 떠오르지 않았다. 대신 지원의 눈길은 오로지 한 남자에게만 닿아 있었다. 사랑에 빠지면 시야가 좁아져서 단 한 사람밖에 보이지 않는다더니.

민철 따위가 중요한 것은 아니었다. 하경의 통화가 길어질수록 지원은 초조해졌다. 새벽에 오랫동안 통화를 할 만한 상대가 대체 누구일까. 하긴, 상대가 애인이 아니라는 증거는 없었다.

윤지원만 해도 서울에 돌아가면 결혼을 해야 한다. 결혼 상대가 있는 자신도 다른 남자와 침대 위에서 구르고 있는데 그에게 애인이 있다한들 무슨 상관일까?

'생각해 봤자 불안하기만 하지.'

답이 없는 상황에 지원이 고개를 탈탈 털었다. 어차피 일주일 남은 관계였다. 더 이상 그에게 깊이 빠져들지 않으면 조금은 숨통이 트일 것이다. 그때, 그녀의 옆으로 누군가가 다가왔다.

"허니문?"

"예?"

스페인어 억양이 담긴 영어로 말을 붙이는 사람은 히스패닉계 미국인 할머니였다. 지원의 되물음을 긍정으로 알아들었는지, 할머니는 인심 좋게 생긴 얼굴에 웃음을 가득히 머금고 안경을 슥 밀어 올리면서 엄지로 하경 쪽을 가리켰다.

"남편이 멋지던데, 부럽다, 축하해."

"고, 고맙습니다."

대충 알아들은 지원은 어리바리하게 감사 인사만 뱉었다. 할머니는 마치 지원이 자신의 손녀라도 되는 양 흐뭇하게 바라보았다.

"귀여워라, 영어 할 줄 아는구나? 둘이 잘 어울려."

할머니가 양손 엄지를 치켜들었다. 지원이 얼떨떨하게 서 있기만 하자, 할머니가 지원의 귓가에 소곤거렸다.

"그럴지, 이 건물 뒤편에 캐리커처 그리는 친구가 있어, 여행 온 거면 한

번 받아 봐.

그러며 할머니는 지갑에서 꼬깃꼬깃 접은 그림을 꺼내 보여 주었다. 할머니와 할머니의 남편으로 보이는 할아버지가 환히 웃고 있는 그림이었다. 부부라 그런지 인심 좋게 생긴 얼굴이 똑 닮았다.

"어때? 흥미가 좀 생기니?"

그러나 지원은 아무 대꾸 없이 그림만 멍하니 바라보았다. 캐리커처 위에는 '40th wedding anniversary' 쓰여 있었다. 노부부, 함께 늙어 가는 사이는 지원에게 없는 미래였다. 자신에게 있는 미래는 나이 많은 남편의 옆에 인형처럼 서 있다가 혼자 남아 늙는 것뿐이니까.

"행복하렴."

축복이 담긴 말인데 이상하게 눈물이 나올 것 같아 지원은 대답 없이 고개만 살짝 숙였다. 할머니는 그녀의 어깨를 살짝 두드려 주고 코너를 지나 사라졌다.

우습지만 할머니의 추측은 전부 틀렸다. 신혼부부는커녕, 카센터와 도서관 두 사람은 서로 이름도 모르는 사이였다. 지금이야 세상에서 가장 행복한 커플처럼 보일지언정 일주일 뒤면 모든 게 흔적도 없이 사라질 것이다.

길었던 통화를 끝내고 카센터가 돌아왔다. 지원은 미국인 할머니를 만났던 이야기를 마음속 깊이 묻었다. 캐리커처를 받을 일도, 그가 남편이 될 일도 없기 때문이었다.

"무슨 전화야?"

"그냥, 일 때문에 서울에서."

그가 대강 둘러댔다. 늦은 새벽에도 일하는 '카센터'라…… 아무 내색 없이 고개를 끄덕인 그녀는 더 이상 묻지 않았다.

간단하게 끝날 일이 꼬여서 본사와 오해가 있었다. 거우 오해를 풀었지만 기분이 썩 좋지 않아 하경은 찝찝한 눈빛으로 휴대폰을 주머니에 넣었다. 계산대로 가기 위해 카트를 밀면서 지원이 그를 불렀다.

"오빠."

도서관의 입에서 나오는 '오빠'라는 단어는 하경의 가슴을 설레게 만들기 충분했다. 그녀가 밝게 미소 지으면서 그에게 팔짱을 끼고 태연하게 제안했다.

"우리 일주일만 연애할까?"

하경의 걸음이 우뚝 멈추었다. 무슨 뜻이냐는 듯, 그가 지원을 내려다보았다. 연애를 하자고 했는데 생각해 보니 지금 그와 나누는 모든 것들이 연애와 비슷했다. 연애 같은 가벼운 단어로는 가슴속의 공허함이 채워지지 않을 것 같았다.

"아니, 연애가 아니라 일주일만……."

미국인 할머니가 말했던 단어, 허니문. 타인이 보기에 두 사람은 신혼여행을 온 신랑 신부 같아 보일 것이다. 지원은 그와 연인보다 한층 더 성숙한 단계가 되고 싶었다. 그에게 서울에 연인이 있더라도 상관없다. 죄책감을 억누르면서 그녀는 그의 팔을 꽉 잡고 말을 이었다.

"신혼하자."

하경의 얼굴에 복잡한 감정이 올라왔다. 도서관의 머릿속이 도대체 어떻게 생겨 먹은 건지 감도 잡을 수가 없었다. 연애와 신혼은 일주일이라는 기한과 전혀 어울리지 않았다. 기한을 두고 어린애들처럼 소꿉놀이를 하자는 걸까? 그러기에 그녀의 표정은 진지하고 어딘가 필사적이었다.

그가 대답하지 않자 그녀가 어색한 웃음만 지으며 손을 내저었다.

"미안. 너무 뜬금없지? 신경 쓰지…….”

"하자."

그의 수락에 그녀가 눈을 크게 떴다. 살짝만 건드려도 도서관이 울음을 터뜨릴 것 같아, 하경은 긍정 외에 아무 대답도 할 수 없었다. 그녀가 왜 이런 제안을 하는지 궁금했지만 싫지도 않았다.

"하면 되지."

하경의 시원스러운 대답이 이어졌다. 이름도 모르는 신혼부부라지만 못 할 것도 없었다. 그가 지원의 손을 잡더니 자동차 키가 달린 키 링을 왼손 약지에 끼워 주었다.

"잠깐만 끼고 있어."

약지에 끼워진 키 링을 내려다보던 지원이 웃음을 터뜨렸다. 손가락에 맞을 리 없는 키 링을 뱅뱅 돌리며 그녀가 입을 열었다.

"이게 뭐야!"

"반지 살 때까지."

하경의 진지한 목소리에 지원의 코끝이 시큰해졌다. 그녀는 말없이 키 링만 만지작거렸다. 이게 결혼반지가 되면 얼마나 좋을까? 윤지원은 있을 수 없는 미래를 그려 보았다. 카센터와 함께하는 미래를 감히 바랄 수 없음에도.

계산을 마친 뒤, 짐을 싣고 트렁크 문을 닫은 하경이 운전석에 오르지 않고 대신 쇼핑몰을 가리켰다.

"가자."

"어딜?"

"반지 사러."

"엥? 키 링이면 됐는데."

카센터에게 일주일만 신혼부부가 되자고 제안한 건 괜히 감상에 젖어서 응석을 부린 것뿐이었다. 진짜 부부가 될 생각도 없었고 기분이나 내자는 뜻이었다. 어차피 일주일 한정이니까 반지까지 받을 생각은 없었다. 그러나 그가 눈을 가늘게 뜨면서 제 왼손을 내밀었다.

"그럼 난 어떡하라고?"

키 링은 하나뿐인데 필요한 손은 둘이었다.

"그러네. 하나 더 필요하네."

곱게 뻗은 손을 가만히 응시하던 지원이 키득거리면서 하경의 손에 깍지를 꼈다. 손끝에서 시작한 온기가 가슴까지 찌릿하게

전해졌다. 애들 장난감 같은 반지를 사면 좋을까? 아니다. 변함
없도록 금반지가 좋을 것 같다. 한층 가벼워진 걸음으로 걸으며
그녀가 속삭였다.

"액세서리 가게, 있겠지?"

"없으면 다른 데 가야지."

그가 깍지 낀 손에 힘을 주었다. 반지를 꼭 사겠다는 듯이.

'진짜' 결혼반지 같다.

깔끔한 금빛 링에 자그만 다이아몬드가 박힌 반지는 결혼반
지로도 손색이 없었다. 지원은 갑자기 카센터가 고가의 반지를
골라서 당황했으나 이내 수줍게 반지를 받았다. 그가 반지를 끼
워 줄 때에는 꼭 청혼을 받는 것 같다는 착각까지 들었다.

"내 손이 예쁜 건지, 반지가 예쁜 건지 잘 모르겠네."

왼손을 하늘로 쭉 뻗은 그녀가 신이 나서 떠들었다. 한 걸음
뒤에서 그녀를 보고 있던 그가 씁쓸하게 웃었다. 그녀는 반지에
서 시선을 떼질 못했다. 그녀의 반지와 똑같은 반지가 그의 왼손
약지에도 끼워져 있었다.

"일주일만…… 신혼하자."

하경의 머릿속에서 계속 맴도는 그녀의 말이 심장을 죄어 왔
다. 지금이라도 모든 것을 밝히고 청혼을 할까? 대한민국에서

자신보다 부유한 사람이 몇이나 될까? 정말 팔려 가는 듯 결혼하는 거라면 자신이 그녀를 구해 줄 수도 있는 건데.

그때, 지원이 까르르 웃으면서 말했다.

"한 번 해 봤으니까 다음에는 별것 아닌 것처럼 느껴지겠지?"

그에게 반지를 보여 주면서 지원이 맑은 미소를 지었다. 비록 흉내에 불과하지만 결혼을 한 번 해 봤으니까, 한국에 돌아가면 덜 힘들 것이다. 그녀가 일부러 소리 내어 웃었으나 그는 대답하지 않았다.

무표정하게 서 있는 하경을 지원이 물끄러미 응시했다. 리조트로 돌아와서 부랴부랴 짐을 정리한 그들은 해가 다 저물기 전에 해변으로 나왔다. 한국의 여름 날씨처럼 눅눅하고 더운 공기가 두 사람 주변에 머물렀다.

시간이 멈추면 좋겠다.

붉은 노을을 쳐다보면서 지원은 차마 입 밖으로 낼 수 없는 소망을 마음에 눌러 담았다. 노을빛이 반지에 닿아 다이아몬드를 물들였다.

"해 다 질 때까지 여기 있다가 여덟 시쯤에 피자 사 온 거 먹자."

"저녁에 비 온다고 했는데."

마침내 하경이 입을 열었다. 뜬금없이 날씨 이야기였다. 비가 온다는 날씨 치고는 노을빛이 무척이나 선명했다. 그녀가 눈살을 찌푸렸다.

"또 틀린 거 아니야?"

"그런가?"

물론 날씨가 어떻게 되든 상관없었다. 비가 내리면 리조트로 다시 올라가면 그만이었다.

"해변, 너무 좋다. 모래가 따뜻해."

샌들을 벗어 들고 지원이 고운 모래에 발을 묻었다. 백사장이라는 말이 어울리는 하얗고 고운 모래가 마음에 들었다. 사람도 없어서 파도 소리만이 울리는 고요한 공간. 복잡한 머릿속을 정리하기에 제격이었다.

지원이 모래찜질을 하는 동안 하경은 고민에 빠졌다. 먼저, 그녀를 보내고 나면 어떨지 생각해 보았다. 전처럼 평범한 일상은 계속될 것이다. 이달 말에 현지 법인에 리조트를 맡기고 한국으로 돌아가면 플로리다 생활도 끝이다. 서울에 가도 도서관 사서라는 그녀와 마주칠 일은 앞으로 없을 것이다. 아버지의 자리를 물려받으면 적당한 혼처를 찾아 거래를 하듯 결혼을 하고 그렇게, 흘러가는 대로 살겠지.

"……오빠!"

도서관의 목소리에 하경이 정신을 번쩍 차렸다. 그녀가 코끝을 찡그린 채로 그를 올려다보고 있었다.

"어, 왜?"

"신발 벗고 모래 밟아 보라고."

언제 찡그리고 있었냐는 듯, 그녀가 아이처럼 환하게 웃었다. 피부에 모래가 닿는 느낌을 그다지 즐기지 않아서 그가 고개를 젖자 그녀가 쳇, 하고 투덜거렸다.

도서관과 헤어지면 '오빠!' 하고 자신을 부르는 목소리도, 밝은 미소도 전부 잃어버리는 셈이다. 하지만 그녀를 붙잡으면?

모든 것을 사실대로 밝히면 그녀의 표정이 어떻게 변할까? 손하경은 카센터 사장의 아들이 아니라 은찬 자동차 오너의 하나뿐인 아들이라고, 그러니까 얼마나 열악한 환경에 놓여 있든 충분히 도와줄 수 있다고, 이 손을 잡으라고 말하면…….

'아버지한테 연락을 해 봐야겠어.'

하경이 주먹을 꽉 쥐었다. 왼손 약지에 이질적인 감각이 있었다. 일주일의 신혼? 일주일 가지고는 너무나도 부족했다.

그때였다.

"어?"

하늘에서 떨어지는 물방울을 맞은 지원이 고개를 들었다. 맑았던 하늘이 단숨에 어두워지고 있었다. 저녁에 비가 온다던 카센터의 말이 맞았다. 빗방울이 예고도 없이 툭툭 떨어지기 시작했다.

"진짜 비 오잖아!"

도서관이 꽥 소리를 지르자 하경이 한숨을 내쉬었다.

"비 온다고 했잖아."

꼭 서울, 장마철처럼 날씨가 변덕스러웠다. 소나기에 가깝게 쏟아지는 비에 두 사람은 쫄딱 젖고 말았다. 하필 모래사장이라 발과 다리에 물 먹은 모래가 덕지덕지 붙었다.

"아, 모래 붙는 거 싫어."

투정 섞인 말을 뱉으며 지원이 하경에게 팔짱을 끼웠다. 어느새 그녀의 팔이 차가워지고 있었다. 그가 그녀의 팔을 감싸 주었다.

"얼른 들어가자."

"으, 좀 추운 것 같아."

　얼굴을 구기며 그녀가 불평했다. 저녁 식사 전에 뜨거운 물로 샤워부터 제대로 해야 했다.

　고급 리조트 스위트룸은 욕실도 여러 테마로 꾸며 두었다. 지원은 평범한 욕실이 아닌, 편백나무 욕조가 있는 욕실로 후다닥 달려갔다.

"히노끼 선점!"

　무엇보다 욕조에 앉아서 바깥 풍경을 볼 수 있다는 점도 매력적이었다. 하경을 뒤에 버려두고 욕실로 들어온 지원은 홀렁홀렁 젖은 옷을 벗었다.

　샤워기를 틀어서 몸에 묻은 모래를 한참 닦아 내던 그녀는 바깥이 조용하다 싶어서 빼꼼 문을 열고 고개를 내밀었다. 카센터도 샤워를 하러 들어갔는지 보이지 않았다.

"휴, 너무 매정하게 버렸나 했네."

　알아서 다른 욕실을 찾아갔으려니, 그에 대한 죄책감을 내버린 그녀가 욕조에 물을 채우고 히죽히죽 웃으면서 안으로 들어갔다.

　한편, 빠르게 샤워만 마치고 나온 하경은 휴대폰에 찍힌 부재중 통화를 보고 미간을 찌푸렸다. 아버지의 전화였다. 전화가 온 시간은 아버지가 회사에 출근했을 즈음이었다.

'보고받으셨나 보네.'

그는 한국 시간으로 새벽녘에 급히 들어왔던 연락을 떠올렸다. 도서관이 카트에 간식을 우르르 쓸어 담을 때였다. 아버지에게 전화를 걸면서 그가 한숨을 뱉었다.

"전화하셨어요?"

─현지 법인하고 의사소통이 안 돼? 네 앞으로 들어간 영어 교육비가 얼만 줄 알아?

수건으로 머리를 털면서 하경이 눈가를 찡그렸다. 불같은 성격의 아버지는 화가 나면 상대를 신랄하게 비꼬곤 했다. 나이를 얼마나 먹든 아들이라 그런가? 서른두 살에도 교육비 소리를 들어야 하는 입장이라니, 참 할 말이 없다. 하경은 바로 사과부터 했다.

"죄송해요. 오해가 좀 있었어요."

─아직 준비도 다 안 됐다면서 왜 7월 오픈이라고 떠들고 다녀?

"그쪽에서 오해한 겁니다. 제가 이달 말에 한국 간다니까 7월 오픈인 줄 알고요."

─오해가 생겼으면 거기서 빨리빨리 풀어야지, 왜 여기까지 보고가 돼?

"그게……."

하경이 말을 얼버무렸다. 어제 한 번 더 확인을 했어야 했는데 침대에서 기다리고 있는 도서관에게 홀딱 넘어가 버렸다. 여자에 빠져서 잠깐 일을 등한시했다가 뒤통수를 맞았다고 사실대로 말할 수 있을 리가 없었다.

"죄송해요. 그것만 깜빡 빠뜨려서……."

―넌 애가 어떻게 일을 하는 거야? 그딴 식으로 멍청하게 할 거면 때려치워!

그의 눈앞이 캄캄해졌다. 새 사업을 시작할 때는 다른 사안보다 일정과 관련된 일이 가장 중요한 법이다. 그런데 리조트 오픈 시기를 두 달이나 일찍 당긴 보고를 해 버렸다.

"앞으로 이런 실수 없을 거예요. 너무 신경 쓰지 마세요."

―너 하나 믿고 사는 애비다. 신뢰 깨트리지 마라. 알겠어?

"네."

아버지의 음성이 조금 가라앉았다. 그래도 자신이 실수한 상황에서 결혼하고 싶은 여자가 있다고 말할 수도 없었다.

―올 때까지 보안 조심하고.

"네?"

―뭐가 '네?' 야? 오픈 시기 같은 정보 괜히 잘못 흘리지 말라고! 홍보 시작도 안 했으니까!

"아, 네……."

아버지가 답답한 듯 한숨을 푹 내쉬고 전화를 뚝 끊었다. 하경도 덩달아 한숨이 나왔다. 모든 일이 다 엉망진창이고 뒤죽박죽인 기분이 들었다. 일단 한 사흘 정도, 아버지의 기분이 괜찮아지기를 기다렸다가 도서관에 대해 말해야겠다. 자신이 저지른 실수니, 누굴 탓할 수도 없었다.

답답한 마음을 달래기 위해 냉장고에서 맥주를 하나 꺼낼 참이었다. 하경은 냉장고 문을 연 채로 굳었다.

"어?"

큼직한 타월로 대강 몸을 가리고 나온 지원이 그를 보고 놀란 표정을 지었다. 그녀는 목욕 도중에 나왔는지 드러나 있는 어깨와 목, 다리에도 거품이 채 닦이지 않은 상태였다. 그가 그녀를 쭉 훑어보고는 가볍게 물었다.

"뭐 줘?"

"……캐러멜 라떼."

배도 고프고 덥기도 해서 지원은 시원하고 달콤한 커피가 당겼다. 욕조에 앉아서 느긋하게 음료를 마시려고 나왔다가 카센터와 딱 마주치고 말았다. 그녀는 자신의 얼굴이 많이 붉어지지 않았기를 바라면서 커피를 받아 들었다. 그가 혼잣말처럼 중얼거렸다.

"너 때문에 덜떨어진 놈이 되는 것 같다."

"바보 됐다고?"

"바보보다 더 심해."

"바보가 나쁜 건 아니잖아."

하경의 자학에 도서관이 까르르 웃으며 대꾸했다. 무슨 일이 있었는지 모르는 그녀는 커피 컵에 빨대를 꽂고 그의 손을 잡았다. 그녀의 왼손 약지에 끼워진 반지가 그의 손바닥에 닿았다.

커피를 한 모금 쪽 빨아 마신 후, 그녀가 발랄하게 말했다.

"씻고 올게용!"

거품 가득한 욕조로 가기 위해 지원이 손에서 힘을 풀었다. 그러나 그녀의 손은 하경에게서 떨어지지 못했다. 당황한 그녀의 눈동자에 미소를 짓고 있는 카센터의 얼굴이 비쳤다.

"안, 안 돼. 아직 안 씻었단 말이야."

뒷걸음질은 소용이 없었다. 단단하게 붙잡힌 왼손은 일정 거리 이상으로 그와 떨어지지 못하게 만들었다. 그가 씩 위험한 웃음을 내보였다.

"괜찮아."

"내가 안 괜찮아! 아직 거품도 다 안 닦였고……."

지원의 말은 끝까지 이어지지 못했다. 어느새 하경이 자신의 품속 가까이 바짝 끌어당긴 그녀에게 입을 맞추었다. 짙은 키스가 그녀의 말을 막아 버렸다. 달콤한 크림을 맛보듯 그의 혀가 부드럽게 움직였다.

'키스 진짜 잘한단 말이야.'

눈을 감은 지원이 속으로 행복한 투정을 부렸다. 하경은 도서관에게 틈이 보이기 무섭게 그녀의 몸을 감추고 있는 타월을 벗겨 냈다. 순식간에 전라가 된 지원이 입술을 떼고 그를 비난했다.

"어휴, 완전 짐승이야."

"그런 거 좋아하잖아."

커피를 든 손으로 가슴께를 가리고 있던 지원이 대답 대신 짐승남 카센터를 새침하게 올려다보았다. 그의 손에 끼워져 있는 딱딱한 반지가 오른쪽 뺨에서 느껴졌다. 일주일간 신혼 생활을 하기로 했지. 그녀는 커피를 근처 테이블에 내려놓고 그와 손을 겹쳤다.

"배고파서 지치면 오빠가 나한테 봉사해야 돼."

"봉사?"

"깨끗하게 씻겨 달라고."

"좋아, 대신."

그게 봉사인지 아니면 상을 받는 건지 모르겠다. 하경은 흔쾌히 그녀의 제안을 수락하고 가운 벨트를 풀면서 나른하게 말했다.

"네가 위로 올라와."

"힘든데."

"난 체력 보존해야지."

얄미운 대꾸에 지원이 그의 팔뚝을 때렸다. 찰싹, 살이 부딪치는 소리마저 야릇했다. 전혀 아프지 않은지 카센터는 킥킥거리면서 가까운 소파에 자리했다.

무릎에 와 닿는 소파 가죽이 서늘했다. 지원은 허벅지를 세운 채로 하경을 응시했다. 여성 입구에 그의 존재감이 느껴졌지만 모르는 척, 그녀는 그를 새침하게 바라보면서 그의 어깨에 팔을 얹었다.

은밀한 부분에 열기가 가득했다. 하경이 뜨거운 한숨을 소리

없이 뱉었다. 닿을 듯 말 듯, 도서관이 감질나게 약을 올리고 있어서 허리 근처가 뻐근해졌다.

"보자 보자 하니까."

그의 목소리가 위험하게 울렸다. 지원이 메롱, 혀를 내밀기 무섭게 그녀의 허리가 그의 손에 단단히 붙잡혔다. 그녀의 얼굴에 올라와 있던 장난기가 싹 사라졌다.

"아흐……."

허리를 잡아 내리누르자 그녀의 안으로 그의 것이 매끄럽게 들어갔다. 눈을 크게 뜬 지원이 몸 안에 꽉 들어차는 그를 느끼고 입술 사이로 신음 섞인 한숨을 내쉬었다.

지원의 허리를 잡고 있던 하경이 그녀의 몸을 따라 손을 움직였다. 잘록한 선을 그리는 허리에서 갈비뼈를 지나 가슴까지, 그의 손은 거칠 것 없이 이동했다.

둥근 가슴을 부드럽게 매만지던 그가 고개를 내려서 그녀의 가슴 끝을 핥았다. 간지러운 감각에 그녀가 몸을 살짝 뒤틀었다. 작은 몸짓이 그에게 쾌감으로 밀려왔다.

"윽……."

저도 모르게 신음을 터뜨린 하경이 지원의 가슴을 세게 쥐었다. 둔탁한 통증에 그녀가 눈살을 찌푸리면서 그의 어깨를 콱 물어 버렸다.

"살살해!"

고개를 든 그가 잇자국이 붉게 남은 어깨를 힐끗 쳐다보았다.

가지런한 치열 그대로 도서관의 흔적이 남았다. 이대로 평생 몸에 새기고 싶은 자국을 보며 그가 중얼거렸다.

"나…… 약간 아픈 걸 좋아하나 봐."

"뭐?"

"물리는 게 좋거든. 여기나, 아니면 여기나."

하경의 손가락이 방금 물린 어깨를 향하나 싶더니 곧장 아래를 가리켰다. 그러니까 입으로 물린 것도 좋고…… 까지 생각한 그녀의 얼굴이 화르륵 달아올랐다.

"변태야?"

정말 물리는 게 좋았는지 그의 것이 안에서 조금 더 커진 느낌이다. 여유만만한 카센터의 미소에 지원이 울상을 지었다. 그는 대답 대신 그녀의 몸을 꼭 끌어안고 움직이기 시작했다.

지원의 요구대로 하경은 그녀를 공주님처럼 안아 욕조까지 데려다주었다. 다 식은 목욕물 대신 갓 채워진 따끈따끈한 온수가 그녀를 깊게 받아들였다. 입욕제는 상큼한 솔잎향이라 머리가 맑아지는 기분이 들었다. 그녀의 긴 머리가 욕조 안에서 넘실거렸다.

욕조 옆에 나른하게 자리 잡은 하경이 입을 열었다.

"그럼, 이제 돌쇠처럼 여기서 시중들면 되는 거야?"

"크큭큭…… 돌쇠래! 돌쇠……."

도서관은 이상한 단어 하나에 꽂혀서 킥킥 웃었다. 그만 웃으

라는 듯 그가 손을 튕겨 그녀에게 물을 뿌렸다. 그래도 그녀의
웃음은 멈추지 않았다.

"돌……."

지원이 그를 부르려던 참에 참다못한 하경이 키스로 그녀의
입을 막아 버렸다. 가벼운 입맞춤은 아니었다. 농밀해지는 키스
를 무아지경으로 따라가던 지원이 번쩍 정신을 차리고 그를 밀
어냈다.

"씻겨 준다며?"

할 말이 없어진 하경이 손바닥으로 입술을 닦으면서 고개를
슬그머니 돌렸다.

"설마……."

욕조에 푹 잠겨 있던 그녀가 상체를 세우고 시선을 서서히 내
렸다. 역시나 카센터의 분신은 이미 자기주장 중이었다. 그녀가
그를 흘겨보았다.

"체력도 좋아."

"그럼. 내가 한때 운동 중독이었거든."

그가 자랑스럽게 대꾸했다. 어머니가 돌아가시고 나서 술과
담배를 끊었을 때, 손하경은 미친 듯이 운동을 했었다. 술은 도
로 마시기 시작했지만, 어쨌든.

"운동 중독……."

그녀가 앵무새처럼 그의 말을 따라했다. 하긴 넓게 벌어진 어
깨는 물론, 그녀는 흉내도 내지 못할 복근이나 꽉 짜인 등 근육

까지. 탄탄한 그의 몸매를 잘 알기에 그녀는 그의 말을 부정할 수 없었다. 반박할 자신이 없어서 입술만 삐죽 내민 그녀에게 그가 다정한 눈빛을 보냈다.

"알았어. 일단 씻겨 줄게."

"일단?"

눈치 빠르게도 그녀가 거슬리는 단어를 지적했으나 그는 모르는 척 샤워볼에 보디워시만 꾹 눌러 짰다. 짙은 장미향이 공기 중에 퍼져 나가더니 이내 샤워볼에 거품이 가득 올라왔다. 그가 친절한 직원 흉내를 냈다.

"어디부터 해 드릴까요?"

"팔."

기다렸다는 듯 대답하면서 그녀가 팔을 쏙 내밀었다. 손가락으로 쥐고도 공간이 남을 만큼 가느다란 팔에 거품이 매끄럽게 묻어났다. 간지러워서 그녀가 키득거려도 그는 손가락 사이사이까지 꼼꼼하게 닦아 주었다.

"아, 너무 좋다!"

도서관이 눈을 감으면서 감탄했다. 좋기도 할 것이다. 어떤 여자가 손하경에게 이런 행복한 서비스를 받을 수 있을까? 그의 과거를 아는 다른 사람이 이 사실을 알면 아마 기절할 듯 놀랄 것이다. 그 양아치 같던 놈이 여자의 말을 순순히 들어주고 있다고 말이다.

그의 손길이 팔을 지나 겨드랑이와 가슴께에 다다랐다. 그녀가 까르르 웃음을 터뜨렸다.

"간지러워!"

"움직이지 말고."

다른 팔로 그녀의 어깨를 잡은 그가 나직하게 말했다. 그제야 도서관이 감고 있던 눈을 반짝 떴다. 그녀는 그와 눈이 마주치자 갑자기 얼굴을 붉혔다.

"……왜 그렇게 봐?"

"뭐가?"

"잡아먹을 것처럼 보고 있잖아. 변태같이!"

"잡아먹고 싶으니까 그렇지."

하경이 솔직하게 대답하면서 샤워볼로 그녀의 목을 쓸었다. 그녀의 어깨가 움찔했다.

자신을 욕망하는 남자를 앞에 두고 나체로 욕조에 누워 있는 상황. 더할 나위 없이 자극적인 상황이었다.

이 상황을 인지하자 카센터의 손길이 애무에 가깝다는 생각이 들었다. 신음 소리 비슷한 게 흘러나올세라 지원은 아랫입술을 물었다. 단지 샤워볼이 닿을 뿐인데도 발가락이 절로 오므라들었다. 가슴을 둥글게 지나 내려가던 샤워볼이 물에 닿아 거품이 녹아내렸다.

"안 되겠네."

뭐가 안 되겠다는 걸까?

지원은 그의 단조로운 음성에도 마른침이 넘어갔다. 거품이 꺼져서 다시 보디워시를 펌핑하는 그의 손가락이 유려했다. 살짝 내리깐 그의 눈을 보자 아랫배가 묵직하게 조여들었다. 환한 욕실 불빛 아래로 그의 속눈썹이 그림자를 만들었다.

거품기 가득한 샤워볼이 피부에 닿기 무섭게 그녀의 입에서 앓는 소리가 터졌다.

"흑……."

그녀가 양손으로 바로 입가를 가렸으나 이미 때는 늦고 말았다. 슬그머니 카센터의 눈치를 살핀 지원은 눈을 질끈 감았다. 역시나 그는 의기양양하게 웃고 있었다.

"변태가 누군지 모르겠네."

그가 그녀의 귓가에 대고 웃으며 속삭였다. 예민해진 귀에 닿는 숨결 하나에도 몸이 움츠러들었다. 눈앞이 흐린 이유는 욕실 안에 증기가 가득 찼기 때문일 것이다. 그녀가 그의 어깨를 잡았다. 공교롭게도 자신이 물었던 부분에 멍이 남아 있었다. 그 부분을 엄지로 슬쩍 스치자 그의 눈매가 사나워졌다.

"다리."

"아, 안 돼."

뜨거운 눈빛을 보내면서도 카센터는 태연하게 그녀의 발목을 잡아 들었다. 반동으로 주륵 미끄러진 지원이 그의 어깨를 꽉 붙잡았다. 이내 발목에 샤워볼이 닿았다.

"왜? 팔만 닦으면 안 되지."

샤워볼은 발목에서부터 종아리, 무릎을 지나 허벅지까지 부드럽게 올라왔다. 지원은 하경의 어깨를 놓고 손으로 입을 꽉 막았다. 하마터면 신음이 또 터질 뻔했다. 기묘한 느낌과 동시에 등골이 오싹했다. 그의 손길은 무심한 듯 농밀했다. 그의 손이 허벅지 안쪽에 닿을 때마다 그녀가 움찔거렸다.

"그만, 됐어……."

결국 윤지원이 먼저 항복 선언을 하고 말았다. 흐느끼는 듯 흘러나온 목소리에 하경이 고개를 돌렸다. 오만한 미소가 만면에 가득했다.

"아직 많이 남았잖아. 등도 해야 하고, 배도, 엉덩이도……."

그의 말을 듣자마자 그녀가 고개를 흔들고 잽싸게 샤워볼을 빼앗았다. 그 작은 행동마저도 힘든지 그녀가 가슴을 들썩이면서 숨을 내쉬었다. 욕실의 진득한 분위기, 숨이 막힐 듯한 열기와 습한 기운이 그녀의 목을 조르는 듯했다.

"그래? 이제 됐어?"

아이를 다루듯 상냥한 음성으로 그가 되물었다. 예쁘게 휘어진 그의 눈매에는 자신감이 가득했다. 지원은 이마를 손으로 슥 닦았다. 땀인지 물인지 모를 액체가 묻어났다.

"이제 놀아 주는 건 끝이야."

상냥함이 사라진 목소리가 이어졌다. 심장이 덜컥 내려앉는 느낌이었지만 한편으로는 기대가 되었다. 그녀가 몽롱한 표정으로 그를 바라보았다.

하경은 욕실에 들어올 때처럼 지원을 안아 들었다. 따스한 물에서 빠져나온 그녀에게 서늘한 공기가 덤벼들었다. 그녀는 아무 말 없이 그의 목을 끌어안았다. 두근두근, 심장 뛰는 소리가 평소보다 빠른데 누구의 것인지 정확히 알 수는 없었다.

하지만 예상과 달리 그는 욕실을 나서지 않았다. 대신 그는 그녀를 세면대 옆에 아슬아슬하게 앉히고는 그녀의 턱을 잡아 올렸다. 눈이 마주치기 무섭게 그녀가 투정처럼 중얼거렸다.

"정말 힘도 좋아."

"그래서 싫어?"

"……아니."

코끝을 찡그리며 솔직하게 답한 그녀에게 그가 입을 맞추었다. 그녀는 눈을 감았다. 보이지도 않는데 그가 웃는 게 입술에서도 느껴졌다. 그녀는 그의 목을 감은 팔에 힘을 주었다. 정신없이 혀가 얽혀서 숨이 막힌다.

"아!"

키스에 정신을 놓고 있었던 지원이 안쪽을 헤집는 감각에 탄성을 터뜨렸다. 그의 손가락이 그녀의 안에서 원을 그렸다. 아랫입술만 뗀 그가 속삭였다.

"이렇게 젖어 가지고."

"흐응……."

저절로 신음 소리가 나지만 이제 참을 필요는 없었다. 그의 손가락이 하나 더 안으로 빨려 들어갔다. 엄지로 민감하게 부푼 부분을 문지르자 그녀가 허리를 떨었다.

"앗! 아, 거긴……."

"여긴, 왜?"

날카롭게 벼려진 쾌감이 지원을 관통했다. 그녀는 아무 대답도 못 하고 숨만 크게 들이마셨다. 쾌감의 강도에 따라 그녀의 팔에 힘이 들어갔다. 그가 쿡쿡거리면서 농담조로 말했다.

"목 졸리겠네."

"바보야……."

하경을 비난하는 듯한 도서관의 목소리에는 힘이 없었다. 이미 잔뜩 달아오른 그녀의 안은 어서 그가 들어와 주기를 바라는 듯 움찔거리고 있었다.

그녀의 안에서 손을 뺀 하경은 제 남성을 쥐고 입구에 가까이 가져갔다.

"아까부터 얼마나 고문당하는 기분이었는지 알아?"

욕조에 들어간 도서관에게 키스했을 때부터 그의 분신은 그녀를 원하고 있었다. 아니, 어쩌면 그 전부터일지도 모르겠다. 불쌍한 손하경은 그녀의 장단에 맞춰 주기 위해 인내하며 이 순간만을 기다렸다.

세면대 거울에 등을 바싹 갖다 붙인 지원이 뾰로통하게 물었다.

"운동 중독이라며, 지금은 섹스 중독이야?"

"아니지. 도서관 중독이지."

"누가 들으면 책벌레인 줄 알겠다."

서로의 이름이 필요하지 않은 사이라는 게 단적으로 느껴지는 대답이지만 그것만으로도 충분했다. 지원이 먼저 그의 입술에 가볍게 키스했다. 부리로 쪼듯 짧은 키스가 지나가고, 아래에서 느껴지는 열기에 그녀는 다리로 그의 허리를 감았다.

"흐윽……."

한두 번도 아닌데, 그의 것이 들어올 때의 이 감각은 통 익숙해지지 않는다. 벌어진 입술 사이로 신음이 새어 나왔다. 눈을 질끈 감았던 그녀가 서서히 눈을 떴다. 살짝 찌푸려진 카센터의 얼굴이 보였다.

목에 두르고 있던 팔을 푼 지원이 하경의 뺨을 쓸어 주었다. 뺨에 닿는 부드러운 손길과 아래에서 꽉 죄어 오는 느낌이 짜릿해서 그가 혼잣말처럼 중얼거렸다.

"하, 진짜…… 약이라도 빤 것 같다."

"약? 약 해 봤어?"

"안 했어."

눈을 크게 뜨고 있는 그녀를 보면서 그가 바로 부정했다. 이미 한 번 그를 받아들였던 터라 그녀의 안은 유연하게 그를 감쌌다. 조금만 움직여도 눈앞이 아찔해질 것 같아 그는 모든 행동을 멈췄다.

당장이라도 무섭게 몰아칠 것 같던 남자가 멈추자 지원은 그를 의아하게 보다가 어깨로 시선을 돌리더니 장난스레 제안했다.

"오빠, 또 물어 줄까?"

손하경은 물리는 게 좋다던 남자였다. 자신의 흔적을 즐거운 듯 바라보는 도서관의 뺨이 붉게 상기되어 있었다. 하경이 눈썹을 휘면서 대꾸했다.

"그래. 한번 해 봐. 어디?"

이번에는 어디를 물지 기대가 될 정도였다. 그가 한쪽 입가를 쓱 끌어올리자 그녀가 눈을 가늘게 떴다.

목 근처를 세게 빨아서 키스 마크를 만들까? 아니면 저 단정한 쇄골을 깨물어 꼼짝도 못 하게 만들까? 반대편 어깨에 흔적을 새기는 것도 좋겠다. 아니, 심장이 뛰고 있을 왼쪽 가슴을 콱 물어 버리는 것도 나쁘지는 않겠다. 그녀의 시선이 그의 몸 이곳저곳에 닿았다.

하지만 지원이 선택한 곳은 눈길이 닿지 않은 곳이었다.

"여기."

예상치 못하게 아랫입술을 물린 그가 어깨를 단단히 굳혔다. 그의 아랫입술을 살짝 깨물고 나서 그녀가 개구쟁이처럼 씨익 웃었다. 키스와는 다른 아릿한 통증에 하경의 이성이 뚝 끊어졌다. 마약 중독자처럼 이성과 감각을 모두 잊은 채 본능에 충실해졌다.

그 뒤로 하경이 간간히 기억하는 것들은 도서관의 신음 소리와 배고프다는 몇 번의 투정 정도였다.

침대에 쓰러져 있는 지원은 반쯤 기절 상태였다. 분명 여덟 시쯤 피자를 먹겠다고 계획을 세웠는데 거의 열 시에 가까운 시간이었다.

'왜 나만!'

지원은 억울했다. 자신은 손가락 하나 까딱할 힘도 없는데 눈앞의 남자는 여유롭게 움직이고 있었다.

기본적으로 남녀의 체력 차이가 있는데, 카센터는 다른 남자보다도 훨씬 체력이 좋았다. 서른이 넘은 남자들은 점점 체력이 바닥난다던데 아무래도 틀린 소리였나 보다. 왠지 카센터는 나이가 들어도 끝내주는 정력가일 것 같았다.

가운 하나만 걸친 하경은 화이트 초콜릿이 든 봉지를 들고 와서 그녀의 옆에 자리했다. 말할 기운조차 없어서 그녀가 눈만 깜빡거렸다.

"입 벌려."

그녀가 얌전히 입을 열자 그가 초콜릿을 넣어 주었다. 마트에서 간식용으로 구입한 초콜릿은 보기만 해도 달았다. 그래도 고열량 간식을 한 입 먹었다고 힘이 조금 나는 느낌이었다.

"억울해."

"뭐가?"

"나만 힘든 것 같아."

입술을 삐죽거리는 그녀를 보며 하경이 키득거렸다. 자신이 생각해도 조금 심하긴 했다. 머릿속 퓨즈가 나가서 그녀를 몰아붙였으니 말이다.

"많이 힘들어?"

그가 초콜릿을 집어 그녀의 입술에 가져다 댔다. 아기 새가 어미 새에게 음식을 받아먹듯 그녀는 군말 없이 초콜릿을 받아먹고 대답했다.

"완전."

"어쩌나…… 난 딱 좋은데."

하경의 무시무시한 소리에 사레들린 지원이 콜록거리기 시작했다. 그는 웃음소리를 참지 못했다. 한참 동안 기침을 하던 그녀가 쿡쿡 웃는 그를 흘겨보다가 말했다.

"오빠는 30대가 아니라 50대가 되어도 장난 아닐 것 같아."

"그건 모르지."

"모르는 게 어디 있대? 사람이 쉽게 변하나?"

미간을 좁히며 그녀가 투덜거렸다. 그는 대답 없이 그녀의 입술 위에 초콜릿을 얹어 주었다. 붉은 입술에 하얀 초콜릿이 강한 대비를 만들었다. 그녀의 입 안으로 쏙 빨려 들어가는 초콜릿을 보다가 그가 물었다.

"달지 않아?"

"달아."

지원의 말이 끝나기 무섭게 하경이 그녀에게 입을 맞추었다. 자연스럽게 벌어진 입술 틈새로 그의 혀가 들어갔다. 안쪽 점막을 부드럽게 훑으며 진하고 짧은 키스가 끝이 났다.

"어우, 달아."

단 음식은 딱 질색인 하경이 그녀에게서 입술을 떼고 눈가를 찡그렸다. 흔히 키스는 섹스의 전 단계라고 하는데, 설마 이 남자 또…… 손으로 입가를 가린 지원이 그를 경계하듯 쳐다보았다.

"또 하면 안 돼!"

"안 해."

불신의 눈초리가 그에게 따갑게 박혔지만 정말이었다. 그녀를 더 괴롭혔다가는 진짜 큰일이 날 것 같았으니까.

*　　　*　　　*

온몸이 다 아프다.

꼭 두들겨 맞은 듯이 아팠다. 하긴, 카센터의 불방망이로 신나게 당하기는 했지. 중년 아저씨 같은 농담을 생각하며 지원은 떠지지 않는 눈을 겨우 떴다. 다리부터 허리까지 근육통이 심해, 몸을 뒤척일 힘도 없었다. 고개를 돌려 옆자리를 살핀 그녀는 괜히 한숨을 내쉬었다. 옆은 비어 있었다.

아마 카센터는 서재로 사용하는 방에 들어가 있을 것이다. 그는 종종 그곳에 틀어박혀서 한참 동안 알 수 없는 일을 하는 듯했다. 도대체 자동차 정비사가 현장도 아니고 여행까지 와서 개인 서재에서 일을 하는지 그녀로서는 이해할 수 없었다. 자동차는 정교한 기계니까 거기에도 직업적 고충이 있으려니, 넘겨짚을 뿐이었다.

기절하듯 자고 있던 그녀를 위해 카센터는 햇빛이 들어오지 않도록 블라인드에 커튼까지 꼼꼼하게 쳐 주었다. 그래서 지금이 몇 시인지, 얼마나 오랫동안 잤는지 지원은 알 수가 없었다.

"으으……."

앓는 소리를 내며 상체를 일으킨 지원은 침대 옆 탁자에 있는 시계를 보고 깜짝 놀랐다. 벌써 열두 시가 넘어 있었다. 황금 같은 시간을 잠으로 흘려보내고 싶지 않아, 그녀는 근육통을 이겨내며 서둘러 일어났다.

실오라기 하나 걸치지 않아서 이불 밖 공기가 차게 느껴졌다. 테이블 위에 아슬아슬하게 걸쳐져 있는 가운을 입고 그녀는 바로 욕실로 향했다. 어제 제대로 씻지 못해 기분이 영 찝찝했다.

이번에 지원은 가볍게 샤워만 했다. 종아리며 허벅지며 욱신욱신 아팠지만 욕조에 들어가는 시간조차 아까웠다. 귀국까지 며칠 남았는지 떠올리고 싶지 않았다. 남은 시간을 알차게 보낼 것이다. 후회 없이.

샤워를 끝내고 나온 지원은 아직도 실내가 조용해서 고개를 갸웃거렸다. 이 남자는 도대체 어디서 뭘 하고 있는 걸까? 지나가다 슬쩍슬쩍 전화 통화하는 것을 두어 번 정도 엿들었는데, 그는 대체로 국제 전화를 통해 일을 진행하고 있었다.

'카센터 지점을 늘리나?'

신기하고 궁금했으나 지원에게는 카센터가 무슨 일을 하는지 물어볼 자격이 없었다. 알아서도 안 되는 일이었다. 이 여행은 철저하게 비밀이어야만 했다. 서로의 정체를 알았다가는 큰일이 날 테니까.

윤지원은 서울에 돌아가면 다른 남자와 결혼을 해야 했다. 그것도 나이 많은, 아버지뻘의 구세대 남자 말이다. 그런 사람이, 신부 될 여자가 해외에서 젊은 놈하고 오만 가지 애정 행각을 펼쳤다는 사실을 알게 되면 엄청나게 분노할 것은 당연했다. 대기업과 중소기업의 덩치 차이도 있으니, 아버지 회사에도 누가 될 것이다.

'생각만 해도 싫다.'

지원은 고개를 흔들었다. 더는 생각하고 싶지 않은 미래였다.

뽀송뽀송한 새 샤워 가운을 입고 수건으로 머리를 말리던 그녀는 답답한 마음에 커튼과 블라인드를 확 젖혔다. 비가 내리던 어제와 달리 맑게 갠 날씨였다. 눈이 부실 정도로 태양은 환하게 빛났다. 그녀는 홀린 듯 테라스로 나갔다.

"오!"

역시 전망 하나는 끝내주는 객실이었다. 멀리 보이는 바다는 시릴 만큼 푸른색을 띠고 있었다. 공기는 여전히 후덥지근하고 눅눅했지만 비가 와서 그런지 어제보다 깨끗했다. 지원은 숨을 크게 들이마셨다. 바다 냄새가 폐부에 가득 찼다.

이 풍경을 볼 날도 얼마 남지 않았다. 귀국까지 일주일도 남지 않았다는 뜻이다.

테라스 난간에 팔을 올리고 몸을 기울인 그녀는 멍하니 바다만 응시했다. 생각하고 싶지 않은 미래가 자꾸 머릿속에서 불어났다. 이대로 귀국을 해서 몇 번쯤 반항을 하다가 어쩔 수 없이 결혼을 하게 될 미래가 눈에 선했다. 난간 위에 올라가 있는 그녀의 손이 꽉 주먹 쥐어졌다.

"아……."

지원은 탄식하며 손으로 시선을 돌렸다. 주먹을 쥐었더니 왼손에서 이물감이 느껴졌다. 왼손 약지에 끼워져 있는 반지가 그 원인이었다.

결혼은 별 게 아니다. 그냥, 이렇게도 할 수 있는 게 결혼이다. 그녀는 답답한 숨을 길게 뱉었다. 아무것도 아니라고 애써 결혼의 의미를 과소평가하고 있는데 왜 눈물이 날 것 같은지 모르겠다. 청승맞은 생각을 멈추고자 시큰해진 코끝을 비빈 그녀는 억지로 웃어 보았다. 인천행 비행기를 타기 전까지는 울지 않을 것이다. 그녀는 엄지로 반지를 매만지다가 다시 바다를 바라보았다.

서울 본사에서 이메일로 넘어온 서류를 검토하고 결재하느라 서재에 처박혀 있던 하경은 점심시간을 맞아 겨우 밖으로 나올 수 있었다. 먼저 도서관이 자고 있던 침실로 향한 그는 비어 있는 침대를 보고 몸을 돌리려다가 동작을 멈추었다. 분명 침실을 나서기 전에 커튼까지 닫아 두었었는데 침실에 햇빛이 쏟아져 들어오고 있었다.

그제야 테라스를 바라본 하경은 난간에 기대어 서 있는 지원을 보고 잠시 숨이 멎는 듯했다. 다 말리지 못한 그녀의 젖은 머리가 허공에서 무겁게 나풀거리자 그는 비현실적인 상상을 했다. 그녀가 이대로 날아가 버릴 것 같은 상상이었다.

그는 걸음을 재촉해서 테라스 출입문 앞에 섰다. 전면 유리로 된 테라스 문을 그가 톡톡 두드렸다. 고맙게도 그녀는 날아가지 않고 살짝 고개를 돌렸다.

그녀는 그를 보자마자 환하게 웃었다. 마치 그가 와 주기를 기다렸다는 듯 웃고 있는 그녀를 보자 그 역시 미소가 나왔다. 그는 말 대신 손을 까딱이며 나오라고 손짓을 했다. 출입문 손잡이를 바깥에서 잡은 그녀가 멈칫했다.

지원은 문고리를 잡은 채로 하경을 올려다보았다. 두툼하지만 투명한 유리를 가운데 두고 두 사람은 서로 마주 보고 있었다. 그녀가 개구쟁이처럼 입술을 늘려 씩 웃더니 갑자기 눈을 감고 유리창에 키스했다.

팔짱을 낀 채로 도서관이 하는 양을 지켜보면서 하경은 쿡쿡 웃기만 했다. 슬그머니 눈을 뜬 그녀가 미간을 찌푸리면서 검지로 제 입술이 닿았던 부분을 가리켰다. 말이 오가지 않아도 무슨 의미인지 알 법했다. 그가 팔짱을 풀고 테라스 쪽으로 다가갔다.

이번에는 그를 감시하겠다는 듯 눈을 뜨고 그녀가 다시 유리창에 입술을 붙였다. 허리를 숙여 그녀의 입술이 닿은 맞은편에 그가 짧게 키스해 주자 그녀가 뺨을 발갛게 물들이면서 출입문을 벌컥 밀고 들어왔다.

"오빠, 방금 되게 유러피언 무비 같지 않았어?"

신이 난 지원의 목소리에 하경이 피식 웃으며 대꾸했다.

"응, 초딩 영화."

"초딩이라고?"

썩 마음에 드는 단어는 아니라 그녀가 눈가를 찡그렸다. 그가 한숨을 푹 내쉬면서 그녀의 팔목을 잡아 품 안으로 끌어당겼다.

"내가 서른이 넘어서 이런……."

그는 말을 끝까지 잇지 못했다. 이런 풋내 나는 애정 행각은 20대, 아니 초등학생 때도 해 본 적이 없었다. 유리창을 가운데 두고 키스라니! 서른두 살의 손하경이 했다고 말하면 분명 주변 사람들은 큰 소리로 웃을 것이다.

하경은 창피한 감상 대신 평범한 질문을 뱉었다.

"언제 일어났어?"

"얼마 안 됐어. 일어나자마자 바로 씻었거든."

지원은 아직도 마르지 않은 긴 머리를 매만지며 대답했다. 항시 에어컨이 가동되는 실내가 확실히 야외 테라스보다 쾌적했다. 그녀는 그의 가슴에 얼굴을 기대고 숨을 깊이 들이마셨다. 그의 체취가 포근했다. 오감 중에 후각이 가장 오랫동안 기억에 남는다고 해서 그녀는 앞으로도 몇 번이고 더 강아지처럼 킁킁거릴 생각이었다.

"아침은 늦었고, 점심 먹어야지."

"응."

어제 저녁도 내내 굶었다. 초콜릿이랑 쿠키를 먹긴 했어도 간식이라 끼니 대용은 될 수 없었다. 원래는 저녁 여덟 시에 마트에서 산 10달러짜리 피자를 먹어 볼 예정이었으나 뭐…… 이 남자가 폭주해서 그렇게 되었다.

"뭐 먹으러 갈까?"

"피자! 우리 피자 먹기로 했잖아. 사 온 거."

"아……."

카센터는 썩 내키지 않는 듯 떨떠름했다. 그의 허리를 껴안은 채로 그녀가 고개만 들어 그를 올려다보았다.

"왜?"

"그거 꼭 먹어야 돼?"

"사 왔으니까? 그리고 궁금해. 10달러짜리."

"으음……."

하경은 잠시 뜸을 들였다. 마트에서 10달러짜리 냉동 피자를 구입할 때, 그는 도서관을 몇 번이고 말렸었다. 그런데 그녀는 대체 무슨 호기심인지 부득불 피자를 카트에 담았다. 그래도 뭐 그녀가 원한다면 점심을 맛없는 피자로 때울 수는 있었다.

"알았어."

그가 한 걸음 뒤로 물러나며 그녀의 팔을 뗄 때였다.

"읔……."

지원의 입에서 신음처럼 앓는 소리가 흘러나왔다. 그가 눈을 동그랗게 뜨고 그녀를 내려다보았다. 오만상을 찌푸린 그녀가 그의 팔을 꽉 잡고 엉거주춤 서 있었다.

"왜 그래?"

"아파서."

하경이 갑자기 움직이는 바람에 지원에게 다시 근육통이 엄습했다. 겨우 인상을 펴고 침대 끝에 앉은 그녀가 한숨을 길게 내쉬자 걱정스러운 그의 시선이 닿았다. 그는 그녀의 앞에 서서 머리를 넘겨 주며 물었다.

"어디가?"

"종아리랑 허벅지도 아프고 허리도……."

엄마에게 고자질하는 아이처럼 그녀가 줄줄 아픈 부분을 늘어놓다가 고개를 바짝 들고 그를 원망스럽게 바라보았다.

"어제 누구 때문이잖아."

"누구? 나?"

이번에 그녀는 대답하지 않았다. 긍정의 침묵을 달게 받아들이면서 하경이 허탈하게 웃었다. 어제 좀 무리를 하긴 했나 보다. 근육통이 올 정도라니. 그는 자신의 죄를 통감하는 척 그녀가 원하는 대답을 해 주었다.

"피자 데워 올게."

"두 개."

손가락 두 개를 편 그녀가 뾰로통하게 덧붙였다. 그 큰 피자 조각 두 개를 원하는 걸 보면 배가 꽤 고픈 모양이었다.

큼직한 접시에 남자 손보다 큰 피자 두 조각이 겹쳐져서 나왔다. 지원은 침대 옆 테이블에 놓인 접시를 물끄러미 관찰했다. 일단 냄새는 고소하고 괜찮은데 카센터의 말마따나 생긴 건 별로 맛이 없게 보였다.

"별로 맛없을 걸?"

이런 소리를 들으면 또 괜히 오기가 생기기 마련이었다. 지원은 큼직한 피자를 두 손으로 들고 한 입 베어 물었다. 곧 그녀의 얼굴에서 기대감이 싹 사라졌다.

치즈와 도우 사이에 짜기만 한 토마토소스와 입 안에서 따로 노는 기름, 그리고 이 식감은 마치…….

"고무 씹는 것 같아."

"그렇다니까."

가족 여행을 캘리포니아로 갔을 적에 지원은 크고 저렴한 냉동 피자가 무척 궁금했으나 피자를 사 먹을 수는 없었다. 일단 유기농이니 자연식이니 하는 웰빙 열풍을 엄마가 앞장서서 실천했고, 언니도 패스트푸드는 좋아하지 않았다. 그래서 냉동 피자에 로망이 있었는데…… 이럴 수가.

"어떻게 이럴 수가 있지? 피자는 다 맛있는 거 아니었어?"

"10달러로는 무리지."

그가 보란 듯이 피식 웃으면서 대답했다. 영화에서는 맛있게들 먹던데. 입술을 삐죽 내민 지원은 먹던 피자를 도로 내려놓고 휴지로 손에 묻은 기름을 닦았다. 냉동 피자 쇼핑은 실패였다. 왜 엄마와 언니가 군이 냉동 피자를 먹지 않았는지 이제야 알겠다.

"그럼 점심 뭐 먹지?"

지원은 피자에 대한 미련을 거두고 우울하게 중얼거렸다. 근육통 탓에 몸을 움직이기도 귀찮았다. 어제 마트에서 피자가 아니라 다른 것도 사 볼 걸 그랬다. 쓸데없는 후회를 하면서 그녀는 침대 위로 다리를 올리며 끙끙 앓았다.

"다리도 아픈데……."

혼잣말을 중얼거리며 그녀가 머릿속으로 점심 메뉴를 고민할 찰나였다. 침대 가에 앉은 하경이 제 허벅지를 톡톡 쳤다.

"다리 여기 올려 봐."

"응?"

생각에서 빠져나온 지원은 상황을 파악하자마자 냉큼 그의 허벅지에 다리를 올렸다. 그녀의 눈이 기대로 반짝거렸다.

"안마해 줄 거야?"

"그래."

그가 가볍게 대답하고 그녀의 종아리를 손으로 부드럽게 주무르기 시작했다. 혹시라도 도서관이 아파할까 봐 손에 최대한 힘을 빼고 누르자 그녀가 키득거렸다.

"간지러워."

이 광경을 손하경을 아는 사람이 보면 황당해할 것이다. 하다 하다 이제는 여자 다리까지 주물러 주고 있으니 말이다.

"내가 아버지 다리도 안 주물러 드리는데."

"불효자네."

지원이 웃음 섞인 목소리로 농담을 뱉었다. 코웃음을 친 하경이 손에 힘을 주기 무섭게 그녀가 꽥 소리를 질렀다.

"아야!"

"불효자라니? 내가 얼마나 효잔데."

"알았어. 효자라고 해 줄 테니까 살살해."

마지못해 인정해 주겠다는 그녀의 대꾸가 그의 장난기를 건드렸다. 그가 그녀의 종아리를 손으로 스윽 쓸면서 느긋하게 말했다.

"기분이 좀 이상하네. 다리를 만져 주고 있으니까."

순간, 제 다리를 보고 있던 그녀가 번쩍 고개를 돌렸다. 그녀는 그를 경계하듯 응시하면서 슬금슬금 다리를 빼려고 노력했다. 물론 곧장 그의 손아귀에 잡히고 말았지만 말이다. 종아리를 지나 허벅지 앞쪽 근육을 풀어 주는 그의 손을 그녀가 불길하게 보며 물었다.

"설, 설마…… 아니지?"

"뭐가 아니야?"

지원은 대답 대신 슬그머니 그의 바지 앞섶을 쳐다보았다. 설마 다리 좀 만졌다고 흥분한 거 아니냐는 노골적인 태도였다. 하경이 기가 막힌 웃음을 터뜨리면서 그녀의 무릎을 꽉 쥐었다.

"사람을 뭐로 보고."

"그, 그러니까 이상한 소리 하지 마!"

얼굴을 새빨갛게 붉힌 그녀가 투덜거렸다. 의도했던 장난이

제대로 먹히자 기분이 좋아진 그는 크게 웃었다.

마음 같아서는 드라이브를 하고 싶었지만 근육통 때문에 멀리 나가기가 꺼려졌다. 대신 지원은 리조트 뒤에 있는 산책로를 하경과 함께 걸었다. 점심을 든든하게 먹어서 산책이 필요했다.

"공기가 맑아서 좋아."

비가 내려서 더욱 상쾌했다. 키가 큰 나무들 덕분에 강렬한 태양빛이 가려져서 걷기 알맞았다. 울창한 숲 사이로 난 좁은 오솔길을 따라 걸으며 그녀는 주변을 쉴 새 없이 둘러보았다. 주변을 감싸고 있는 축축한 공기가 마음에 들었다.

"오빠, 이달 말에 귀국한다고 했지?"

"음, 왜?"

"나도 티켓 취소하고 말일로 다시 잡을까?"

하경의 걸음이 멈추었다. 그를 따라 지원도 멈추어 섰다. 비행기 티켓. 일부러라도 외면하려던 이별이 현실로 확 다가온 기분이었다. 그가 복잡한 표정을 지으며 아무 대답도 하지 않자, 그녀가 눈치껏 말을 이었다.

"어차피 며칠 차이니까."

가볍고 들떴던 분위기가 가라앉았다. 하경은 그녀의 손을 꼭 잡았다.

그녀의 귀국일이 연기된다면 오히려 다행이었다. 아버지에게 언제 도서관에 대한 이야기를 꺼내야 할까 전전긍긍하고 있었다. 아버지의 심기가 어느 정도 가라앉으면 그때 말을 해 볼 생각인데 또 너무 미룰 수도 없는 이유가 있었다. 그녀의 귀국일이 가까워지기 때문이었다. 시간을 조율하느라 머리가 아팠는데 잘됐다 싶었다.

"하고 싶은 대로 해."

"귀찮은 건 아니지?"

지원의 조심스러운 목소리에 그가 빙그레 미소를 지었다. 귀찮을 리가. 환영한다면 환영이었다.

"당연하지. 오래 같이 있으면 나야 좋고."

"나도 좋아."

배시시 웃으면서 그녀가 바로 말했다. 당신이 좋아. 마음에 꼭꼭 담아 두었던, 좋다는 단어가 괜스레 간질간질해서 그녀는 카센터도 같은 마음이었으면 좋겠다고 생각했다. 그는 대답 대신 그녀의 머리를 매만져 주고는 다시 걷기 시작했다.

"다리 안 아파?"

"응. 걸을 만해."

"다행이네."

결국 점심은 룸서비스로 대체했다. 지원이 열심히 먹는 동안 카센터는 기꺼이 그녀의 다리를 안마해 주었다. 그녀는 옛날 귀족들이 이런 느낌이었을까 싶을 정도로 호사를 누렸고 덕분에 근육통은 많이 사라졌다.

해변이나 다운타운은 자주 드나들었지만 숲길은 처음이라 지원은 이 상황이 내심 신선했다. 서울에 있을 때는 집 바로 뒤에 있는 산책로도 가지 않았는데 지금은 더워서 땀이 나는데도 산책이 즐거웠다. 아마 옆에 카센터가 있기 때문일 것이다.

'한국에 돌아가면, 앞으로 이런 경험은 다신 하지 못하겠지.'

그가 없는 우울한 미래가 그려져서 지원은 울적해졌다. 그래도 며칠 더 이곳에 머무를 테니까 그 짧은 시간 동안 추억을 꽉꽉 채우자고 마음을 단단히 먹을 때였다.

"아!"

지원이 짧게 비명을 질렀다. 바닥으로 넘어질 뻔했다. 깜짝 놀란 하경이 그녀의 팔을 세게 붙들어서 그나마 넘어지지는 않았다.

"왜 그래?"

"걸렸어."

다른 팔로 그녀의 허리를 잡아 준 하경은 바닥을 내려다보았다. 혹여 자신이 만든 근육통 탓에 다리에 힘이 풀린 건가 걱정했는데, 그녀의 발 앞에 봉긋하게 튀어나온 돌이 있었다. 돌부리에 걸려서 넘어질 뻔했나 보다. 돌 때문인지 도서관이 신고 있던 샌들 끈이 똑 끊어졌다. 그녀가 불평했다.

"신발 사야겠다."

도망자라서 신발도 대충 샌들 하나만 가지고 나왔는데 이렇게 되었다. 오늘은 산책을 마치고 리조트에만 처박혀 있을 예정이라 내일 다운타운을 나가야 할 듯했다. 지원은 망가진 신발을 벗어 왼손으로 들었다. 잔뜩 찡그린 그녀의 표정을 보고 그가 말했다.

"신발은 네가 사."

"응? 당연하지. 사 주려고 했어?"

"아니."

카센터가 웬일로 단호하게 대답했다. 그녀가 눈을 동그랗게 뜨고 그를 바라보았다.

"신발 사 주면 도망간다는데, 내가 왜 사 줘?"

비키니 수영복에 반지까지 사 준 사람이 왜 신발에는 이리 단호한가 했더니, 그런 미신을 믿고 있을 줄이야. 절로 웃음이 나오는 이유에 그녀는 언제 인상을 썼냐는 듯 미소를 지었다.

"불편하네."

한쪽만 샌들을 신고 있으니 균형이 맞지 않았다. 벌레가 많은 더운 지방이었지만 흙길임에도 산책로는 의외로 청결해서 맨발로 걸어도 될 법했다. 다시 멈추어 선 지원이 다른 쪽 신발도 벗을 무렵이었다.

"여기 뱀 나온다."

"진짜?"

신발을 반쯤 벗은 지원이 경악의 시선을 보내자 하경이 고개를 끄덕였다. 실제로 막 리조트 공사가 이루어질 적에 이쪽에서 뱀과 도마뱀 등이 내려오곤 했었다. 조금 더 깊은 곳에는 곰도 있을 거라고 현지인들이 농담처럼 겁을 준 적도 있었다. 물론 곰은 없었지만.

"전에 뱀 봤어."

"우씨…… 샌들도 망가졌는데."

뱀이 다닐지도 모른다니 갑자기 맨발로 걷기가 꺼려졌다. 그녀가 이도저도 못하자 그가 웃는 낯으로 제안했다.

"업어 줄까?"

"진짜?"

경악의 '진짜?'와는 다른 반가운 되물음이었다. 그가 그녀의 손을 놓아주기 무섭게 그녀가 그의 등 뒤로 매달렸다. 신이 난 도서관의 모습은 꼭 다섯 살 먹은 어린아이 같았다. 그가 한숨을 푹 내쉬고 말했다.

"대신 여기서 유턴."

"왜?"

"산책하면서 힘 빼기 싫거든."

순간 하경의 목을 감싸고 있던 지원의 팔이 움찔했다.

신발이 망가져서 걷기는 힘들고, 맨발로 걷자니 뱀이 나온다고 하고, 그렇다고 이대로 산책이 끝나면 오늘 밤에도 또…… 그녀는 안절부절못했으나 그녀의 속내가 빤히 보이는데도 그는 모르는 척 걸음을 돌렸다.

어쨌든 오늘도 뜨겁게 밤을 지새우게 생겼다.

5장
내일 죽어도 후회가 없게 잘 지내고 싶어

실내는 어두웠다. 빛이 완전히 차단된 공간이 무서워서 한 치 앞도 보이지 않는 어둠 사이로 지원은 손을 뻗었다. 분명 옆에 그가 있을 것이다.

몇 번 헛손질을 하다가 그녀는 온기가 감도는 손을 잡을 수 있었다. 여자인 자신의 손보다 손가락이 한 마디는 더 큰, 큼직한 손을 잡은 그녀는 안도의 한숨을 내쉬었다. 끊이지 않던 불안함이 싹 가셨다.

그는 자고 있는 건지 말이 없었다. 보통 그녀의 사소한 몸짓에도 신경을 써 주던 남자였는데, 웬일로 깊이 잠든 듯했다. 그래도 상관없었다. 넓은 침대를 놔두고 그녀는 그에게 찰싹 달라붙었다.

일부러 그의 품에 얼굴을 묻은 그녀는 눈을 감고 익숙한 체향을 들이마셨다. 그런데 뭔가 이상했다.

'아?'

무색무취가 이런 걸까? 그녀가 아는 냄새가 아니었다. 아니, 정확히는 그에게서 아무 냄새도 나지 않았다. 그녀는 제 몸을 감싸고 있는 가운을 열고 냄새를 맡았다. 부드러운 꽃향기가 물씬 풍겼다. 그러면 그에게서도 자신과 같은 보디워시 향이 나야 하는데.

지원은 갑자기 옆에 있는 남자가 낯설어졌다. 그의 손을 놓은 그녀가 주춤거리면서 뒤로 물러났다. 그러고 보니 어두워서 여기가 어딘지 잘 모르겠다. 꼭 우주 공간에 갇힌 양 완전한 암흑뿐이었다. 그녀는 손을 더듬어 가며 스탠드가 있을 법한 장소를 찾았다.

자신이 생각한 곳에 스탠드가 있었다. 가벼운 터치만으로 불빛이 침실을 환하게 밝혔다. 곧, 뒤에 누워 있는 남자를 돌아본 지원은 차갑게 얼어붙었다.

"어떻게……."

더 이상 말이 나오지 않아서 그녀는 입술만 뻐끔거렸다. 남자의 얼굴은 보이지 않았지만, 자신이 아는 까만 머리가 아니었다. 귀 옆과 가르마 사이로 희끗희끗하게 흰머리가 보였다.

숨이 목에서 막히는 기분이었다.

초점이 사라진 눈으로 그녀가 주변을 둘러보았다. 익숙지 않

은 공간이었다. 창문을 가리고 있는 커튼도, 한쪽 벽에 붙어 있
는 붙박이장도, 침대 시트와 이불까지 전부 모르는 것들이었다.

이곳이 어딘지, 이 낯선 남자가 누군지 몰랐지만 지원은 알고
싶지도 않았다. 잊었다고 생각했던 불안이 서러움이 되어 밀려
들어왔다.

덩그러니 침대 위에 앉은 그녀는 저도 모르게 눈물을 뚝 떨어
뜨렸다. 그녀는 왼손으로 눈가를 쓱 닦다가 멈칫했다. 약지에는
화려한 반지가 끼워져 있었다. 스탠드 불빛에도 영롱하게 빛나
는 큰 다이아몬드를 보자 그녀의 몸이 부들부들 떨렸다.

그때, 잠들어 있던 남자가 미동도 없이 말했다.

"행복하지?"

남자가 말을 하는 건지, 아니면 허공에서 울리는 건지 모를 목
소리에 그녀가 소스라치게 놀라 침대 밖으로 펄쩍 뛸 찰나였다.

윤지원은 눈을 번쩍 떴다.

분명 방금 침대 밖으로 뛰어내렸는데, 침대 위에 누워 있었다.
에어컨 덕분에 공기가 서늘한데도 그녀는 식은땀을 흘렸다. 상
체를 일으킨 그녀가 혼란스러운 눈빛으로 주변을 휘휘 둘러보
았다. 침실 안은 어둡긴 했으나, 빛이 아예 없는 것은 아니었다.
눈에 익은 테이블과 빳빳한 침대 시트 등을 둘러보고 나서야 그
녀는 한숨을 내쉬었다.

악몽이었다.

현실을 인지하기 위해 그녀가 양손으로 제 뺨을 찰싹 때리고

왼손 약지를 살폈다. 다행히 그가 끼워 준 반지가 눈에 보였다.

오른손으로 반지를 감싼 지원은 무릎을 세우고 거기에 얼굴을 묻었다. 말일로 귀국일을 미룬다한들 미래는 변하지 않는다. 어쨌든 카센터와의 이별은 당연했고 정략결혼은 피할 수 없는 일이었다.

'싫어.'

차마 입 밖으로는 낼 수 없는 말을 그녀는 꾹 삼켰다. 눈물이 가운으로 스며들었다. 울지 말자. 이곳에서는 좋은 기억만 가지고 가자. 자신을 수없이 다그쳐도 불안은 사라지지 않았다.

마음 같아서는 그에게 자신의 사정을 전부 털어놓고 제발 도와 달라고 애원하고 싶었지만 그럴 수는 없었다. 평범하게 정비소를 운영하는 남자한테 큰 회사 사장은 맞서기에 너무 큰 산이었다. 그리고 또 하나. 그가 만약 윤지원의 결혼 상대를 알게 된다면 그녀와 함께 보내는 시간을 꺼릴 수도 있었다. 평범한 소시민이 대기업 오너를 대적하기란 힘든 일이다. 대범해 보여도 그는 평범한 남자였다.

이성적으로 상황을 파악한 지원은 카센터에게 많은 기대를 하고 있지는 않았다. 그의 어깨에 부담을 지워 주고 싶지도 않았다. 그저 아쉬운 점은, 그를 너무 늦게 만났다는 것뿐이었다.

'조금만 빨리 만났어도…….'

결혼 이야기가 오가기 전에 그를 만났으면 어땠을까? 부질없는 상상이었다.

지원은 고개를 들었다. 겨우 참은 눈물이 눈가에 번져 있었다. 가운 소매로 눈물을 닦아 내고 그녀는 침대 옆자리를 돌아보았다. 서울과 시차가 있어서 그는 연락이 오면 밤낮을 가리지 않고 일을 하곤 했다.

열심히 일하는 사람을 힘들게 만들 수는 없는 노릇인데 그나마 함께 시간을 보낼 수 있는 지금, 그의 품에 안겨서 악몽을 꾸었다고 어리광을 피우고 싶었다. 귀국하면 절대 할 수 없는 일이니까.

'서재에 있겠지?'

그녀는 그가 있을 법한 서재로 향했다. 그는 그녀에게 서재로 쓰는 이 방만큼은 오지 말아 달라고 부탁했다. 문 앞에 선 그녀가 자신을 알리고자 똑똑 노크했다.

하지만 안에서는 아무런 소리도 들리지 않았다. 실내는 고요했다. 아무 소리도 없이 적막한 가운데 문득 지원은 다시 불안해졌다. 갑자기 이 상황이 현실인지 꿈인지 분간이 안 되기 시작했다.

'이것도 꿈일까? 아까 그게 현실이었나?'

끔찍한 악몽이 현실이 될까 두려운 나머지 지원은 허락 없이 서재 문을 열었다. 문은 잠겨 있지 않았다. 가볍게 열린 문 사이로 그녀는 어두운 서재에 홀린 듯 걸어 들어갔다.

카센터는 서재를 뜬 지 오래된 듯했다. 꺼진 지 시간이 꽤 지난 양, 테이블 위의 스탠드가 식어 있었다.

비틀비틀 걷던 그녀는 길게 한숨을 뱉으며 테이블에 손을 얹

었다. 손 옆에 서류 파일과 문서가 늘어 있었다. 알 수 없는 서류
는 대부분이 영어로 쓰여 있어서 바로 내용이 와 닿지 않았다.
어차피 문서 따위에는 관심도 없었다. 지금 지원이 찾는 건 오로
지 한 사람뿐이었다. 제발 그가 나타나서 이 상황이 꿈이 아님을
확인시켜 주었으면. 눈물이 날 것 같아서 그녀가 막 걸음을 돌릴
찰나였다.

"여기서 뭐해?"

딱딱한 음성이 들렸다. 깜짝 놀란 지원이 고개를 들었다. 문
가에 서 있던 하경이 얼굴을 굳힌 채 안으로 들어왔다.

샤워를 하고 나왔는지 그는 젖은 머리에 가운 차림이었다. 익
숙한 보디워시 냄새가 그의 체향에 섞여 풍겼다. 그녀가 막 그의
가운 소매를 잡으려던 찰나였다.

"오빠……."

"내가 말 안 했어? 여기 들어오지 말라고 했잖아."

냉정하게 대하는 그의 목소리는 처음이었다. 기다렸다고, 악
몽을 꿔서 무서웠다고, 어디에 있는지 찾았다고 어리광을 피우
려고 했는데 아무 말도 나오지 않았다. 대신 그녀는 손을 거두고
마른침만 삼켰다. 그가 다그치듯 물었다.

"서류에 손댔어?"

"아니."

"읽은 건……."

"나 영어에 안 익숙해."

그녀가 그의 말을 도중에 자르고 대답했다. 어두운데 가뜩이나 익숙지 않은 영어라 언뜻 보는 것만으로는 읽히지 않았다. 그가 막 그녀를 의아하게 볼 참이었다.

"……미안해. 안 들어올게."

사과를 한 후 그녀는 시선을 떨구고 그를 스쳐 지나갔다. 왜 들어왔느냐고 한 번이라도 물어 주길 바랐는데, 카센터는 지원이 왜 서재에 들어왔는지 끝까지 묻지 않았다.

그녀는 서재 문을 닫고 안도의 한숨을 내쉬었다. 그는 쫓아 나오지 않았으나 그래도 지금 이 상황이 현실이었다. 우습지만 감정이 상할지언정, 아직 자신이 카센터의 옆에 있다는 사실만으로도 안정이 되었다.

힘없이 걸어 나온 그녀는 창문에 비치는 푸르스름한 빛을 보고 시간을 살폈다. 어느새 새벽 네 시였다.

'나도 씻을까.'

피톤치드가 나온다는 편백나무 욕조에 들어가 있으면 마음이 안정될지도 모르겠다. 어깨가 뻣뻣해질 정도로 들어찬 긴장도 따뜻한 물에 녹을 것이다. 향이 좋은 입욕제를 풀면 기분도 나아질 테고 눈물도 닦일 테니까.

"바보 같아. 어린애도 아니면서 무서운 꿈 좀 꿨다고……."

욕실에 들어온 지원은 자신을 탓하면서 문에 기대어 손바닥으로 눈물을 닦았다. 하지만 그녀도 알고 있었다. 그 꿈은 그저 무섭기만 한 악몽이 아니라 앞으로 닥칠 미래고, 그 미래는 아득하기 그지없다는 것쯤은 뼈저리게 알고 있었다.

　기운 없이 한참을 욕조에 늘어져 있다 나오자 일출이 끝나 있었다. 시간은 벌써 여섯 시. 두 시간이나 욕실에 있던 셈이었다. 피부 보습을 마친 뒤 지원은 발소리를 죽여서 조심스럽게 침실로 들어갔다. 침대 위에 하경이 기절하듯 잠들어 있었다.
　'자는구나.'
　지원은 침대 가에 앉아 하염없이 그를 내려다보았다.
　곱게 감은 눈, 웃음을 잃지 않던 입술, 하늘 높은 줄 모르고 솟은 콧대를 만져 보고 싶었으나 한편으로는 그를 깨우고 싶지도 않았다.
　그녀는 손을 내리고 우울한 시선으로 그를 응시했다. 눈동자에 그를 새길 수 있으면 좋겠다. 영원히 잊지 못하게 말이다. 그때, 그가 눈을 반짝 떴다. 예민하게도 그녀의 눈길을 느낀 모양이었다.
　깜짝 놀란 두 사람의 눈이 서로를 향했다. 이내 하경이 먼저 눈가를 찡그리면서 입을 열었다. 평소 하지 않던 행동을 한 그녀가 계속 마음에 걸려서였다.
　"아까……."
　"나중에 얘기해. 더 자."
　하지만 지원은 고개를 저으며 그의 말허리를 잘랐다. 반쯤 쉬어 버린 목소리만으로 그의 피곤이 느껴졌다. 그가 한 손으로 눈가를 쓸어내리고 힘없이 말했다.

"세 시간만 자고 일어날게. 그때 이야기해."

그녀는 대답 대신 고개를 끄덕였다. 희미하게 미소를 지은 그는 그녀의 뺨을 부드럽게 만져 주고는 다시 잠에 빠졌다.

침대 위에 놓인 그의 손을 감싸듯 잡은 그녀가 한숨을 길게 내쉬었다. 참 신기하게도 이 남자를 보고 있는 것만으로도 좋아서 눈물이 나올 것 같았다.

'청승이야, 윤지원.'

이대로 그의 허리를 안고 싶었다. 그의 가슴에 얼굴을 묻고 안정적인 심장 박동을 듣고 싶었다. 그의 체온을 느끼면서 자신이 그의 옆에 있다는 것을 절감하고 싶었다. 지금만큼은 새벽녘에 꾼 악몽이 그저 꿈이라고 여기고 싶었다.

그 대신 지원은 하경에게 이불을 덮어 주고 침대에서 일어났다.

여섯 시. 아직 태양이 심하게 뜨겁지 않은 시간이다. 여름, 플로리다의 아침은 빠른 편이었다. 다운타운 쇼핑몰에 걸어가기에 지금이 최적이었다. 그녀는 테라스에서 신던 말랑말랑한 슬리퍼와 지갑, 그리고 절대 잊어서는 안 될 생수병을 챙겨서 객실을 나섰다. 신발을 사야겠다.

샌들이 망가진 게 엊그제였지만 어제 또다시 찾아온 근육통 탓에 지원은 움직이지 못했다. 카센터는 신발을 사다 줄 마음이 하나도 없어 보였고, 옷이나 신발, 가방 같은 건 개인 취향이 반영되는 물건이다 보니 리조트 직원에게 신발을 사다 달라고 부탁하기도 불편했다.

그래서 결국 오늘에서야 지원은 신발을 사러 리조트를 나서게 된 것이다. 다운타운에 가는 김에 이번에는 그에게 아침을 사다 주자. 샌들뿐만이 아니라 아침 식사라는 다른 목표까지 세우자 더욱 의욕이 솟았다.

엘리베이터를 타고 내려온 지원이 프런트 데스크 앞에 멈추어섰다. 이번에는 푸드 트럭보다 가야 할 길이 더욱 길었다.

"저기, 죄송한데 우산 하나 빌릴 수 있을까요?"

"우산이요? 잠시만요."

태양열을 조금이라도 막아 보고자 지원은 프런트 데스크에 큼직한 장우산을 부탁했다. 항상 그 자리를 지키는 리조트 직원은 의아한 내색 없이 사무적으로 검은 우산을 빌려 주었다.

우산이 양산 역할을 대신해 주고 있었다. 그늘 하나 없는 길은 사람을 지치게 만들기 충분했다. 그래도 아무 생각 없이 걷기에는 좋았다. 미래에 대한 절망과 불안을 잊기에 이만큼 좋은 방법도 없었다.

이른 시간이라서 푸드 트럭은 아직 열지 않았다. 지원은 푸드 트럭을 지나 하염없이 걸었다. 그녀의 옆으로 차 한 대가 휙 지나갔다. 얼마나 더운지 땀이 등줄기를 타고 주르륵 흘러내렸다. 그녀는 벌써 미지근해진 생수를 한 모금 마셨다.

'엄마한테 사정해 볼까?'

사랑하는 남자가 있다고 빌면 혼담을 없던 걸로 해 주지 않을까?

물론 절망적인 상상이었다. 카센터는 부모님 눈에 차는 상대가 아니었다. 직업에 귀천은 없다지만 엄마는 평범한 회사원이었던 예전 연인에게도 돈 봉투를 건네며 헤어지라고 했었다. 그런 엄마에게 자동차 정비사가 눈에 들어올 리 없을 것이다.

하지만 자신의 미래가 너무 끔찍했다. 꿈에서 잠깐 보았던 낯선 남자. 머리가 희끗한, 무색무취의 그 남자와 살을 맞대고 살아갈 자신이 없었다. 평생 가슴속에 한처럼 카센터를 향한 사랑이 남으면, 세월이 지나도 이 사랑의 색깔이 바래지 않으면 어떡하나…… 아득하기만 했다.

불안과 절망이 낳은 악몽은 진하게 뇌리에 자취를 남겼다.

단지 즐기고 말 사이라 사랑하지 않으려고 했다. 잠깐 스쳐 지나가는 인연에 빠지지 않으려고 애를 썼다. 카센터와의 관계는 끝이 보이기 때문에 깊은 마음을 갖지 않으려고 노력했다. 그런데 감정은 이성으로 조절할 수 있는 게 아니었다.

뜨거운 추억을 만들겠답시고 성급하게 그와 깊은 관계가 되어 버렸다. 그는 상상 이상으로 좋은 남자였고, 자신은 그에게 푹 빠져 버렸다. 헤어질 생각만으로도 눈물이 찔끔 났다.

"울면 수분 빠져, 안 돼."

그녀는 일부러 소리 내어 말했다. 이별이 전제된 상황에서 하루하루가 아쉽고 1분 1초가 아까웠다.

오랫동안 걸어서 도착한 쇼핑몰은 이제 막 오픈 준비를 하고 있었다. 지원은 화장실에서 휴지로 땀을 닦다가 옷을 새로 사야 겠다고 생각했다. 정말 어마어마하게 더웠다. 500밀리리터 생수 병은 여기까지 걸어오는 동안 텅 비었다. 땀에 흠뻑 젖은 옷은 나중에 버려야겠다.

지원은 제일 먼저 개장한 매장에 들어갔다. 여성복, 남성복에 액세서리와 신발까지 전부 다 판매하는 브랜드 매장이었다.

가벼운 재질로 된 옷을 쭉 훑던 그녀는 어디에서나 입을 수 있 는 잔 꽃무늬 원피스를 골랐다. 가는 동안 또 땀에 젖을 테니 색 깔 다른 걸로 한 벌 더.

'아, 맞다!'

신발 코너로 향하던 지원은 벽에 걸린 란제리를 보고 걸음을 멈추었다. 속옷까지 땀에 젖어서 속옷도 새로 골라야 했다. 그녀 가 고른 것은 검은색 레이스가 야릇한 느낌을 주는 속옷이었다. 레이스를 매만지면서 그녀는 저도 모르게 슬그머니 미소를 지었 다. 카센터가 좋아했으면 좋겠다.

'조금 적당히 좋아했으면 좋겠지만.'

왜냐면 자신은 그의 체력을 도통 따라갈 수가 없으니까!

오늘 여기에 힘들게 걸어서 온 목적. 지원은 여러 가지 샌들을 집었다. 또 어쩌다가 끈이 끊어질 수도 있기 때문에 하나만 사고 싶지는 않았다. 그녀는 평소에 신을 샌들, 고무신 같은 젤리 슈 즈, 해변에서 신을 만한 슬리퍼 등을 골랐다.

이 신발 밑창이 전부 닳아 해질 때까지 그와 함께 있을 수 있다면 참 좋을 텐데.

　새로 산 옷으로 싹 갈아입자 그나마 찝찝한 기분이 가셨다. 시간이 흘렀다고 쇼핑몰에 손님이 모여들었다. 새로 산 물건들 사이에 리조트에서 가져온 신발을 비닐에 싸서 잘 넣어 두고 그녀는 음식점 탐방을 시작했다.

　아침 식사로는 뭐가 좋을까 고민하며 여러 매장들을 눈으로 훑으며 걷던 그녀가 햄버거 가게를 보고 피식 웃었다. 그러고 보니 카센터에게 처음으로 사 준 음식이 치즈 버거였다. 그날을 생각하면 햄버거는 사 주고 싶지 않았다. 킥킥 웃으면서 햄버거 가게를 지나칠 무렵, 그녀는 섬뜩해졌다.

　'앞으로 이렇게 지내게 되는 걸까?'

　맥도날드에서 햄버거를 사 줬던 기억. 그것도 어찌 보면 추억의 일부였다. 끝내주는 추억을 만들어서 곱씹는다는 게 이토록 가슴 시린 일이라고는 예상치 못했다. 지금은 아무 생각이 없었다. 돌아가면 그를 만날 수 있으니까. 하지만 만약, 한국에 돌아가서 맥도날드를 지나간다거나 캐주얼한 일식집을 지나친다거나 해변을 걷게 된다면 불쑥불쑥 찾아오는 그의 흔적에 초연할 수 있을까?

　생각하고 싶지 않아서 미루어 두기만 했던 이별이라는 난제를 그녀는 오늘, 꿈을 꾸고 나서야 심각하게 생각했다.

　새파랗게 질린 채로 길에 우뚝 멈추어 선 지원을 지나가던 사람들이 흘끔거렸다. 그 중에서 어느 가게 매장 직원인 듯 유니폼을 입은 중년 여성이 지원에게 다가와 괜찮으냐고 물었다. 정신을 차린 지원이 억지로 미소를 지으며 괜찮은 척을 했다.

"성인이냐? 열다섯 살인 줄 알았어."

유쾌하게 농담을 던지고 나서 그녀는 일하는 가게로 돌아갔다. 이곳에 우두커니 서 있을 수도 없어서 지원이 주변을 살폈다.

그때, 일본식 철판 요리 전문점이 그녀의 눈에 띄었다. 아침으로 먹기에 너무 기름지지 않나 싶다가도 이곳이 미국임을 생각하면 저 정도는 괜찮을지 모른다.

'여긴 버터도 튀겨 먹는 미국 남부니까…….'

철판 요리 전문점은 워낙 이른 시각이라 손님이 하나도 없었다. 아직 영업 준비 중인가 싶어서 멈칫한 지원에게 가게 직원이 활짝 웃으며 인사했다. 지원은 가장 비싼 스페셜 오코노미야끼 2인분을 주문하고 페트병에 물을 채웠다. 물이 채워질수록 손이 시원해졌다.

음식 값 50달러에 팁까지 넉넉히 넣어 주자 가게 직원은 화색을 띠었다. 지원은 묵직한 봉투를 받아 들고 가게를 나섰다. 오코노미야끼를 나눠 먹으면서 오늘 새벽에 꾸었던 악몽 이야기를 하고 카센터에게 어리광을 부려야겠다는 생각만으로도 그녀는 웃음이 나왔다.

그런데 어디선가 시선이 느껴졌다. 관광지라 동양인이 낯설 리가 없는데 그녀의 뒤로 시선이 끈덕지게 달라붙었다. 지원이 흘깃 뒤를 곁눈질했다. 분명히 누군가가 자신을 지켜보고 있었다.

'뭐지?'

지원의 걸음이 빨라졌다. 에스컬레이터를 걸어 내려오면서 그녀는 주변을 예리하게 살폈다. 아직 시선은 뒤에서만 느껴졌다. 그녀는 마른침을 삼키고 쇼핑몰 출구를 향해 빠르게 걸었다.

그때였다.

"윤지원 씨?"

미국에서 이름이 불린 게 며칠만인가. 덥석 어깨를 잡힌 지원이 눈을 크게 뜨고 고개를 돌렸다. 평범한 차림새의 한국 남자였는데, 눈동자가 형형했다. 자신을 찾으라고 부모님이 풀어놓은 사람이 분명했다.

남자는 당황한 지원의 눈빛을 읽고 의기양양한 표정을 지었다. 며칠 동안 애를 먹이던 타깃을 드디어 잡았다. 그가 손에 힘을 주고 그녀의 어깨를 꽉 쥐었다.

"윤지원 씨, 맞죠? 윤창섭 사장님께서 기다리고 계세요."

마치 안심하라는 듯 남자는 지원의 아버지 이름을 입에 올렸다. 아버지의 이름에 지원의 뒷목이 뻣뻣해졌다. 이대로 잡혀갈 수는 없었다. 돌아가는 데 무리는 없었다. 지갑도, 여권도 전부 지금 가지고 있으니 말이다. 하지만 그보다 더 중요한, 사랑하는 남자에게 인사도 못 하고 잡혀갈 수는 없었다.

남자는 지원의 어깨를 잡은 채로 동료들에게 연락하기 위해 휴대폰을 꺼내 들었다. 남자의 다른 동료들이 오기 시작하면 완전히 끝이다. 얌전히 잡혀서 한국으로 돌아가야 할 것이 뻔했다.

어떻게 해야 하지…… 막막한 가운데 그녀는 머리를 굴렸다. 마치 계시처럼 메인 게이트 앞에 쇼핑몰 경비가 보였다.

"으악!"

지원은 크게 소리를 질렀다. 여자의 비명 소리에 사건이 일어난 줄 알고 쇼핑몰 무장 경비가 달려오기 시작했다. 남자가 당황한 기색을 보이자 지원은 팔꿈치로 그의 팔을 세게 치고 오코노미야끼가 든 비닐 봉투를 남자의 면상에 제대로 던진 다음, 뒤도 돌아보지 않고 도망쳤다.

절대 잡혀서는 안 된다!

지원은 사력을 다해 달렸다. 이대로 총에 맞아 죽는 한이 있더라도 지금은 단 한 사람, 카센터의 얼굴만이 떠올랐다.

그 시각, 지원과 약속한 시간보다 한 시간 늦게 일어난 하경은 시간을 확인하고 낭패를 본 기분이 들었다. 한 시간을 더 자다니. 왜 도서관이 깨우지 않았나 의아해하며 그는 침대에서 나왔다. 간단히 세수와 양치를 하고 면도도 해야 했다. 잠을 자다 말아서인지 몸이 뻐근했다.

'왜 이렇게 조용하지?'

어디에서도 그녀의 기척이 느껴지지 않아 욕실로 가면서 그가 고개를 갸웃거렸다.

새벽에 서울에서 온 연락을 받고 피곤한 가운데 일어난 하경은 본사에서 원하는 자료를 찾아 메일을 발송했다. 거의 끝물인지라 업무 연락이 시도 때도 없이 와서 지칠 만도 한데, 거기에 도서관과 꼬박꼬박 시간을 보냈다. 아무리 젊다지만 누적된 피로가 쉬이 사라지지 않아, 뜨거운 물로 샤워를 하고 나왔는데 닫아 두었던 서재 문이 열려 있었다.

어두운 가운데 탁자 위 서류를 보고 있는 도서관을 발견하고 얼마나 놀랐는지 모른다. 여러 가지 숨기는 것이 많아서 당황한 하경은 퉁명스레 그녀를 다그쳤다. 게다가 피곤하기까지 해서 타인을 배려할 여유가 없었다.

그때 그녀가 보였던 기묘한 표정과 눈빛이 계속 마음에 걸렸다. 미안하다는 목소리가 유난히 가늘었다. 밝고 활기찬 모습이 아니라 이상하게 그녀는 잔뜩 가라앉아 있었다. 눈동자가 흔들리는 게 뭔가 불안해하는 것도 같았다. 그러나 그는 아무것도 묻지 못했다.

도서관은 선을 철저하게 지켰다. 그녀는 그가 무슨 음식을 좋아하는지는 궁금해해도, 그의 본명은 궁금해하지 않았다. 그런 여자가 출입을 제한한 서재에 무슨 이유로 들어갔는지 물었어야 했다.

'내가 너무 예민했어.'

단지 피곤하다는 이유로 그녀의 이야기를 들어 주지 못했다. 그게 마음에 걸렸다.

욕실에서 나온 하경은 스위트룸 내부를 쭉 살펴보고 나서 그너가 없는 것을 확인하고 밖으로 나왔다. 단 하나뿐인 손님이 사라진 이상 정상 영업을 가장할 필요가 없어서 프런트 데스크 직원 얼굴이 편하게 풀어져 있었다.

"오늘 조식장 비었어요?"

"예."

하경이 미간을 찌푸렸다. 도서관이 아침부터 사라졌다. 조식장에도 나타나지 않았다면 해변에 있을지도 모르겠다. 리조트를 나가기 위해 그가 프런트 데스크 직원에게서 몸을 돌렸다.

"대체 어딜 나간 거지."

왜일까? 그녀가 사라질 것 같다는 이상한 생각이 들어 예민해진 하경이 혼잣말로 중얼거렸다. 눈치 빠른 직원이 대답했다.

"아까 아침에 나가셨습니다."

뜻밖의 정보에 하경이 직원을 돌아보았다. 직원은 자신을 향한 오너의 시선에 괜스레 긴장하며 말을 이었다.

"장우산을 대여하셨고요."

볕이 큼직한 전면 유리창을 통해 쏟아져 들어올 만큼 날은 맑았다. 그녀가 가져간 장우산은 '우산'으로 기능하는 게 아닌 모양이었다. 정말 해변에 있는 걸까? 장우산을 파라솔 삼아 해변에 갔을 수도 있겠다 싶을 무렵이었다. 그동안 쭉 Jay Yoon의 정체가 궁금했던 직원이 하경에게 조심스럽게 말을 붙였다.

"저, 대표님. 이런 질문 실례인 거 압니다만 도대체 제이윤……."

"실례인 거 알면 하지 마세요."

하경이 직원의 말을 칼같이 자르고 자신의 사생활에 참견하지 말라는 듯 표정을 굳힌 채 직원을 쳐다보았다. 뒤에 이어질 물음이 뭔지 알 법도 했다. 아마 도서관과 손하경의 관계겠지. 하지만 당사자인 하경조차도 도서관과 자신의 관계가 어떤 건지 정확히 정의 내릴 수가 없었다.

"알겠습니다. 죄송합니다."

베테랑답지 않게 선을 넘었던 프런트 데스크 직원은 결국 고개를 숙여 보였다. 사과를 받았지만 하경으로서도 마음이 편치는 않았다. 직원들에게 불만이 없으리라고는 생각하지 않았다. 아직 본격적인 영업이 시작되지도 않았는데, Jay Yoon이라는 불청객 때문에 직원들 사이에 긴장이 감돌았다. 그 점을 지적하는 듯, 직원이 하경에게 질문을 덧붙였다.

"그러면…… 앞으로 얼마나 더 오픈을 흉내 내야 하는 건가요?"

관계의 끝. 도서관과 이별하는 그날, 직원들은 같잖은 연극을 그만둘 수 있는 셈이었다. 하경은 한숨을 참고 딱딱하게 답했다.

"미안합니다만, 말일까지만 부탁합니다."

"예."

그래도 오너가 미안한 줄은 아는 듯해서 다행이었다. 이달 말이라는 그의 말에 연극의 끝이 보여서 직원은 그제야 안도했다. 그때, 대리석 바닥을 쿵쿵 울리면서 도서관이 로비 안으로 뛰어들어왔다. 하경은 그녀를 쓱 훑어보고는 당황했다. 그녀의 얼굴은 새빨갛게 익었고, 머리는 땀 때문에 온통 엉망이었다. 어디서 굴렀는지 무릎에는 상처도 있었다.

"어디 다녀와?"

"나, 나 없다고 해! 아, 어, 어딜, 어디로 숨지?"

눈에 보이는 게 없는지 그녀는 양손에 쇼핑백을 잔뜩 들고 몸을 휘휘 돌렸다. 종이백 때문에 하경이 그녀에게 바짝 다가가지 못하고 손만 뻗어 그녀의 어깨를 잡았다.

"왜 그래? 진정하고 천천히 말해."

"쫓아왔어. 아빠가, 아빠가 풀어놓은 사람……."

불안하게 리조트 입구 쪽을 살피면서 그녀가 발을 동동 굴렀다. 사정을 바로 알아챈 그가 그녀의 손을 잡고 엘리베이터 쪽으로 이끌었다. 그가 타고 내려왔던 엘리베이터가 얌전히 1층에 있었다.

하경은 엘리베이터 안에 그녀를 데려다 놓고 나직하게 말했다.

"엘리베이터 안에 있어. 버튼 누르지 말고."

엘리베이터가 움직이면 그 안에 사람이 있다는 것이 발각될 수도 있었다. 그의 말뜻을 알아들은 지원이 고개를 끄덕였다. 그가 그녀의 머리를 귀 뒤로 넘겨 주고 엘리베이터에서 나갔다. 이내 엘리베이터 문이 스르르 닫혔다.

엘리베이터에 홀로 남은 지원은 입을 반쯤 벌리고 하염없이 숨을 들이마시고 내쉬었다. 심장이 아직도 주체할 수 없을 만큼 미친 듯이 뛰었다.

지원은 엘리베이터 벽에 등을 기대었다. 피부에 와 닿는 금속 느낌에 등허리가 서늘해졌다. 잔뜩 지친 그녀가 바닥에 스르르 주저앉았다. 정말 이대로 잡혀가는 줄 알았다.

오코노미야끼 봉투를 던지고 지원은 뒤도 돌아보지 않고 도망쳤다. 뒤에서 남자가 무장 경비에게 항의하는 말이 들렸지만 안심할 수는 없었다. 다행히 남자는 동료들에게 연락을 바로 하지 못했고 경비와 한참 옥신각신하는 듯했다.

그동안 지원은 쇼핑몰 주차장을 빠져나갔다. 일부러 주차장이 있는 곳으로 향한 이유는 그들에게 혼란을 주기 위해서였다. 플로리다는 차가 없이 사람들이 다니기 힘든 곳이었다. 아마 그들은 타깃인 윤지원이 차를 타고 도망쳤으리라 생각할 것이다.

주차장 쪽으로 빙 돌아서 동선을 길게 잡은 지원은 관광객이 많이 몰려 있는 해변 쪽으로 향했다. 사람들 사이에 묻히는 게 좋다는 판단 때문이었다. 해변을 따라서 쭉 걷다 보면 리조트에 도착하기도 했다. 플로리다에 온 첫날처럼 말이다.

하지만 지원이 간과한 게 있었다. 남자의 동료들은 세 개 조로 나뉘어서 움직이고 있었다. 차를 가지고 도로를 달리는 무리와 숙박 시설 주변을 살피는 조, 그리고 관광객들이 몰려 있는 해변을 돌아다니는 사람들까지.

리조트 프라이빗 해변에 도착하기 전, 관광객들이 드문드문 있는 해변에서 지원은 또다시 발각되었다. 남자들은 지원을 발견하고 그녀의 이름을 부르며 뒤쫓았다. 멀리서 뛰어오는 남자들을 보고 지원이 경악했다. 멀리서도 그녀의 모습을 알아볼 줄은 몰랐다. 여유가 있을 때 옷이라도 갈아입을 걸 그랬다.

어쨌든 10분? 아니, 5분만 더 가면 리조트 도착인데 여기서 잡힐 수는 없었다. 학창 시절, 100미터 달리기에서 전교 1등을 해본 적 있는 윤지원은 어금니를 깨물고 달렸다. 그들과의 거리가 좁혀지겠다 싶을 무렵, 그녀는 리조트 안으로 뛰어 들어올 수 있었다.

'제발, 제발 들키지 말길……'

종교가 없는 윤지원은 양손을 꼭 잡고 모르는 신들에게 기도를 했다. 이 리조트는 넓으니까 그들이 윤지원을 찾지 못하기를 간절히 바랄 뿐이었다.

지원을 엘리베이터에 숨겨 두고 나온 하경은 프런트 데스크 직원에게 눈짓을 했다. 이곳에 Jay yoon은 없는 것이다. 말없이도 베테랑 직원은 눈치껏 하경의 뜻을 이해했다. 눈길이 오가기 무섭게 로비 안으로 얼굴이 시뻘겋게 변한 남자가 목청을 높이며 들어왔다.

"윤지원 씨!"

두리번거리는 남자에게 하경과 직원의 시선이 내리꽂혔다. 남자는 티셔츠 옷자락으로 얼굴의 땀을 대강 닦은 뒤 프런트 데스크로 다가와 물었다.

"한국분이신가요?"

도대체 오픈도 하지 않은 이 리조트에 오는 사람들은 미국에서 어쩜 이토록 한국말을 자연스럽게 하는 건지 모르겠다. 프런트 데스크 직원이 황당함을 숨기고 대답했다.

"예, 그렇습니다."

순간 남자의 얼굴에 화색이 올라왔다. 하긴, 모국어보다 영어가 힘들기는 하니, 한국 사람을 만난 게 반가울 것이다.

"아이고, 다행입니다. 죄송합니다만 뭐 좀 여쭙겠습니다."

"무슨 일이시죠?"

하경이 싸늘하게 물었다. 그제야 남자는 프런트 데스크 뒤에 서 있는 직원에게서 시선을 떼고 하경을 돌아보았다. 유니폼 차림의 직원과 달리 평범한 캐주얼 차림이라 여행객인 줄 알았는데 아닌가? 남자가 고개를 갸웃거렸다. 더 이상한 건 이쪽에 이만한 고급 리조트가 있다는 말도 들어 본 적이 없었다.

"그런데 여기…… 리조트가 있었나요?"

"아직 영업하지는 않습니다만."

"아! 그렇군요. 저는 이런 일을 하는 사람입니다."

남자가 명함을 건넸다. 'People and Investigation' 라는 정체를 알 수 없는 회사명이었다. 아마 흥신소 같은 걸 적당히 포장한 영어 단어이리라. 미간을 좁힌 채로 명함을 보는 하경에게 남자가 슬그머니 용건을 말했다.

"이쪽으로 젊은 여자분이 들어오셨는데, 확인을 좀 해 봐도 괜찮을까요?"

그 순간 하경이 프런트 데스크 위에 남자의 명함을 소리 나게 내려놓았다. 차갑고 무감정한 눈동자로 하경은 남자를 기분 나쁘게 훑어보았다. 이 남자에게 쫓겨서 도서관이 엉망진창이 되어 돌아왔다. 마음 같아서는 발로 뻥 걷어차 주고 싶었으나 손하경은 훌륭한 문명인이었다.

"보아하니 경찰도 아니고 수색 영장도 없는데 무슨 자격으로 확인을 하는 겁니까?"

"네? 아, 아니……."

떳떳하지 않은 요청이라 남자가 우물쭈물했다. 하경은 때를 놓치지 않고 남자를 몰아세웠다.

"영업 전이라 리조트 내부는 공개할 수가 없습니다. 기밀이니까요. 그리고 분명 여기 사유지 표시가 되어 있을 텐데요? 아직 외부인은 출입을 금하고 있습니다."

"하지만 분명……."

지원이 이리로 들어오는 것을 확인했다. 남자가 의심스럽게 말을 이을 찰나, 하경이 선수를 쳤다.

"그쪽이 어떤 여자분을 찾고 계시는지 모르겠지만, 출입 금지인 사유지에 들어오셨다는 건 무슨 일을 당해도 상관없다는 뜻인 건 아시죠? 제가 총을 가지고 있었으면 서로 썩 좋지 않은 경험을 했을 겁니다."

사무적인 미소만 지은 채 태연하게 살해 협박을 하는 하경을 남자가 당황스럽게 올려다보았다. 이만큼 강하게 나오는 사람한테 먹힐 방법 같은 건 더 이상 없었다. 다년간의 경험으로 남자는 이쯤에서 물러나야 함을 알아챘다. 타깃을 눈앞에서 놓쳐서 안타까울 따름이었다.

"그럼 이쪽에 낯선 여자분…… 한국분이신데, 젊은 20대 여성입니다. 그런 분을 보시면 꼭 명함에 있는 번호로 연락주세요. 꼭 부탁드립니다. 중요한 일입니다."

"예, 알겠습니다."

……라고 하경은 뻔뻔하게 거짓말을 했다. 남자는 떨어지지 않는 걸음을 겨우 떼어 리조트 밖으로 사라졌다.

한편 두근두근, 지원의 심장은 계속 터질 듯이 뛰었다. 방음이 되어서 바깥 소리가 하나도 들리지 않아 걱정스러웠다. 그 남자가 막무가내로 리조트 안을 들쑤시면 어떡하나…… 신경 쓸 무렵, 엘리베이터 문이 스르르 열렸다.

"헉!"

지원이 숨을 컥 들이마시면서 쇼핑백을 품에 꼭 안고 벽으로 바싹 붙었다. 그러나 다행히 낯선 남자가 아니라 카센터의 모습이 보였다. 그는 잔뜩 긴장한 그녀를 내려다보며 빙그레 웃었다.

"갔어."

"갔…… 어?"

정말 다행이다.

지원이 안도의 한숨을 내쉬며 끌어안고 있던 쇼핑백을 풀어놓았다. 하경은 맨 위층 버튼을 눌렀다. 엘리베이터 문이 소리

없이 닫혔다.

"정말 이대로 끌려가는 줄 알았어. 오빠한테 말도 못 하고……."

다리에 힘이 풀려 주저앉아 있던 지원이 울먹였다. 계속 예민하게 살피며 떠느라 얼마나 심장이 졸아들었는지 모른다. 그제야 프런트 데스크에서 빌렸던 장우산이 떠올랐다. 뛰어올 때 어딘가 흘린 것이 분명했다.

"아, 우산 잃어버려서 배상해야 하는데……."

정신이 없어서 리조트 직원에게 알리지도 못했다. 그러나 이미 엘리베이터는 위를 향해 올라가는 중이었다.

"나중에 말해. 신경 쓰지 말고."

하경이 보기에 지금은 우산 따위가 중요한 게 아니었다. 이대로 도서관을 내버려 두면 큰일이 날 것 같았다. 발갛게 익은 얼굴은 보기만 해도 열기가 느껴졌다. 전속력으로 뛰어왔으면 탈수도 있을 것이다. 그녀가 잔뜩 지친 목소리로 징징거렸다.

"나 너무 힘들어……."

"그래, 알아."

맑은 종소리와 동시에 엘리베이터 문이 열리기 시작했다. 다리가 후들거려서 일어나지 못할 지경이라, 바닥에 주저앉아 있던 지원이 하경을 물끄러미 바라보았다. 그가 그녀를 훌쩍 안아 들었다. 그녀는 얌전히 그에게 안겼다.

"땀 냄새 날 텐데."

"그게 중요해?"

하경이 기가 막힌 투로 받아치자 지원이 입술을 삐죽거렸다. 하여튼 남자라는 생물은 여자의 섬세한 감정을 모른다. 좋아하는 남자에게는 항상 맑고 깨끗한 모습만 보여 주고 싶은데 말이다.

그녀를 침대 위에 내려 주고 나서 그는 엘리베이터 안에 남은 짐을 들고 돌아왔다. 아무래도 그녀는 이 물건들을 사러 나간 모양이었다. 그러다 하필, 들켜서 쫓긴 거고.

"혼자 어딜 갔다 온 거야? 여기가 얼마나 위험한데?"

"오빠 자는 동안 잠깐 신발 사러……."

침대에 쓰러지다시피 누워 있던 지원이 하경의 눈치를 힐끔 살피면서 대답했다. 그가 말없이 침대 밑에 쇼핑백을 가져다주었다. 쇼핑백을 열어서 신발을 꺼내 보여 주고 싶었는데 손가락 하나 까딱일 힘도 없다. 그녀는 미동도 하지 않고 조잘거렸다.

"그리고 오코노미야끼도 샀는데, 그 남자한테 던져 버렸어."

"잘했어."

그가 피식 웃으면서 칭찬했다. 따라 웃을 기운도 나지 않아 그녀는 희미하게 미소만 짓고 말았다. 침대 옆에 앉은 그가 그녀의 이마를 손으로 짚었다.

"열난다, 너."

"어지럽고 힘들어."

"일사병 아니야? 이 더위에……."

한숨을 섞어 대답한 도서관을 하경이 안쓰럽게 내려다보았다. 이마에 닿은 그의 손이 서늘하니 기분이 좋아 그녀는 눈을 감았지만 아쉽게도 곧 그의 손이 떨어져 나갔다. 눈가를 찡그리면서 그녀가 막 눈을 뜨자 눈앞에 생수병이 보였다. 냉장고에 있던 생수병이었다.

"찬물 좀 마시고 누워."

"으응."

살짝 상체를 들어 일어난 지원은 단숨에 500밀리리터 생수병 반 정도를 비웠다. 머리가 맑아지고 정신이 돌아오는 느낌이었다. 시원한 물이 들어가자 한숨이 절로 나왔다. 길게 숨을 뱉고 그녀는 도로 침대에 드러누웠다.

"다시 못 보는 줄 알고 죽을 정도로 뛰었어. 다시 못 보면 안 되잖아. 남은 시간, 아껴야지."

자신을 바라보면서 빙그레 웃는 도서관에게 하경은 차마 아무 대꾸도 할 수 없었다. 그래서 얼굴이 빨갛게 익을 정도로 뛰어왔다. 아까 봤을 때, 어디서 한 번 넘어졌는지 무릎에도 상처가 있었다. 그만큼 급했던 것이다. 심장이 죄어드는 듯해서 그는 말이 나오지 않았다.

지쳐 있는 지원을 바라보고 있기가 힘들어서 하경은 플라스틱 볼에 얼음이 가득 담긴 차가운 물을 받아 왔다. 말없이 빳빳하게 접혀 있는 수건을 물에 적시는 그를 대신해서 그녀가 대화를 이었다.

"새벽에 악몽을 꿨어."

"말하지 말고 좀 자."

그가 차가운 물수건을 그녀의 이마에 올려 주었다.

"아직 안 졸린데."

그녀가 잠투정을 하는 아이처럼 혼잣말을 했다. 그녀의 이마에 놓인 수건이 미적지근해지자 그가 다른 수건으로 바꿔 주었다. 물수건과 냉수 덕에 새빨갛게 익었던 그녀의 얼굴이 점차 색을 되찾아 갔다. 그녀의 눈동자도 또렷해졌다.

"근데 꿈속에서 내 옆에 오빠가 아니라 나이 많은 아재가 있었어. 그게 너무 끔찍하고 슬픈 거 있지?"

순간, 하경이 멈칫했다. 두 사람의 시선이 맞부딪쳤다. 상상하고 싶지 않았던 미래를 꿈으로 꾼 지원은 씁쓸하게 말을 계속했다.

"그래서 깼는데, 옆에 오빠가 없어서 아까 찾다가 서재에 들어갔던 거야."

새벽에 무슨 일이었느냐고 먼저 물어보고 싶었다. 왜 그렇게 가라앉은 표정과 기묘한 눈빛을 한 채 그녀가 왜 서재에 들어왔는지 알고 싶었다. 평소 하지 않던 행동을 한 이유가 궁금했다. 덧붙여 날카롭게 대해서 미안하다고 사과도 하고 싶었는데, 그녀가 먼저 이야기를 꺼냈다. 이렇게 지쳐 가지고.

"서류 보지도 않았는데 막 쫓아내고, 내가 얼마나 서러웠는지 알아?"

"미안해."

사과하는 하경의 목소리가 무겁게 울렸다. 이유를 알고 나자 더욱 마음이 복잡하고 아팠다. 그녀가 악몽이라고 칭한 꿈은 어떻게 보면 그녀의 미래나 마찬가지였다. 그녀의 불안한 감정이 꿈이 된 것이다. 홀로 힘들어 했을 도서관이 안쓰러워서 그는 그녀의 손을 꼭 잡아 주었다. 그의 손등 위로 그녀의 손가락이 살포시 놓였다.

"맥주 마시고 싶다."

지원이 눈을 감고 중얼거렸다. 이 와중에도 맥주 타령이라니, 도서관답다 생각하며 하경이 웃음을 섞어 말했다.

"열 조금 더 내리면 마셔."

"으응. 참, 아침으로 먹으려고 오코노미야끼 산 건데 못 먹게 돼서 아쉬워."

중얼중얼 열에 들뜬 환자처럼 말을 하던 그녀가 이내 조용해졌다. 지쳐서 잠든 것이었다.

하경은 그녀를 물끄러미 바라보았다. 아까 로비에서 낯선 남자가 입에 담았던 그녀의 이름을 그는 똑똑히 기억하고 있었다.

'윤지원 씨!'

남자의 외침 덕에 도서관의 이름을 우연히 알게 되었다. 윤지원. 플라스틱 볼에 담긴 물을 갈러 욕실에 들어온 하경은 소리를 최대한 낮추어 그녀의 이름을 되뇌었다.

"윤지원."

하지만 그녀의 앞에서는 부를 수 없는 이름이었다.

아무래도 안 되겠다. 아버지에게 도움을 요청해야겠다. 사랑하는 여자가 생겼으니 도와 달라고 부탁을 하면 그래도 하나뿐인 아들의 청인데 들어주지 않을까.

지원의 곁에 돌아온 하경은 그녀의 발을 쳐다보았다. 다친 무릎도 그렇지만, 발가락 끝 부분과 뒤꿈치가 지저분했다. 뛰면서 신발 밖으로 밀려 나온 부분일 것이다. 새 신발을 신고 뛰느라 발등과 엄지발가락 등에도 쓸린 자국이 있었다.

물수건으로 그녀의 발을 조심스럽게 닦아 주던 그가 한숨을 내쉬었다.

"다시 못 보는 줄 알고 죽을 정도로 뛰었어. 다시 못 보면 안 되잖아."

그녀가 웃으면서 하던 말이 가슴을 아프게 찔렀다. 도서관…… 아니, 윤지원은 손하경과 헤어지게 될까 봐 이 더운 날씨에 발등 피부가 다 까질 정도로 달려온 여자였다. 만난 것은 짧은 시간이었지만 서로를 향한 감정은 바다보다도 깊었다. 이런 게 운명이라면 운명이다.

'지금 서울은…… 새벽 한 시가 넘었겠네.'

이즈음에는 아버지도 주무신다. 아침 일찍 일어나는 아버지는 그만큼 일찌감치 잠자리에 들었다. 아버지의 기분에 달린 일인지라 달게 주무실 분을 깨워 말할 수는 없었다. 조금 있다가 조심스럽게 이야기를 꺼내야겠다.

　결혼하고 싶은 여자가 생겼다고.

　두통과 근육통으로 고통을 받으며 지원은 힘없이 일어났다. 낮잠을 너무 잤더니 이제는 잠도 오지 않을 지경이었다. 멍하니 침대 헤드보드에 기댄 그녀가 투덜댔다.

　"이대로는 안 되겠어. 내가 범죄자도 아닌데 이렇게 쫓길 수는 없잖아."

　도서관이 멀쩡히 깨어나기를 기다렸던 하경은 그녀에게 미지근한 물을 건넸다. 마침 목이 타던 터라 지원은 물 한 컵을 싹 비웠다. 다시 컵을 돌려받고 나서 그가 물었다.

　"그래서?"

　"집에 연락해서 말일에 귀국한다 말하려고. 월말까지 며칠이나 남았다고. 마음 편하게 지낼래."

　같이 보낼 수 있는 시간은 단 며칠. 하지만 하경은 그녀를 이대로 놓아줄 수는 없었다. 그가 다른 마음을 먹고 있는지도 모르고 그녀는 시간을 살폈다.

　"지금 서울은…… 아직 새벽 여섯 시네."

　물을 마시자 축 처졌던 몸에 활기가 돌았다. 물론 근육통이 아직 남아 있어서 걷는 게 불편했으나, 그녀는 끙 앓는 소리를 내며 침대에서 일어났다. 하경은 지원을 눈으로 좇았다. 그녀에게서 눈을 뗄 수가 없었다.

침실 구석에 처박아 두었던 캐리어에서 휴대폰과 충전기를 꺼낸 그녀가 난처한 표정을 지었다. 그러고 보니 한국과 다르게 미국은 110볼트를 사용했다.

"오빠, 나 변압기 없는데."

"기다려 봐. 충전기 가져다줄게."

하경이 이내 110볼트용 충전기를 가져다주었다. 지원은 방전된 휴대폰에 드디어 충전기를 연결할 수 있었다. 성질 급한 윤지원은 바로 휴대폰 전원을 켜고 테이블 위에 휴대폰을 내려놓았다.

"엄마한테 엄청 혼나겠지?"

"지금까지 한 번도 연락 안 드렸어?"

"당연하지."

지원이 대답하면서 눈가를 찌푸렸다. 시무룩한 것이 꼭 혼나기 전의 어린아이 같아 하경은 그녀의 머리를 쓰다듬었다. 이런 걸 보면 도서관 성격도 참 대단하다. 결혼하기 싫다는 이유로 머나먼 타국에 여행을 와서 연락을 끊어 버리다니.

부팅이 끝난 그녀의 휴대폰이 와이파이에 연결되자마자 폭탄처럼 메시지가 쏟아졌다. 깜짝 놀란 지원이 우르르 쏟아지는 메시지와 메일을 슥슥 넘겼다. 대체로 언니의 메시지였다.

"우와, 협박하는 것 좀…… 어?"

테이블 앞에 서서 휴대폰 화면을 들여다보던 지원이 멈칫했다. 돌아오면 가만두지 않겠다는 협박이 담긴 문장들 사이로 그녀의 눈길을 잡아끄는 메시지가 있었다.

[윤지원, 아버지 쓰러지셨어. 제발 연락 좀 받아라. 응?]

충격적인 메시지 내용 탓에 지원의 손에서 힘이 빠져 휴대폰이 테이블 위로 툭 떨어졌다. 깜짝 놀란 하경이 한달음에 그녀에게 달려왔다. 그녀는 얼음처럼 굳어 있었다.

"왜 그래?"

"아…….."

바로 대답하지 못하는 그녀는 그저 혼란스러운 눈빛만 내보였다. 그는 테이블 위에 널브러진 휴대폰을 집어 내밀었다. 그녀가 휴대폰을 받아 들며 더듬거렸다.

"아, 아빠가 쓰러져서 입원…… 했대."

"뭐?"

지원에게는 물론, 하경에게도 청천벽력 같은 소식이었다. 어쩔 줄 몰라서 머뭇거리던 그녀가 휴대폰을 꼭 쥐고 그를 올려다보았다. 아버지를 향한 걱정과 죄책감 등으로 그녀의 눈에 눈물이 올라와 있었다.

"나, 언니한테 전화 좀 할게."

지원이 눈빛으로 자리를 피해 달라는 부탁을 했다. 그녀의 가족사에 손하경이 끼어들 틈은 없었다. 그는 기꺼이 침실을 나갔다. 닫힌 문을 물끄러미 보고 있던 지원이 급히 언니에게 인터넷으로 음성 전화를 걸었다. 신호음이 얼마 가기도 전에 언니가 전화를 받았다.

"어, 언니."

—야! 너 미쳤어? 너 지금 어디야?

며칠 만에 듣는 동생의 목소리에 언니는 길길이 날뛰었다. 지원이 뭐라 대답하기도 전에 언니, 지수가 먼저 말을 이어나갔다.

—어디, 어디 다친 덴 없어?

"으응……."

걱정이 가득 담긴 언니의 목소리를 듣자 지원은 괜스레 미안해졌다. 다친 곳도 없고 오히려 행복한 시간을 보내고 있었다. 일단 안전하다는 동생의 말에 한시름 놓은 언니는 그제야 슬슬 머리에 스팀이 오르는 듯했다. 언니의 목소리가 잔뜩 가라앉았다.

—윤지원, 너 제정신이야?

"언니, 아빠 입원하셨다며?"

지원은 바로 본론으로 돌입했다. 잠깐의 정적이 휴대폰 너머에서 이어졌다. 지원은 본능적으로 언니가 현재 매우 화가 나 있다는 것을 깨달을 수 있었다. 우아한 문명인의 언어를 사용하기 위해 언니는 마음을 다스리는 중이었다.

—아버지 혈압 높은 거 몰랐어? 뇌경색으로 시술까지 받았어. 너 없어져서.

"뭐? 뇌경색?"

구체적인 병명을 듣자 지원의 눈앞이 아찔해졌다. 아버지에게 대체 무슨 일이 있었던 건가. 지원은 문득 무서워졌다. 언니는 화난 목소리로 계속 말했다.

―그러고도 네가 자식이니? 엄마도 지금 울고불고 난리 났어. 아버지 쓰러지셨지, 너 실종됐지, 엄마가 제정신이겠어? 그리고 제주도도 아니고 미국까지 날아가? 미쳤어? 결혼하기 싫다고 한국을 떠?

우다다다 밀려드는 언니의 책망에 지원은 차마 입술이 떨어지지 않았다. 뭐라고 변명이라도 하고 싶은데 언니의 말을 듣자 하니 자신이 너무 이기적인 선택을 한 것만 같았다.

"아니, 나는 그게……."

하지만 지원도 억울했다. 이렇게 될 줄 알고 저지른 미국행은 아니었다. 그저 부모님이 자신을 나이 많은 아저씨한테, 심지어 재취 자리에 팔아넘기려는 것에 대한 반항에서 시작한 일일 뿐이었다.

윤지원의 사정을 언니는 전혀 들어 주지 않았지만.

―당장 티켓 끊어서 돌아와!

"안 돼."

지원이 반사적으로 대꾸했다. 그녀의 시선이 닫혀 있는 침실 출입문에 닿았다.

―뭐가 안 돼? 돈 없어? 내가 끊어 줘? 아니다. 너, 귀국 티켓 끊었잖아.

"어떻게 알았어?"

―그건 네가 알 거 없고. 4일 남았네? 너 그때 돌아오는 거 확실하지?

언젠가 언니 친구가 항공사 승무원으로 일한다는 이야기를 들은 것도 같았다. 언니는 친구라든지 다른 인맥을 통해 알아본 게 틀림없었다. 지원은 여전히 출입문에 시선을 고정한 채로 또박또박 대답했다.

"그때 아니고 월말에 갈게."

―월말? 말일까지 거기 있겠다고? 미쳤니? 아버지 쓰러지셨다는 말 못 들었어?

언니의 기가 막힌다는 대답이 휴대폰을 타고 전해졌다. 지원의 어깨가 움찔했다. 그러고 보니 아버지의 상태에 대해서도 묻질 않았다. 가슴에 진하게 남는 죄책감을 묵묵히 견디며 그녀가 힘겹게 물었다.

"아빠 상태…… 많이 안 좋아?"

―입원하신 분이 상태가 좋겠니? 그래도 빨리 시술받은 거라 후유증은 많이 안 남을 거라곤 하는데 이참에 병원에 며칠 계신다고 했어. 그러니까 빨리 돌아오라고, 윤지원!

언니가 히스테릭하게 소리를 질렀으나 지원은 바로 대답하지 못했다. 오늘 당장도, 나흘 뒤도 이별하기에는 너무 이른 시간이었다. 지원은 아직 카센터와의 이별을 완전히 받아들일 수가 없었다.

안다. 시간을 끌수록 그를 향한 감정은 더욱 깊어지리라는 것쯤을 알긴 하지만 그래도 아직은 달콤한 꿈에 젖어 있고 싶었다. 어금니를 꽉 깨물고 있던 지원이 무겁게 입을 열었다.

"언니, 평생의 소원이야. 나 이번 달 말까지만. 응? 아빠 심각하지 않다며."

─웃기지 마. 평생소원은 무슨? 바로 돌아와. 엄마 며칠 전부터 인천 공항에서 너 기다리겠다고 그래서. 네가 진짜 자식이면 엄마, 아버지한테 이러면 안 되는 거야. 네 평생의 소원이라는 게 부모보다 중요한 일이야?

언니의 말이 지원의 심장을 쿡쿡 찔렀다. 지원은 언니가 한 마디를 할 때마다 숨이 턱턱 막히는 느낌이었다. 그래도 물러설 수는 없었다.

"⋯⋯말일에 들어갈게."

자매의 대화는 거기서 잠시 끊어졌다. 언니는 한참을 침묵만 지켰다. 지원은 언니의 침묵이 뜻하는 바를 알 것도 같았다. 언니는 지금 윤지원에게 실망하고 있었다. 언니의 실망을 뼈저리게 느끼면서도 지원은 굽히지 않았다.

그때였다. 차갑게 낮아진 언니의 말이 들렸다.

─너 진짜 너무한다, 윤지원. 나 임신한 거 알아?

뜻밖의 소식에 지원의 눈이 크게 뜨였다. 결혼 3년째, 언니는 아이가 들어서지 않아서 마음고생을 해 왔다. 결혼과 동시에 아이를 갖고 싶었던 언니는 임신이 되지 않아 엄마에게 울면서 한탄한 적도 몇 번 있었다.

그런데 드디어 임신이라니, 분명 축하할 일이었다. 이 상황과 어울리지는 않지만 지원은 축하 인사를 했다.

"진짜? 축하해. 드디어……."

─축하?

축하한다는 말에 언니는 피식 웃을 뿐이었다. 비아냥거리는 언니의 대꾸에는 지원을 향한 비난이 잔뜩 묻어 있었다. 지원은 눈만 깜빡거렸다. 언니가 조소하며 날카로운 소리를 뱉었다.

─엄마도 아버지도 너 때문에 나한테 축하한다 한 마디도 안 하시더라. 네가 미국까지 날아가서 그 지랄 떠느라고 어렵게 생긴 내 새끼는 축하도 못 받는다고.

크게 축하받아야 할 언니의 임신이 자신 때문에 흐려지고 말았다. 입이 열 개라도 할 말이 없어서 지원의 입술이 말라갔다.

─그것뿐이야? 너 없어졌다고 내가 엄마랑 아버지 달래고 수발들고 있어. 임신 초기 조심해야 한다는데 정신적으로도 힘들고 체력도 딸리고, 애 놓칠까 봐 네 형부 눈치 보이고…….

지원이 왼손으로 입가를 가렸다. 오랫동안 함께 살아온 자매는 서로의 성격과 기분을 잘 알았다. 지원이 죄책감에 시달리고 있음을 지수는 본능적으로 눈치채고 동생을 몰아갔다.

─너 진짜 나한테 너무하지 않니? 응? 엄마, 아버지에 하나 있는 언니한테까지 네가 지금 얼마나 폐 끼치는 건지 알기나 해?

언니에게도 미안하고 부모님께도 죄송하지만 지원 역시 물러설 수는 없었다. 조금만 더 이기적으로 행동하자. 그래 봤자 이번 달 말까지만 일탈하는 것이다. 어차피 이별은 예정되어 있었고, 돌아가면 원치 않은 결혼도 해야 했다. 고작 열흘이다. 막내딸을, 동생을 팔다시피 결혼시키려고 하면서 그깟 열흘도 용납하지 못한다는 건 너무하지 않은가.

앞날이 막막해서 지원의 속이 답답해졌다. 언니가 화를 내듯, 그녀도 원망을 담아 목소리를 높였다.

"원래 귀국 날짜랑 말일이랑 얼마나 차이 난다고 그래? 며칠만 더 있겠다고. 며칠, 그것도 못 기다려 줘? 평생소원이라고 했잖아."

감정이 격해져서인지 지원의 말끝이 떨렸다. 세상에서 그래도 가족만큼은 자신의 편이 되어 줄 줄 알았는데 그렇지 않다는 사실을 깨닫자 허탈했다. 지원의 기분이 고스란히 전해져서일까? 언니의 말투가 조금 차분해졌다.

─너 어디야?

"그건 왜?"

─엄마가 거기 간대.

대화 흐름이 이상하게 튀어 버리자 지원이 눈을 크게 뜨고 주변을 두리번거렸다. 엄마가 여기를 찾아오겠다고? 언니가 수작을 부리는 게 아닌가 의심스러워서 지원이 황당하다는 투로 물었다.

"뭐? 엄마 옆에 있어?"

─내가 지금 엄마 아버지 수발든다고 했지?

"아…….."

이른 시간에 엄마가 언니 옆에 왜 있나 했다. 갑작스럽게 사라진 자신 때문에 언니가 친정에 와 있는 모양이었다. 가슴에 죄책감이 무겁게 얹혔다. 언니도 답답한 심정을 토로했다.

─도대체 뭐 때문에 그래? 네 평생소원이 부모 형제보다 중요한 거야? 뭔데? 뭐가 그렇게 중요한데?

'뭐가 그리 중요하냐고?'

사랑.

목구멍까지 치민 단어를 지원은 꼭꼭 삼켰다. 심지어 그 사랑도 소소할 뿐이었다.

평생소원은 말일까지 그의 곁에 있는 것. 지원은 그 이상 욕심내지 않았다. 욕심낼 수도 없었고, 그래서도 안 되는 일이었다.

지원은 제 처지를 알고 있었다. 사실 미국행 비행기에 올랐을 때는 막내딸이 이렇게까지 거부하는데 부모님이 결혼을 재고해보지 않을까, 라는 희망도 갖고 있었다.

하지만 막상 도망치고 난 후, 홀로 깊게 생각할 여유가 생기자 부모님이 이 어이없는 결혼을 포기하지 않을 거라는 결론이 났다. 애초에 부모님이 막내딸의 반항 따위로 지원의 결혼을 포기할 정도였으면 혼담조차 받아들이지 않았을 테니 말이다. 부모님도 웬만해서는 이 결혼을 시키고 싶지는 않을 것이다. 또래도 아니고 나이 많은 사람에게 아껴 키운 막내딸을 보내고 싶을 리가 없었다.

그럼에도 불구하고 부모님이 이 결혼을 포기하지 못하는 이유는, 아마 경제적인…… 그런 이유일 것이다. 아버지의 사업이 어떻게 돌아가는지 지원은 관심을 갖지 않았다. 몇 번의 위기도 슬기롭게 모면한 아버지와 회사니까 알아서 잘 되겠거니 생각할 뿐이었다. 그러나 딸을 팔아서 회사를 지탱해야 할 정도면 생각보다 아버지 회사는 힘든 게 틀림없었다.

지원이 한참 말을 하지 않자 지수가 버럭 소리를 질렀다.

―왜 말 못 해? 말도 못 할 만큼 별것도 아닌 거 가지고 이러니?

별것도 아니기 때문에 말을 못하는 것이 아니라, 무척 소중한 것이기 때문에 말을 할 수 없는 것이었다. 가슴속에서부터 목구멍까지 울분 같은, 뜨거운 감정이 차올랐으나 지원은 눈을 감고 꾹 참았다. 언니가 오해를 하든 말든 중요하지 않았다.

―그래, 너 하고 싶은 대로 해. 아버지 돌아가시든, 엄마 미치든, 나 유산하든 너 원하는 대로 해.

"그런…… 말 하지 마."

언니가 말하는 최악의 시나리오는 끔찍하기 그지없었다. 가까스로 대답한 지원이 뜨거운 한숨을 내쉬었다. 기가 죽기 시작한 동생에게 언니는 가차 없었다.

―너 원래 20일 귀국이지? 그때까지 봐줄게. 근데 그날 안 들어오면 엄마가 어떻게 해서든 너 있는 데 찾아갈 거래. 말일에 오고 싶다고? 그래, 그 멀리까지 늙은 엄마 혼자 비행기 타고 가게 만들어 봐.

'아, 차라리 전화를 하지 말 걸.'

이런 상황을 차라리 몰랐더라면 마음만큼은 편했을 것이다. 집안 사정이 어떤지 몰랐더라면 사랑하는 사람의 곁에서 꿈 같은 나날을 알차게 보낼 수 있었을 텐데.

—가서 네 평생소원이라는 거, 엄마가 보고 다 엎어 버리고 오면 좋겠다. 그렇지?

무섭게 말을 뱉은 언니가 코웃음을 쳤다. 지원은 마른침이 절로 넘어갔다.

언니가 20일이라고 말한 건 그때까지는 윤지원이 어디서 무엇을 하고 다니든 모르는 척 눈을 감아 주겠다는 소리였다. 그 이후에 엄마가 직접 나설 수도 있다는 경고를 지원은 무시할 수가 없었다.

이미 오늘 오전에 리조트 입구까지 쫓겼다. 리조트 직원과 카센터가 어떻게 그 남자를 쫓아 버린 건지 잘은 모르겠지만, 이 리조트에 윤지원이 숨어 버렸다는 건 자명한 일이니 흥신소에서 사람들이 리조트 위치를 알려 주면 엄마가 못 찾아올 리가 없었다. 당장이라도 찾아오려면 찾아올 수 있을 것이 분명했다.

'어떡하지…….'

카센터의 얼굴에 엄마가 수표 몇 장을 던져 주면서 돈으로 유세를 부릴지 모른다는 생각만으로도 지원은 눈물이 날 것 같았다. 엄마도 정작 돈 때문에 막내딸을 결혼시켜야 하는 처지인데 말이다. 그녀는 입가를 가리고 있던 왼손으로 눈가를 쓸었다. 참지 못한 눈물이 손바닥에 묻어났다.

탄탄한 회사의 직원이었던 민철에게도 떨어지라며 3천만 원이라는 돈을 건넸던 엄마다. 자동차 정비사라는 남자에게 얼마나 더 심한 모욕을 줄지 상상도 가지 않았다.

지원의 사정을 자세히 모르는 사람에게 엄마의 행패는 당황스러운 일이리라. 지원은 쉬기 위해 여행을 왔으면서도 밤낮없이 일을 하는 남자의 자존심을 망가뜨리고 싶지 않았다.

엄마가 이쪽에 찾아올 가능성이 생긴 이상, 윤지원은 내키는 대로 행동할 수 없었다. 더는 막 나갈 수 없다는 뜻이었다. 자신이 원하는 것과 현실 사이에서 조율을 해야만 했다.

"……20일에 갈게."

─제발 철 좀 들어. 핸드폰 켜 놓고.

"끊어."

드디어 안심한 듯 언니의 목소리가 너그러워진 반면, 지원의 목소리는 절망적으로 변했다. 언니는, 엄마는, 아버지는 고작 열흘도 지원에게 양보해 주지 않았다. 아니, 어쩌면 이미 보름이라는 시간을 양보해 준 걸지도 모르겠다.

휴대폰을 쳐다보기도 싫어서 지원은 그대로 전원을 꺼 버렸다. 양손으로 얼굴을 감싼 그녀가 한숨만 길게 내뱉었다. 이달 말까지 그래도 열흘 정도 더 시간을 낼 수 있으리라 기대했는데 그 기대가 단숨에 꺾이고 말았다. 코앞으로 다가온 이별이 아득했다.

한참 동안 마음과 감정을 추스르고 나서 지원은 얼굴에서 손을 떼고 천장을 바라보았다. 높은 천장이 시원스러웠다. 이 천장을 바라볼 날도 겨우 나흘 남았다. 그녀는 충전기 케이블을 뽑고 휴대폰을 캐리어 안에 도로 집어넣었다. 심호흡을 여러 번 하고 난 다음에서야 그녀는 침실 문을 열고 나왔다.

문이 열리는 소리에 소파에 앉아 노트북 화면을 보고 있던 하경이 고개를 돌렸다. 지원을 보자 그가 노트북을 닫고 자리에서 일어났다.

"괜찮……."

"어떡하지?"

그가 말을 끝내기도 전에 그녀가 울먹였다.

"오빠, 나 그냥 귀국해야겠다."

"뭐?"

울고 싶지 않았는데 이상하게도 카센터의 얼굴을 보자 눈물이 나왔다. 서럽기도 하고, 슬프기도 하고, 한편으로는 그에게 미안했다.

"말일까지 있고 싶었는데…… 아무래도 안 될 것 같아."

지원의 집 사정이 많이 나빠졌나, 걱정스러운 탓에 하경의 표정이 싹 굳어졌다. 그녀가 그에게 다가가 허리를 끌어안고 품에 얼굴을 묻었다. 얇은 티셔츠가 그녀의 눈물로 젖어 들기 시작했다.

"아빠도 쓰러졌다고 하고, 엄마도 나 걱정하느라 울고 있다고 하고…… 내가 되게 이기적인가 봐."

"연락 했잖아. 이제 그럼 걱정은……."

하경이 다급하게 답하다가 도중에 입을 다물었다. 하긴, 연락을 했다 해도 직접 만나 보지 않는 이상 부모가 자식 걱정을 접을 리는 없었다. 대신 그는 울먹이는 그녀를 안고 등을 토닥여 주었다. 그녀가 혼잣말처럼 속삭였다.

"뭐가 잘못된 걸까?"

잘못된 일은 하나도 없고 잘못한 사람도 없는데.

"미국에…… 오지 말았어야 했을까?"

적어도 그녀가 이곳에 와 주었기 때문에 두 사람은 만날 수 있었다. 절대 잘못된 일이 아니었다. 눈물을 참으려는 듯 그녀의 어깨가 부들부들 떨렸다.

"그냥 아무것도 모르는 멍청이처럼 결혼했어야 했나 봐."

사랑하는 사람을 만나지 않았다면, 이만큼 절망적이지는 않았을 텐데.

자신을 탓하는 그녀를 보다 못해 그는 그녀의 양어깨를 부드럽게 쥐고 품에서 떼어 냈다. 아무래도 때가 온 것 같았다. 서울도 아침을 맞이했을 테니 아버지에게 연락을 해도 될 것이다.

가벼운 요깃거리를 준비해 두고 지원이 깨어나기만을 기다렸던 하경은 애써 침착하게 그녀를 진정시키고자 노력했다.

"일단, 샐러드 좀 먹고 있어. 오늘 내내 굶었잖아."

그러고 보니 지원은 배 속이 허했다. 아침부터 쫓겨 다니질 않나, 더위를 먹고 쓰러져 잠들질 않나. 하루 종일 먹은 거라고는 물뿐이었다. 가볍게 샐러드부터 권하는 그를 그녀가 멍하니 올려다보다가 물었다.

"……오리엔탈 드레싱 있어?"

역시 이 상황에 뭘 먹겠느냐는 말은 그녀에게 나오지 않았다. 훌쩍거리면서도 제 취향을 고집하는 그녀에게 그가 미소를 지어 주었다.

눈가가 발갛게 변한 지원에게 샐러드 그릇을 들려 주고 하경은 서재로 돌아와 아버지에게 전화를 걸었다.

"저예요."

하경의 목소리는 침착하면서도 긴장이 감돌았다. 휴대폰을 든 그의 손에 힘이 바짝 들어갔다.

―아침부터 뭐야? 뭐 또 사고 쳤어?

예상치 못한 아들의 연락과 분위기에 아버지는 불안에 떨기 시작했다. 아닌 척을 해도 아버지 대답에서 떨림이 느껴진다. 기가 막혀서 하경이 되물었다.

"제가 무슨 사고를 쳐요?"

과거에 저지른 일들은 생각지도 않는 아들에게 들으라는 듯, 아버지가 헛기침을 했다. 하경이 뭐라고 덧붙일 찰나 아버지가 먼저 평정을 되찾았다.

―무슨 일인데?

"저 좀 도와주세요."

―무슨 사고를 친 거야!

평정을 되찾고 1분도 지나지 않아 아버지는 다시금 폭발했다.

하경이 한숨을 길게 내쉬었다. 아버지가 더 이상 흥분하면 곤란했다. 어쨌든 도움을 구하는 쪽은 자신이었으니까.

"사고가 아니라…… 결혼하고 싶은 여자가 있어요."

—……사고 치지 말라고 했지?

하경은 억울했다.

"아직 아무 사고도 안 쳤다니까요."

도대체 아버지의 머릿속 손하경은 얼마나 심각한 망나니인 걸까? 영리한 편인 하경은 해도 괜찮은 일과 해서는 안 되는 일을 구분할 줄 알았다. 거하게 사고를 치던 친구들은 하경에게 나중에 정치할 것도 아니면서 왜 그리 몸을 사리느냐 비웃었지만, 그들은 결국 애물단지 취급을 받으며 한국에서 쫓겨나곤 했다. 이 정도면 즐길 것은 즐기고 지켜야할 것도 지키며 제대로 살아온 것 아닌가.

"하여튼 결혼하고 싶은 여자가 생겼어요. 아버지가 도와주셨으면 해서요."

마치 맡겨 놓은 것을 받아 가는 양 하경이 목소리에 힘을 주었다. 이렇게 된 이상 도서관을 꽉 잡아야 했다. 아버지라면 금전 문제가 있는 듯한 그녀의 집안에 충분히 힘이 되어 줄 수 있었다.

그러나 하경의 생각과는 달리, 아버지는 칼같이 거절했다.

—안 돼. 헤어져.

"……사정도 안 들어 보시고 헤어지라고요?"

황당하다는 투로 하경이 받아쳤다. 말을 하면서도 그의 눈앞이 캄캄해졌다. 사실, 아버지가 반대하리라고는 생각지 못했다. 당연히 힘을 보태 줄 거라고 여겼는데, 이럴 수가. 아버지는 청천벽력 같은 이야기를 계속 풀어놓았다.

―너 지금 혼담 진행 중이야. 귀국하면 말하려고 했는데, 이렇게 된 이상 지금 말해야겠다. 괜찮은 집 아가씨야. 너랑 나이 차이도 적당하고, 신부 수업 중…….

"누구…… 마음대로요?"

하경이 아버지의 말을 도중에 뚝 잘랐다. 싸늘하게 식은 아들의 목소리에 손 사장이 껄껄 웃으면서도 누굴 닮았는지 성질머리가 고약한 놈이라고 속으로 혀를 찼다. 부자의 성격이 똑 닮은 것을 당사자들만 몰랐다.

―내 마음대로지.

기가 막혀서 하경은 말이 나오지 않았다. 혼담? 그것도 본인의 의사는 상관없이 아버지가 진행 중인 혼담? 그는 정신을 차리기 위해 눈을 질끈 감았다. 이렇게 뒤통수를 맞을 거라고는 꿈에도 상상하지 못했다.

아들이 말이 없자, 손 사장이 대화를 이었다.

―돌아올 때까지 정리해. 못 도와준다.

아버지는 말을 번복한 적이 드문 편인 대신 말을 뱉기 전에 오랫동안 숙고하는 타입이었다. 그런 아버지가 도와줄 수 없다고 딱 잘라 말했다. 웬만한 방법으로는 아버지의 마음을 돌릴 수가 없겠다 싶어, 하경은 머리가 아파 왔다.

"제 행복이 우선이라고 하셨잖아요?"

—내가 언제?

"기억나지 않는 척하지 마세요. 어머니 돌아가시기 전에 두 분이서 그렇게 말씀하셨잖아요."

아버지가 자신을 도와줄 거라는 굳건한 믿음은 과거의 기억에서 나왔다. 병상에 누운 어머니는 하나뿐인 아들이 행복하게 건강한 삶을 살아가기를 바랐다. 분명 그 옆에서 아버지도 어머니의 손을 꼭 잡고 동조했었다. 그래 놓고 이제 와서 모르는 척이라니!

—좋아. 이야기나 들어 보자. 뭐하는 여자야?

허를 찔려서일까? 아버지가 한 걸음 물러나 주었다. 지푸라기라도 잡는 심정으로 하경이 대답했다.

"도서관 사서예요."

—미국인이야?

"아뇨. 우리나라 사람이에요. 직장도 서울이고."

아무래도 국제결혼은 반기지 않는 세대다보니 아버지는 외국인 며느리가 영 내키지 않는 모양이었다. 다행히 윤지원은 한국인이었다.

—뭐하는 집안이야?

절대 안 된다고 못을 박던 아버지가 그녀의 집안까지 물을 만큼 누그러졌다. 가장 중요한 대목이었다. 하경이 마른침을 삼켰다. 그녀가 나이 많은 남자에게 팔려 가듯 결혼한다는 사정을 제대로 포장해야 했다.

"평범한 집인 것 같은데 조금 복잡해요. 그래서 아버지께 도와달라고……."

─복잡한 집안 딸은 안 돼.

하경의 말을 끝까지 듣지도 않고 아버지가 다시금 반대했다. 꼬투리가 잡힐 줄 알았기에 하경은 당황하지 않았다.

"해결이 불가능한 일도 아니에요. 조금만 도와주시면 되는 일입니다. 우리한테는 힘든 일도 아니라고요."

그들에게 힘든 일은 아니지만, 다른 사람들에게는 힘든 일. 돈으로 못 할 일이 없는 것은 아니지만, 세상일의 대부분은 금전으로 쉽게 해결이 가능했다. 바로 요점을 파악한 아버지가 되물었다.

─돈 문제냐?

물론, 하경은 그녀의 속사정을 속속들이 알고 있지는 못했다. 그저 그녀가 했던 몇 마디의 말로 추측할 뿐이었다. 그녀는 손하경이 큰 회사 오너의 아들이 아니라 카센터 사장의 아들이라고 알고 있기 때문에 그의 도움을 바라지 않았고, 당연히 사정을 세세하게 풀어놓지도 않았다.

"……네. 아마도."

─그럼 더더욱 안 돼. 돈 욕심낼 집안 여자는 끝이 안 좋아. 여자애는 멀쩡해도 그 집안 때문에 안 된다고.

아들의 긍정에 아버지가 기다렸다는 듯 거절하는 이유를 늘어놓았다. 하경의 미간이 좁아졌다. 아버지의 의견은 그럴싸하게 들렸지만 따지고 보면 억지 주장이었다.

전에 술에 취한 도서관은 부모님이 이런 선택을 하리라고 상상하지 못했다며 한탄했었다. 아무래도 경제적 위기에 그녀의 부모가 어쩔 수 없는 선택을 한 듯했다. 곱게 키운 딸을 아버지뻘 되는 남자에게 시집보내야 하는 극한 상황만 해결하고 나면, 그녀의 집안사람들이 욕심을 부릴 일은 없을 것이다.

"그런 사람들 아니에요. 이번에만 어쩔 수 없이……."

―그걸 네가 어떻게 알아? 이번 한 번뿐인지, 매년마다 연례행사로 도와 달라고 거지처럼 구걸할지 어떻게 아는데?

조소가 담긴 질문에 하경의 말문이 막혔다. 아버지의 비약이 너무 심하다. 순식간에 모르는 사람들을 거지로 만들어 버리는 아버지의 오만함이 당황스러웠다.

아들이 대꾸를 못하자 아버지는 다시금 힘주어 말했다.

―절대 안 돼.

만약 자신에게 혼담이 오가는 상황이 아니었다면 아버지는 지금처럼 무조건 반대했을까? 하경은 고개를 저었다.

"그냥…… 반대하실 구실이 필요한 거잖아요."

―손하경. 넌 애비를 뭐라고 생각하는 거냐?

여유 만만하던 아버지의 목소리에서 인자함이 쏙 빠져나갔다. 그 뒤로 무거운 말이 이어지기 시작했다.

―기우는 결혼, 차이 나는 집안끼리 잘 살 수도 있어. 욕심 없

고 서로 배려하면 잘 살아. 근데 벌써부터 그 집에는 돈 문제가 있어. 한 번은 도와줄 수도 있지. 하지만 돈 문제 있는 집안은 계속 문제를 만들어.

'아……'

아버지의 말에 담긴 세월의 무게를 하경이 이길 수는 없었다. 그는 아무 대꾸도 하지 못했다. 부정하고 싶은데 부정할 수 없는 이유가 있었다. 아버지가 힘겹게 씹어뱉는 소리는 경험에서 우러난 소리였으니까.

─지금은 콩깍지 때문에 아무 상관 없다고 생각하겠지. 돈만 몇 푼 주면 그만이라고 생각할 테니까. 그런데 가족이란 게 그렇지 않더라. 10년이 지나고 20년이 지나면 어떻게 되는지 알아? 그 집안 식구들 중에 모자란다 싶은 놈들도 네 마누라만 믿고 회사에 기어들어 오려 할 거야. 그것만이 아니다. 가진 것 없는 지금도 돈 문제 만드는 사람들한테 돈이 많아지면 어떻게 될 거 같아? 문제가 얼마나 커질지 알아?

하경은 외가에 대한 추억은커녕 기억조차 얼마 없었다. 아주 어렸을 적에는 모르겠지만, 자신이 기억하는 한 외가 쪽 식구들과 만난 적은 한 번도 없었다. 어머니는 독하게 마음을 먹고 혈연을 끊어 냈었다. 별로 궁금하지는 않았지만 성인이 되고 나서 하경은 우연히 그 이유를 알게 되었다.

하경이 어렸을 적, 외삼촌들은 물론 사촌들까지 어머니에게 거머리처럼 들러붙었고 그중 질이 나쁜 몇몇은 어머니의 이름을 팔아 사기 등 범죄까지 저질렀었다. 하마터면 아버지 회사에 세무조사에 감사까지 들어올 뻔한 뒤로, 어머니는 질긴 혈연을 끊었다. 아마 그때부터일 것이다. 어머니가 방랑벽을 가지게 된 것이.

─기우는 것도 어느 정도여야지.

심지어 외가는 처음부터 빈곤한 집안도 아니었다. 하경의 외할아버지는 지방 유지로 근방 사람들을 상대로 사업도 하고 있었다. 그때까지는 괜찮았다고 한다. 하지만 욕심은 채울수록 끝이 없어지는 아이러니한 것이라, 재산을 물려받은 외삼촌들은 무리한 사업 확장과 도박 등으로 주저앉고 말았다. 그런 와중에서 그들이 믿었던 건 단 하나, 대기업 안주인이 된 막내 여동생이었다. 부유한 집안에서 남부러울 것 없이 자란 어머니는 믿었던 오빠들의 추한 모습에 적잖이 충격도 받았을 것이다.

─그리고 나한테 자식새끼가 하나라도 더 있었으면 네가 원하는 대로 살라고 내버려 두겠는데, 너 하나뿐이라 가만히 내버려 둘 수가 없어.

아버지의 마음을 이해하지 못할 건 아니었지만, 그렇다고 해서 지원을 포기할 수도 없었다. 어떻게 해야 하나, 막막한 가운데 하경은 타깃을 다른 쪽으로 돌렸다.

"저랑 혼담 오간다는 여자는 어느 집안 자식인데요?"

얼마나 대단한 집 자식일까? 돈 욕심낼 일 없는 집안? 아니면 회사에 도움될 만한 집안일까? 문득 하경은 얼굴도, 이름도 모르지만 자신과 혼담이 오간다는 그 여자에게 반감이 들었다. 그 여자가 윤지원과 다른 점은 그저 배경 하나뿐일 것이다. 그 배경이 아버지에게는 중요한 것이지만 말이다.

그러나 아버지는 쉽게 알려 주지 않았다.

─그 여자랑 정리하고 돌아오면 말해 주마. 지금 너한테 말해 봤자 그 아가씨한테 가서 행패나 부리겠지. 네 성질머리가 어떤지 내가 모를 줄 알아?

"그렇죠. 제 성격 잘 아실 테니까요."

행패를 부릴 생각은 하지도 않았지만 아버지에게 위기감을 주기 위해 하경은 굳이 부정하지는 않았다. 대신 그는 마지막 패를 꺼내 들었다.

"그런데 제가 안 돌아갈 수도 있다는 생각은 안 해 보셨어요?"

─아니?

역시 아버지를 상대하기란 만만치 않았다. 아들을 믿고 있다는 아버지의 대답은 오히려 하경을 옭아매기 충분했다. 하경이 대꾸할 타이밍을 놓치기 무섭게 아버지의 말이 이어졌다.

─넌 돌아와. 네 엄마가 마지막으로 뭐라고 했는지 기억하고 있을 테니까.

그 순간, 하경의 머릿속에 어머니의 유언이 절로 떠올랐다. 몇 번이고 곱씹느라 이제는 뇌리에 새겨진 말이었다.

"하경아. 제발 건실하게 살아라. 아버지 옆에서 잘 도와 드리고, 좀 반듯하게 살라고. 알았어? 여자 문제 만들지 말

고, 술 담배 적당히 하고, 건강이 중요해. 엄마처럼 담배 계
속 피우면 암에 걸려!"

김숙자 여사는 눈을 감기 전에 하나뿐인 아들에게 유언이랍
시고 잔소리를 했었다.

그 말에 뒤늦게 철이 든 하경은 금연을 하고 술을 줄이며 유흥
을 멀리했고, 아버지의 옆에서 제 몫을 하기 위해 노력해 왔다.

지금까지는 말이다.

―네 엄마 유언까지 무시하고 멋대로 살 아들놈이면 나도 필
요 없어.

아들의 마음속을 읽은 듯, 아버지의 목소리가 차갑게 울렸다.
하경의 눈동자가 크게 흔들렸다. 아버지 곁에 돌아가서 아버지
의 바람대로 정략결혼을 하지 않겠다는 것은 어머니 유언을 등
지는 셈이었다.

자식으로서의 도리와 남자로서의 감정이 맞붙었다. 하경의
입술이 바짝 말라갔다. 혼란스러운 가운데 아버지의 비아냥거
리는 말이 들렸다.

―그리고 말이야, 내가 안 도와주면 그 여자가 네 옆에 붙어
있을 것 같아? 돈 문제 해결도 안 되는데 뭐 하러 너랑 계속 만
나? 안 그러냐? 능력도 쥐뿔 없는 놈인데?

하경은 굳게 닫힌 문을 쳐다보았다. 미안하지만 바깥에서 혼
자 샐러드를 먹고 있을 지원은 아버지가 생각하는 그런 여자가

아니었다.

한 번도 본 적 없는 여자를 깎아내리는 아버지와는 더 이상 대화가 통하지 않을 것이다. 게다가 아버지는 도와줄 생각도 없지 않은가. 하경은 눈을 감고 아버지 설득을 포기했다.

"……끊을게요."

소리 없이 한숨을 내쉰 하경이 휴대폰을 막 귀에서 뗄 무렵이었다. 아버지가 웬일로 전화를 끊지 않고 물었다.

―잠깐. 그 여자, 이름이 뭐냐?

"그건 왜요?"

―왜 이름을 물어볼 것 같아?

불길하게도 아버지가 피식 웃었다. 이름과 직업, 거주 지역만 알아도 아버지는 어렵지 않게 지원을 찾아낼 것이다. 그 다음은 상상도 하고 싶지 않았다. 아들 옆에서 떨어지라고 그녀에게 돈 몇 푼 건네주는 거라면 신사적인 행동이리라.

"능력도 쥐뿔 없는 아들놈, 협박하지 마세요."

잇새로 툭 내뱉고 나서 하경은 전화를 끊어 버렸다. 지금은 아버지와 더는 말을 섞고 싶지 않았다.

'이제 어떻게 해야 하지.'

일찌감치 '건실하게' 살 걸. 말썽쟁이 아들을 신뢰할 수 없다는 이유로 아버지는 아무 재산도 그에게 물려주지 않았다. 심지어 주식마저도 어린 시절 미리미리 받았던 친구들과 달리 아직도 아버지가 전부 쥐고 있었다. 손하경이 스스로 움직일 수 있는 자산은 어머니가 돌아가시며 남겨 준 것이 전부였다.

그때였다.

"뭐해? 샐러드 다 먹었는데."

서재 문을 똑똑 두드린 지원이 문을 열고 고개만 쏙 내밀었다. 자신에게 허락된 공간이 딱 거기까지임을 그녀는 잊지 않았다. 그는 그녀를 멍하니 바라보다가 그녀에게 양손을 뻗었다.

"이리 와 봐."

잠깐 머뭇거리던 그녀가 희미하게 미소를 지으면서 들어왔다. 쪼르르 들어온 그녀가 그의 품에 쏙 안겼다. 그녀가 만드는 온기를 팔 안에 가둬 놓고 싶었다. 그가 힘없이 입을 열었다.

"내가……."

"응?"

"내가 너무 무능하고 한심해서 미치겠다."

"왜 그런 소릴 해?"

눈을 동그랗게 뜬 지원이 하경을 올려다보았다. 그가 아버지와 무슨 대화를 했는지 알 길 없는 그녀로서는 놀랄 만한 소리였다.

"나 때문에 그래?"

그는 대답하지 않았다. 긍정의 침묵이었다. 아니, 정확히는 그녀 때문이 아니라 나흘 뒤로 성큼 다가와 버린 이별 탓이었다.

"난 괜찮아. 그러니까 오빠도 괜찮을 거야."

그가 대답 없이 그녀를 물끄러미 응시하다가 가볍게 입을 맞추어 주었다. 코끝이 살짝 스쳤다. 서로의 숨결이 간지러웠다.

"다리는 어때?"

"다리? 아…….."

뛰다가 한 번 넘어져서 무릎이 까졌었는데 자고 일어나니 밴드가 꼼꼼하게 붙어 있었다. 카센터가 치료해 준 모양이었다. 그 외에 새 신발에 쓸려 상처가 난 발도 밴드투성이였다. 이 역시 그가 닦아 주고 일일이 밴드를 붙여 준 게 분명했다.

"완전 튼튼하지."

지원이 씩 웃어 보였다. 그는 고개를 끄덕이면서 그녀의 머리를 계속 매만졌다. 평상시와 다르게 두 사람 사이에는 정적만 자리했다. 무거운 분위기가 싫지만 그녀는 애써 밝은 목소리로 떠들었다.

"얼마 남지 않았잖아. 우울하게 있고 싶지 않아. 쇼핑도 하고 맛있는 것도 먹고 내일 죽어도 후회가 없게 잘 지내고 싶어."

그녀의 마음이 물씬 느껴지는 대답이라 하경이 고소를 지었다.

"……그래."

"오빠, 울지 마."

눈에 눈물을 가득 매단 쪽이 그녀 자신이면서 도서관은 마치 남의 일인 양 웃으며 장난스럽게 말했다. 그가 눈물이 번진 그녀의 눈가를 부드럽게 닦아 주었다.

하경은 지원을 끌어안아 토닥이면서도 머릿속으로 계산을 멈추지 않았다. 그녀는 몰라도 자신은 울고 있을 시간이 없었다. 당장 운용할 수 있는 손하경 명의의 재산이 얼마나 되는지 감이 잘 잡히지 않았다. 그것만으로도 힘들다면 아직 영업도 시작하지 않은 리조트를 기꺼이 처분할 생각까지 하경은 하고 있었다.

'미쳤지.'

사랑에 눈이 멀면 부모 형제도 못 알아본다더니, 손하경이 딱 그 짝이었다. 아버지의 신뢰를 저버려서라도 그는 그녀를 잡고 싶었다. 남들이 그에게 미쳤다고 손가락질을 하더라도 괜찮았다.

괜찮을 거다.

6장
오빠, 우리 나중에 다시 만나

시간은 누구에게나 공평하게 흘러간다.

지원은 눈을 반짝 떴다. 블라인드와 커튼을 뚫고 햇빛이 희미하게 들어오고 있었다. 오늘도 어김없이 날이 밝았다. 조금도 느려지지 않는 시간이 원망스러울 따름이었다.

슬그머니 고개를 돌리자 웬일로 잠들어 있는 카센터가 보였다. 아침에 일찍 일어나고 밤늦게 자던 사람이 아직까지도 깨어나지 못했다. 그녀는 그를 물끄러미 바라보다가 그의 품 안에 파고들었다. 결국 그가 지고 말았다.

"으음, 왜?"

이내 잠기운이 다 가시지 못한 그의 목소리가 울리자 그녀는 킥킥 웃으며 졸랐다.

"오빠, 일어나."

"……5분만 줘."

그는 정말 피곤한 모양이었다. 웬일이지 싶어서 지원이 눈을 동그랗게 뜨고 고개를 들었다. 팔꿈치로 몸을 지탱하며 살짝 상체를 들어 올린 그녀는 미간을 찡그리고 있는 그를 내려다보았다.

"오빠, 졸려?"

"응. 네 오빠 죽기 직전이야."

진짜로 다 죽어 가는 목소리였다.

"왜? 어디 아파?"

순진하게 묻는 도서관의 말에 하경이 근심을 담아 힘겹게 눈을 떴다. 눈이 마주치자 그녀가 배시시 웃어 보였다. 어제도 그제도 이 잔망스러운 여자 때문에 진이 다 빠졌다. 이틀 동안 그들은 지구 종말이라도 맞을 사람처럼 서로를 끊임없이 탐했다. 문제는 체력이었다.

손하경은 자신의 체력을 과신했다. 스무 살 때처럼 계속해서 힘이 솟으리라 믿었지만, 안타깝게도 그는 스무 살이 아니었다.

"으흐흥……."

지원은 말없이 자신만 응시하는 카센터를 내려다보다가 음흉한 미소를 지으면서 그의 가슴께에 손을 얹었다. 피로가 다 걷히지 않는 눈으로 그가 그녀를 멍하니 바라볼 때였다. 그녀의 손이 슬금슬금 아래로 내려갔다.

하경의 옆구리에 지원의 손이 닿았다. 그녀는 보란 듯이 민감한 부분을 건드리면서 계속 말했다.

"안 일어나면 여길……."

그 이상 들을 필요는 없었다. 그가 한 손으로 그녀의 손목을 덥석 잡아 멈추게 만들었다. 곧 그는 다른 손으로 그녀의 허리를 감아 자신에게로 끌어당겼다. 짧은 비명을 지르며 그녀가 그의 위로 쓰러졌다. 까르르 웃는 도서관의 음성에 그가 한숨을 삼켰다. 이틀이나 쉴 틈 없이 침대에서 굴렀으면서도 그녀는 지치지 않나 보다.

"네가 날 사랑한다면, 5분만 양보해."

그의 나직한 부탁에 그녀의 웃음소리가 뚝 멎었다. '사랑한다면.' 그 가정이 너무나도 무거웠다. 뜨겁고 짧은 사랑은 오늘, 그리고 내일 오전이면 끝이 난다. 이별을 상상하는 것만으로도 등골이 오싹했다. 이 남자를 다시는 못 보게 되는 것이다. 그녀는 혹 치밀어 오르는 뜨거운 감정을 겨우 내리눌렀다.

"……5분은 너무했고, 10분만 봐줄게."

지원이 애써 밝은 목소리로 대꾸했다. 그가 쿡쿡 웃으며 그녀를 안은 팔에 힘을 주었다. 두근거리는 심장 소리가 서글프게 와 닿았다. 상기하지 않으려고 해도 이별은 불쑥불쑥 저절로 떠오르곤 했다. 이별은 그들의 주변을 맴돌면서 불안이라는 감정을 흩뿌렸다.

"난 오빠가 생각하는 것보다 두 배로 사랑하는 거야."

"음……."

그녀의 속삭임을 제대로 들은 건지 그는 낮은 목소리로 모호한 대꾸만 했다. 그녀는 그의 가슴에 귀를 대고 지금 이 상황을 머릿속 깊이 새기려 노력했다. 영원히 잊히지 않도록. 가끔 그를 떠올릴 때 생생하게 기억할 수 있도록.

하경은 10분이 아니라 한 시간이나 더 자고 말았다. 마침내 충전이 완료된 그가 가볍게 몸을 일으켰다. 언제 그를 재촉했냐는 듯 지원은 그새 또 잠들었다. 아침 일찍부터 일어나서 보챈다 했다. 그는 그녀를 반듯하게 뉘어 주고 자리에서 일어났다. 일단 샤워부터 하고 나와야겠다. 바닥에 떨어져 있는 가운을 걸치고 돌아서려던 그가 멈칫, 그녀를 다시 내려다보았다.

내일 오전 열 시. 윤지원이 떠나야 하는 시간. 앞으로 두 사람에게 남은 시간은 만 하루뿐이었다. 하경은 소중한 존재를 만지듯 그녀의 얼굴을 조심스럽게 쓸었다.

이틀 동안은 서로에게 열중하기 위해 아무 생각도 하지 않았지만 이제 그녀에게 말할 때가 왔다. 떠나지 말고 자신을 선택하라고.

'내 옆에 있어.'

하경은 지원이 깰세라 입 밖으로 말을 뱉지는 않았다. 실제로 자신은 아버지의 신뢰와 어머니의 유언을 저버리면서까지 그녀를 붙잡고 싶었다. 그래야만 했다. 그렇지 않고는 남은 인생을 살아갈 자신이 없었으니까.

하경이 욕실로 들어가고 얼마 지나지 않아서 지원도 다시 깨어났다. 그녀는 인상을 찌푸리고 한숨을 내쉬었다.

'왜 또 잤지?'

1분, 1초가 아쉬운 마당에 자고 있다니 자신이 한심했다. 그녀는 눈가를 비비면서 벌떡 일어나 앉았다. 몸 이곳저곳에 둔탁한 근육통이 있었지만 참지 못할 정도는 아니었다. 그녀는 하경이 없는 빈자리를 멍하니 바라보았다.

"시간이 아까워."

그녀가 중얼거렸다.

카센터가 피곤해하는 이유를 모르는 건 아니었다. 그가 서재에 들어가 있을 때 잤던 그녀와는 달리 그는 휴가차 여행에 와서도 일을 했고, 그 시간 외에는 그녀의 옆에 머물렀다. 거기에 정력도 좋았다.

'역시 젊은 남자가 최고야.'

윤지원은 다시 한 번 진리를 깨달았다.

피 같은 시간을 흘려보내고 있던 도중, 드디어 카센터가 모습을 드러냈다. 인기척을 느끼자마자 그녀가 자리에서 일어났다. 샤워하고 나온 그가 머리끝에 맺힌 물기를 털어 내면서 그녀에게 다가왔다.

"오빠, 쇼핑몰 가자."

"지금?"

의아한 시선에 그녀는 대답 대신 고개를 끄덕였다. 그가 그녀의 긴 머리를 쓸어 넘겨 주며 물었다.

"뭐 사게?"

"옷이랑 화장품을 좀 사야겠어."

대강 입을 용도로 산 여름옷들은 질이 좋지 않았다. 지원은 자신을 돋보이게 만들 옷을 입고 싶었다. 빈약한 파우치도 불만이라 색조 화장품도 사야 했다. 그에게 남길 마지막 모습은 평소보다 더욱 예뻐야 했다. 그러나 지원의 속을 모르는 그는 한쪽 입가를 쓱 끌어올리더니 능글맞게 웃었다.

"옷이 필요해?"

말이 끝나기 무섭게 하경이 그녀를 쓱 훑었다. 그의 시선이 아무것도 걸치지 않은 그녀의 어깨를 지나 가슴 근처에 머물렀다. 시선이 더 아래로 내려가기 전에 그녀가 과장된 표정으로 아랫입술을 깨물면서 그의 등짝을 찰싹 때렸다.

"진짜 변태라니까! 어떻게 사람을 이틀 동안 가둬 놓고 굴리니?"

맞고도 기분이 좋은지 그가 소리 내어 웃었다. 그제야 그녀는 어제 정신없이 벗어 던졌던 가운을 주워 주섬주섬 입었다. 뾰로통하게 바라보는 그녀를 가볍게 안아 준 그가 그녀를 토닥였다.

"누가 들으면 내가 괴롭힌 줄 알겠다."

하긴, 괴롭힘을 당했다기에는 기분 좋은 나날이었다. 코끝을 찡그린 그녀는 더 이상 대꾸할 수 없었다.

"알았어. 씻고 나와. 나가게."

"웅! 점심부터 먹고 쇼핑하자."

"그래."

그의 가벼운 긍정에 그녀가 히죽 웃으면서 욕실로 들어갔다.

하경은 지원이 들어간 욕실 출입문을 말없이 응시했다. 요 이틀, 수소문 끝에 재정 관리를 업으로 삼은 동창과 연락을 하느라 평소보다 더욱 바빴다. 어머니가 물려주신 유산과 조금씩이나마 아버지에게서 받았던 재산을 합쳐 보니 그래도 수십억 대의 자산을 가지고 있었다.

오픈도 하지 않은 리조트를 멋대로 팔아넘겨야 하나, 걱정했는데 개인 자산만으로도 그녀를 도울 수 있을 것 같아 기대가 되었다. 설마 평범한 집안에서 이보다 더 많은 금액을 요구하지는 않겠지. 알거지가 되더라도 괜찮았다. 젊으니까 얼마든지 다시 일어날 수 있으리라고 그는 자신했다.

씻고 나온 지원은 벌써 나갈 채비를 마친 하경을 보고 조르르 달려왔다. 워낙 몸매가 좋아서인지 그의 평범한 캐주얼 차림도 근사했다. 보고 있는 것만으로도 만족스럽지만, 그를 만지면 더욱 흡족했다.

"오빠, 몸매가 진짜 좋은 것 같아."

"그래?"

"웅. 내가 본 남자 중에 제일 좋아."

그의 허리를 끌어안으며 그녀가 소곤거렸다. 그녀를 가만히 내려다보던 그가 농담처럼 말했다.

"그런데 설마 한 사람만 본 건 아니지?"

순간 정곡이 찔려서 그녀의 팔이 움찔했다. 그녀가 슬그머니 고개를 들자 웃음을 참느라 입술을 꽉 깨물고 있는 그의 얼굴이 보였다.

'아, 인간 윤지원…… 많은 남자를 만나 볼 것을.'

여기서 아니라고 거짓말을 할 수도 없는 게 이미 들통이 나 버렸다. 진작 박민철하고 헤어지고 남자를 여럿 거느려 볼 걸 그랬다.

"하, 한 사람은 아니고……."

결국 지원은 구차한 소리나 뱉고 말았다. 카센터는 웃음을 참지 못하고 터뜨렸다. 오랜만에 큰 소리로 웃는 그를 그녀가 불만스럽게 응시하다가 그의 옆구리를 쿡 찔렀다.

"너무 웃는 거 알아?"

"……미안."

웃음이 흐느낌이 되기 전에 하경은 겨우 진정할 수 있었다. 그녀가 입술을 삐죽거렸다.

"다른 남자들은 전남친한테 예민하게 군다던데."

"자신감 없는 못난 놈들이나 그렇겠지."

다른 남자에게 꿀릴 것 없는 손하경은 자신감이 가득했다.

팔짱을 낀 채로 거만하게 내려다보는 그가 얄미울 만도 한데, 한편으로는 그가 자신만만할 법도 하다는 생각이 들었다. 어떤 사람이 이 남자보다 멋있을 수 있을까. 과거에도, 현재에도, 그리고 앞으로 살아갈 미래에도 이 남자만큼 멋있는 사람을 만날 수는 없을 것이다. 지원이 여러 의미를 담아 한숨을 푹 쉬었다.

가볍게 점심을 먹고 하경은 지원이 원하는 대로 쇼핑몰 주차장에 차를 세웠다. 평소 가던 쇼핑몰이 아니라 고급 백화점으로 부탁해서 어쩔 수 없이 한 번 더 이동을 해야 했다.

차에서 내려 건물 입구로 들어가던 하경은 쇼윈도에 장식되어 있는 주얼리를 보고 지나가는 투로 말을 붙였다.

"생일이 언제야?"

"생일? 그건 왜?"

지원이 선글라스를 벗으며 되물었다. 그가 말없이 그녀를 응시했다. 그녀는 아닌 듯하면서도 무척 냉정한 편이었다. 지금도 개인 정보를 알 필요 없지 않느냐는 투로 선을 긋고 있지 않은가. 그는 그녀의 이런 모습이 불안하면서도 서운했다. 손하경은 윤지원에게 모든 것을 다 알려 주고 싶은데, 그녀는 그렇지 않은 것 같았다.

그가 설명을 덧붙이지 않아서일까, 그녀가 조심스럽게 대답했다.

"7월이야."

"아……."

그가 탄식에 가까운 소리를 냈다. 7월이라면, 다음 달이었다. 그는 그녀의 손을 잡은 왼손에 힘을 주었다. 그녀의 의아한 시선이 그에게 향했다.

"아깝네. 네 생일 챙겨 주고 싶었는데."

"괜찮아."

있을 수 없는 일을 기대하고 싶지 않아, 지원이 빙그레 웃어 보였다.

하경은 아무 대꾸도 하지 않았다. 그녀가 신경 쓰지 않는다는 양 말했지만 챙겨 줄 수 있을 것이다. 오늘 그녀를 붙잡고 나서 천천히 서로에 대해 알아 가면 되는 일이다. 그는 불안을 마음속 깊숙한 곳으로 밀어 두었다.

"오빠 몇 월이야?"

딱 그만큼만 허용된 관계라는 듯, 그녀는 날짜까지 묻지는 않았다. 서늘한 에어컨 바람만큼이나 그녀의 질문은 차가웠다. 하경이 담담하게 대답했다.

"11월."

"11월……."

지원은 그의 말을 반복했다. 또 새로운 정보를 알았다. 11월에 그의 생일이 있다니, 아마 올해부터 11월은 그녀에게 특별한 달이 될 것이다. 1일부터 30일까지 그의 생일이 언제일까 고민하느라 11월은 빠르게 흘러가리라.

1층에서 화장품부터 구입하기로 결정한 지원은 자신이 자주 쓰는 브랜드 매장을 찾아 두리번거렸다. 유명한 고가 브랜드 매장답게 눈에 잘 띄는 곳에 큼직하게 자리 잡고 있었다. 매장 직원이 깍듯한 미소를 지으며 다가올 무렵이었다.

"고르고 있어."

하경의 목소리에 지원이 번쩍 정신을 차리고 뒤를 돌아보았다.

"응? 어디 가는데?"

"잠깐만 여기 있어. 나 올 때까지."

"가지 마, 오빠."

방금 전까지 직원과 눈을 맞추고 있던 지원은 엄마를 붙잡는 어린 아이처럼 그의 팔을 꽉 잡았다. 잠시도 떨어지고 싶지 않다는 눈빛이었다. 그녀의 불안이 전염되어서일까? 발이 떨어지지 않았지만 애써 마음을 다잡은 그가 피식 웃으면서 말했다.

"미안한데 네 오빠 화장실 좀 다녀와야겠다."

"어? 아……."

얼굴이 붉어진 채로 그녀가 팔을 놓아주자 그가 소리를 낮추어 쿡쿡거렸다. 그는 그녀의 머리를 거칠게 흩뜨리고는 돌아섰다. 그녀는 점점 멀어지는 뒷모습에서 눈을 뗄 줄 몰랐다.

'이별을 어떻게 해야 하나.'

지원의 눈가가 시큰거렸다. 잠깐 헤어지는 것도 이만큼 무서운데, 앞으로 그를 다시 보지 못한다는 게 얼마나 끔찍한 일일지 상상도 되지 않았다. 그동안 애써 이별을 외면하며 활기차게 초연한 척을 하고 있었다. 불안이 확 끼쳐 오자 그녀는 어쩔 줄 몰랐다.

'안 돼. 헤어지면 죽을 거야.'

가슴이 너무 아파서 시름시름 앓다가 말라 죽을지도 모른다.

그녀가 망연한 얼굴로 대리석 바닥만 내려다보는 도중, 직원의 친절한 목소리가 들렸다.

"도와드릴까요?"

직원의 사무적인 눈길이 닿자 지원의 이성이 돌아왔다. 문득 언니가 했던 말이 떠올랐다.

"네가 진짜 자식이면 엄마, 아버지한테 이러면 안 되는 거야. 네 평생의 소원이라는 게 부모보다 중요한 일이야?"

2주 동안의 사랑보다는 29년을 곁에 있어 준 부모가 더욱 중요했다. 이별하면 죽을 것 같더라도 그와 헤어져야 했다. 감상에 빠져 있을 시간은 없었다. 지원이 감정을 다스리고 고개를 들었다.

"먼저 파운데이션을 보고 싶은데요. 제가 쓰는 게……,"

진열된 물건을 살피면서 그녀가 익숙한 제품을 가리켰다. 이별을 피할 수 없다면, 자신이 만들 수 있는 가장 예쁜 모습으로 헤어지고 싶었다.

파운데이션과 새빨간 립스틱, 신제품이라는 여름 한정 섀도 팔레트와 눈매를 또렷하게 만들어 줄 아이라이너까지 거의 풀세트를 구입한 지원은 한참 동안 하경을 기다려야만 했다. 화장실에 잠깐 다녀온다더니 이 남자가 대체 어디서 뭘 하고 다니는 건지 통 알 수가 없었다.

기다리는 동안 매장 직원은 지원에게 서비스로 직접 메이크업을 해 주었다. 로맨틱한 분홍빛 섀도를 눈가에 발라 주며 직원은 남편이 좋아할 거라는 말을 건넸다. 지원은 아무 대답도 하지 않고 빙그레 미소만 지었다. 왼손 약지에 자리한 반지가 무거웠다.

내일 오전까지의 인연일 뿐인데.

그때, 그가 사라졌던 방향에서 기다리던 모습이 나타났다. 안도의 한숨을 길게 내쉬면서 그녀가 그에게 종종걸음으로 달려갔다.

"왜 이렇게 늦게 와? 옷도 봐야 하는데."

지원이 불만스럽게 투덜거렸다. 하경은 멋쩍은 시선으로 말을 돌렸다.

"화장했어?"

"오빠가 하도 안 와서 매장 언니가 해 줬어."

"예쁘네. 살 건 다 샀어?"

화장실 다녀온 사람에게 꼬치꼬치 캐물을 수도 없으니 말 돌리는 것도 이해는 한다. 그녀는 대답 대신 쇼핑백을 들어 보였다. 여자 화장품은 립스틱밖에 모르는 터라 하경은 그러려니 넘기고 고개를 끄덕였다.

"마음에 드는 거 샀고?"

"응. 근데 얼굴이 많이 탔나 봐. 파운데이션이 한 톤 낮아졌어."

제일 처음에 지원이 가리킨 파운데이션 샘플을 매장 직원이 발라 주었는데 얼마나 놀랐는지 모른다. 원래 쓰던 색이 허옇게 뜬 탓이었다. 그녀는 절망스럽게 직원을 바라보았고, 직원은 고개를 절레절레 저었다. 결국 한 톤 어두운 색으로 사야 했다.

"땡볕에 돌아다니니 타지 않을 리가."

상행 에스컬레이터에 오르고 나서 하경이 가볍게 대꾸했다. 푸드 트럭까지 걷질 않나, 이 더운 날씨에 추격전을 벌이질 않나 피부가 그을리지 않는 게 이상한 일이었다.

역시 남자는 여자의 섬세한 감성을 모른다. 그래도 꼬박꼬박 나가기 전에 자외선 차단제를 듬뿍 발랐었는데 별로 도움이 되지 않았다니! 그녀는 울상이 되었다.

"어떡하지? 안 돌아오면?"

"괜찮아. 그래도 예쁘니까."

카센터의 말은 신기하게도 마법처럼 그녀의 마음을 가라앉혀 주었다. 진심이 가득 담긴 눈빛에 피부에 대한 절망적인 생각이 싹 사라졌다.

하긴, 서울에 돌아가면 자신의 운명은 딱 정해진 대로 흘러갈 것이다. 누군가에게 예뻐 보일 필요도 없었고, 무기력이 다시 돌아오면 자신을 꾸미고 싶은 생각도 들지 않을 것이다.

"그래, 오빠한테만 예쁘면 됐지."

지원은 진리를 깨달은 듯 혼잣말을 중얼거렸다.

관광지 백화점이라 여성복 코너에는 손님이 많았다. 신상품을 걸친 마네킹들을 쭉 훑어보던 지원은 원하는 옷을 찾아 움직였다. 깔끔한 디자인도, 디테일이 많은 디자인도 좋다. 그저 딱 하나, 하얀색 원피스이기만 하면 됐다.

꼭 웨딩드레스 같은 옷.

민소매에 무릎까지 넓게 퍼지는 심플한 원피스를 보고 그녀가 걸음을 멈추었다. 빳빳한 재질이지만 축 처지지 않게 재단이 잘 된 치맛단이 마음에 들었다. 더 이상 옷을 찾아 헤맬 필요는 없었다.

"이걸로 사야겠다."

"더 안 돌아봐도 괜찮아?"

"응."

지원이 단호하게 대답했다. 남은 시간을 쇼핑 따위에 쏟기에는 아까웠다. 그녀는 옷이 몸에 맞는지 입어 보지도 않고 사이즈만 맞추어 결제했다. 하경은 그녀의 얼굴에 올라온 초조함을 읽으면서도 말없이 가만히 있었다.

백화점을 나와 주차장에 도착한 지원은 뒷좌석에 쇼핑백을 몰아넣고 그제야 한숨을 푹 내쉬었다. 뭔가 한고비를 넘긴 느낌이었다. 그녀는 강박증 환자처럼 시간을 살폈다. 벌써 네 시가 다가오고 있었다.

"오빠, 우리 불꽃놀이 하자."

조수석에 앉자마자 지원이 시동을 거는 하경에게 말을 붙였다. 뜬금없는 소리에 그가 의아한 시선을 보냈다.

"불꽃놀이?"

"응. 이따 밤에 하고 싶어."

파티 용품은 백화점이 아니라 다운타운에 있는 관광 용품점에서 살 수 있었다. 그가 머릿속으로 막 최단 거리를 계산할 때였다. 그녀가 등받이에 몸을 푹 기대면서 말했다.

"스파클라만 사면 될 것 같아."

헤어지기 전날 밤이지만 지원은 마치 이별을 축하라도 하듯 불꽃놀이를 하고 싶었다. 카센터와의 첫날밤처럼 마지막 밤도 추억이 되기를 바랐다.

"알았어."

그녀의 마음을 아는지 모르는지 그는 가볍게 고개를 끄덕였다. 그녀는 창문을 완전히 열고 창틀에 팔을 얹었다. 에어컨 덕분에 서늘하던 차 안 공기에 바깥의 덥고 습한 공기가 들어와 미적지근하게 섞이기 시작했다.

"덥지 않아?"

"괜찮아."

몸을 살짝 틀어 양쪽 팔을 창틀에 올린 그녀는 눈을 감고 바깥 공기를 들이마셨다. 가장 오랫동안 기억에 남는 감각은 후각이라고 한다. 지원은 지금 이 순간을 시각이 아니라 가장 오래 남는다는 후각으로 기억하고 싶었다. 언젠가 비슷한 냄새를 맡으면 오늘이 저절로 떠오를 수 있도록.

*　　*　　*

스파클라 불꽃이 어두운 공간을 밝혀 주었다. 불이 붙기 무섭게 화르륵 타오르는 불꽃은 오래지 않아 사그라졌다. 지원은 이 불꽃이 꼭 자신의 짧은 사랑과 닮았다는 생각이 들었다. 보름도 되지 않아 뜨겁게 사랑하고 꺼져 버리는 것이 말이다.

"수미상관 같은 느낌이야."

"뭐가?"

그녀가 원하는 대로 하경은 열심히 스파클라에 불을 붙였다. 전에는 서너 개씩 들고 해변을 뛰어 다니던 도서관은 오늘 얌전히 바위 위에 앉아서 스파클라 불꽃만 쳐다보았다. 차분하게 가라앉은 공기가 그녀의 주변을 맴돌았다.

"첫날밤…… 이라고 해야 할까? 첫날밤, 그날하고 오늘이 비슷하게 흘러가는 느낌이야."

처음으로 같이 밤을 보낸 그날도 오늘처럼 같이 저녁을 먹고, 폭죽을 사서 해변에 왔었다. 그날과 오늘이 다른 건 손에 들린 맥주 캔뿐이었다. 미지근하게 식어 가는 맥주를 단숨에 비우고 그녀가 하염없이 불꽃을 응시했다.

"그래서 꿈을 꾸는 것 같아."

눈앞으로 다가온 이별이 꼭 꿈같았다. 내일 눈을 떠도 변함없이 카센터와 시간을 보낼 수 있을 것 같다는 착각이 그녀의 가슴을 꼭 죄어 왔다. 하지만 윤지원은 내일 이곳을 떠나야 했다.

지원의 시선이 우울하게 불꽃에 머무를 무렵, 하경이 무겁게 입을 열었다.

"너한테 할 말 있어."

"뭔데?"

"가지 말라고."

참 이상하게도 지원은 웃음이 터져 나왔다. 어째서일까? 그의 입에서 가지 말라는 말이 나올 줄은 몰랐다. 단순하고 직설적인 말이 우스운 것은 아니었다. 그저 그의 말을 듣자 이 상황이 별 것 아니라는 생각이 들 뿐이었다. 그녀는 스파클라를 잡지 않은 손으로 입가를 가리고 웃다가 한숨을 길게 내뱉었다.

"나도 가고 싶지 않지."

돌아가 봤자 미래는 뻔해서 그녀는 이달 말까지만이라도 그의 곁에 있고 싶을 정도로 귀국하고 싶지 않았다. 그녀가 울적한 마음을 애써 숨기면서 그의 어깨에 머리를 기댔다.

"근데 가야 하잖아."

언니의 전화로 집안 상황이 어떤지 들었던 터라 지원의 마음에 빚이 무겁게 남았다. 효녀까지는 아니더라도 불효녀는 되고 싶지 않았다. 지원이 모든 것을 포기한 투로 대답하자 하경은 스파클라에 불붙이는 것을 멈추고 말했다.

"내가 도와줄 수 있다면 어떡할래?"

순간, 지원의 어깨가 움찔했다. 그녀가 기대고 있던 고개를 들어 그를 바라보았다.

"도와줘? 날?"

전혀 상상하지 못한 이야기가 나와서일까, 지원은 혼란스러웠다. 그녀의 목소리가 떨렸다. 그를 향한 눈빛도 흔들리고 있었다.

"오빠가…… 어떻게?"

"돈 때문이지?"

하경이 핵심을 짚었다. 잠시 말문이 막힌 지원이 입만 벙긋거렸다. 도저히 극복할 수 없는 재정적인 위기가 아니고서는 부모님이 귀하게 키운 막내딸을 늙은 남자에게 시집보내지 않을 것이다.

"필요한 돈을 오빠가 만들어 주겠다는 거야?"

그가 무겁게 고개를 끄덕이자 지원은 한숨이 절로 나왔다. 분명 아버지 회사에 필요한 금액은 평범한 사람들이 상상하기 힘든 액수일 것이다. 카센터를 운영한다는 그의 힘으로는 어려운 일일 터. 하지만 지원은 솔직하게 말하고 싶지 않았다. 도울 수 없는 일인데 굳이 사정을 설명해서 그가 절망하는 모습을 보고 싶지 않았다.

"아니야. 오빠가 어떻게 그래."

"그럼, 이대로 정말 다 끝내겠다고?"

하경이 이대로 놓칠 수는 없다는 듯 지원의 손목을 세게 잡았다. 그녀는 그에게 잡힌 손목을 조용히 내려다보았다.

"오빠, 돈 많아?"

순간, 하경은 긴장했다. 아버지가 도와주기만 한다면 망설일 것도 없이 긍정하겠는데, 당장 운용할 수 있는 자금은 얼마 되지 않았다. 그래도 설마 평범한 집안에서 수십억 원의 자금을 필요로 할까? 그는 어느 정도 자신이 있었다. 그가 긍정도, 부정도 하지 않자 그녀가 먼저 대화를 이었다.

"진짜 많이 필요해."

"얼마나?"

말문이 막힌 지원이 그를 물끄러미 쳐다보았다. 얼마나? 회사 하나를 사들일 수 있을 만큼일까? 아니면 신기술을 위한 투자금? 잘 모르는 지원이 지나가다 주워듣기로는 기술 개발을 하는데 기본적으로 백억 단위라고 했다. 짐바브웨 달러도 아니고 한국 돈으로.

"아니야, 됐어."

백억 단위의 액수를 말하려다가 그녀는 입을 다물고 고개를 저었다. 보통 사람들은 꿈도 꿀 수 없는 금액이었다. 물론 카센터는 고급 리조트의 가장 좋은 스위트룸에서 한 달 넘게 머물고 있는 사람이지만, 부유하다 할지라도 그토록 큰 금액을 단숨에 만들어 낼 수 있을 리가 없었다.

"미리부터 포기하지 말고 이야기를 해 봐."

하경이 지원을 재촉했다. 그녀는 그를 빤히 쳐다보았다. 가능하면 그의 자존심을 망가뜨리고 싶지 않았는데, 어느 정도는 감수해야 할 듯했다. 그녀는 최대한 농담인 척 웃으면서 입술을 떼었다.

"오빠가 대통령 아들이라고 해도 안 될 거야."

"뭐?"

대통령까지 들먹이는 그녀의 말에 그는 기가 막혔다. 아, 어쩌면 지하 경제와 관련이 있을지도 모르겠다. 양지에서 일어나는 일이 아니라 음지에서 생긴 사건이라면 대통령도 돕지 못할 테니 말이다.

그가 조심스레 물었다.

"혹시 불법…… 적인 일이야? 조폭이라거나, 범죄 같은."

"그런 건 아니지!"

깜짝 놀란 지원이 바로 부정했다. 미간을 확 찌푸린 표정을 보니 진심인 모양이었다. 답답해진 하경이 한숨을 뱉었다.

"대체 뭐가 안 된다는 거야, 그럼?"

"오빠가 가진 걸로는 부족하다는 말이야."

결국 지원은 하고 싶지 않았던 말을 해야만 했다. 제아무리 카센터가 크고 번성한다 해도 대기업을 이길 수는 없는 노릇이었다.

'부족하다고?'

하경의 머릿속에 갈등이 자리 잡았다. 여기서 그냥 솔직하게 말할까? 아버지의 도움을 구할 수는 없겠지만 그래도 큰 회사의 후광이라는 게 있기 마련이었다. 회사의 도움을 받지 못하더라도 그녀의 마음을 안심시키기에 은찬 자동차라는 회사명은 충분할 것 같았다. 그가 마른침을 삼키고 입을 열었다.

"사실 내가……."

"오빠."

그러나 그녀는 그의 말을 끝까지 듣지 않았다. 말허리를 뚝 자른 뒤, 그녀의 단호한 눈빛이 그에게 향했다.

"물론, 오빠가 내 생각보다 더 부유할 수는 있겠지. 그런데 오빠, 그거 오빠 거 맞아? 오빠 같이 젊은 나이에 스스로 그만큼 재산을 쌓았다고?"

지원의 말에 하경은 더 이상 말을 잇지 못했다. 그녀는 마치 그의 마음을 꿰뚫어 본 듯 허점을 정확히 찔렀다. 맞다. 아버지의 신뢰를 저버리기로 한 이상, 아버지의 후광은 가져갈 수가 없는 것이었다.

게다가 회사 이름을 알려 봤자 그녀가 잠깐 안도할 뿐, 어쨌든 아버지는 복잡한 집안의 딸인 도서관 사서 따위를 받아 줄 생각은 없었다. 심지어 아버지는 그녀에게 무슨 짓을 벌일 수도 있다는 암시까지 했었다.

어떻게 해야 할까? 역시 도서관을 다시 만나서 숨기는 편이 제일일 것 같긴 하다. 그녀를 붙잡아 두는 것도 중요하지만 무엇보다 그녀의 안전이 가장 중요했다. 말이 새어 나갈 것을 염려해서 하경은 자신의 정체를 말하지 않기로 마음을 고쳐먹었다.

확실한 돌파구가 보이지 않아 하경이 여러 가지 플랜을 두고 복잡하게 저울질을 할 즈음, 지원이 하늘을 올려다보면서 털어 놓기 시작했다.

"언니랑 통화하고 나서 생각을 많이 해 봤어. 언니가 나보고 이기적이랬거든? 처음에는 너무 억울했어. 언니랑 엄마, 아빠가 더 이기적인 거 아닌가? 자기들 좋자고 나를 팔아넘기는 거 아닌가……."

나이 많은 아저씨의 재취 자리로 가게 되었는데 지원은 자신에게 그까짓 열흘도 더 양보하지 못하는 가족들이 야속하다는 생각도 했었다.

"하지만 가족은 이것저것 따지는 사이가 아니잖아. 남도 아니고. 누가 이기적이고, 누가 덜 이기적이고…… 이런 걸 따지는 게 아니라 위기가 닥치면 서로 도와 가면서 사는 거니까."

서울에서는 보기 힘든 별 밭이 밤하늘에 펼쳐져 있었다. 은빛으로 빛나는 수많은 별들을 보던 그녀가 다시 그에게로 고개를 돌렸다.

"아빠는 언니랑 나를 늦게 봐서 엄청 아꼈거든. 언니 결혼하는 날에 아빠가 펑펑 울 정도였다니까. 그런 아빠가…… 이런 선택을 했어."

과거를 회상하며 희미하게 미소 짓고 있던 지원이 씁쓸하게 말했다. 아버지의 선택을 당사자인 지원은 결코 환영할 수는 없지만, 이해는 갔다.

"그게 다 어쩔 수 없으니까 이렇게 된 거라는 생각이 들더라고. 어쩔 수 없으니까 마지막 선택을 한 거라고. 그렇다면 아빠 마음도 좋지는 않겠지."

아버지가 늦은 나이에 본 막내딸의 결혼 계획을 세우며 얼마나 가슴이 아팠을지 상상도 가지 않았다. 거기에 반발한 막내딸이 이역만리 외국까지 가서 실종되었으니 쓰러질 만도 했다. 막상 플로리다행 비행기에 올랐을 때는 가벼운 생각뿐이었던 터라 일이 이렇게까지 될 줄은 몰랐기에 지원은 자신 때문에 폭삭 늙었을 부모님에게 죄송했다.

그녀는 손을 들어 무표정한 그의 얼굴로 가져갔다. 그녀의 손이 그의 뺨에 닿자, 그가 그녀의 손을 감쌌다. 두 사람의 눈이 서로를 담았다. 그녀가 계속 말을 이었다.

"만약 내가 여기서 이기적으로 오빠를 선택하면 난 평생 죄책감에 시달릴 거야. 나 때문에 집이 망할 테니까. 그리고 가끔 오빠랑 싸우기라도 하면 엄청 서러울 거야. 오빠한테 보상 심리가 생길지도 몰라. 난 부모까지 등지고 왔는데 왜 나한테 안 맞춰 주냐고."

"그럴……."

"난 오빠한테 추한 모습 보여 주고 싶지 않아."

그럴 리 없다고 부정하려던 하경이 지원의 우울한 눈빛에 입을 다물었다. 일리 있는 말이기도 했다. 그를 단지 카센터 사장의 아들로만 알고 있는 그녀로서는 당연한 추측이었다. 그녀는 그에게 금전적인 기대를 전혀 하고 있지 않았다.

"반대로, 오빠도 나한테 보상 심리가 생길 거야. 오빠 말대로, 가진 거 전부 우리 집에 쏟아 부으면 내가 조금만 서운하게 해도 네가 어떻게 그럴 수 있냐고 탓하게 될 걸? 그런 소리 들으면 난 또 오빠한테 빚을 진 기분이 되겠지."

상상하는 것만으로도 괴로워진 지원이 미간을 찡그렸다. 자신이 그를 선택하고 그 역시 그녀를 선택한다면 처음에는 마냥 좋을지 모른다. 하지만 시간이 지나도 똑같은 감정일까? 그럴 리가 없었다. 많은 것을 포기하고 맺은 인연은 시간이 흐를수록 눈에 보이지 않았던 부분을 보며 실망하고 때로는 기대에 못 미치는 모습에 화가 날 수도 있었다.

"우리가 함께하기에는 리스크가 너무 커. 이 모든 걸 감수하고 함께하기로 했는데 사이가 나빠질 확률도 너무 크고."

위기 상황에서 사랑은 사치스러운 감정이다. 지원은 가족을 등지고 그를 선택하는 것도, 그렇다고 그에게 도움을 구걸하며 희생하라는 것도 싫었다.

"난 오빠한테 빚진 기분으로 살고 싶지 않고 우리 엄마, 아빠한테 죄책감 갖고 살고 싶지도 않아."

지원의 주관은 뚜렷했다. 하경은 그녀를 설득하려던 생각을 포기했다. 윤지원의 귀국을 막는 플랜 A는 달성이 불가능했다.

앞뒤 재지 않고 물소 떼처럼 막 달리는 여자인 줄 알았다. 사랑에 눈이 멀어서 당연히 그의 손을 잡을 줄 알았는데, 의외로 그녀는 모든 요소를 종합적으로 고려하는 현명한 타입이었다. 그런 그녀의 모습조차 좋기만 하니 손하경은 정말 구제 불능이었다.

"……그래."

"응, 그래."

그의 말을 반복한 그녀가 입술을 늘려 옅은 미소를 내보이고는 다시금 그의 어깨에 머리를 기댔다.

하경은 지원이 했던 것처럼 고개를 들어 하늘을 올려다보았다. 플랜 A는 포기했지만, 세워 둔 플랜은 하나가 아니었다.

맑은 밤하늘에 별빛이 가득했다. 태양이 저물고 뜨거운 열기가 식자 눅눅하지만 미지근한 공기만이 남았다. 바다에서 불어오는 비릿한 바람 사이로 아까 폭죽에 쓰였던 화약 냄새가 매캐하게 섞였다.

끊임없이 이어지는 파도 소리가 자장가처럼 마음을 달랬다. 고요한 정적만이 그들이 앉은 커다란 바위 근처에 머물렀다. 지원은 하경의 손을 깍지 끼고 잡은 채로 눈을 감았다. 그가 호흡할 때마다 어깨가 기분 좋게 움직였다. 이 모든 순간을 카메라로 기록하듯 머릿속에 꼭꼭 담고 싶었다.

고요한 분위기를 온몸 가득 느끼는 지원과 달리, 하경은 앞으로의 일을 계획하느라 아무 말도 할 수 없었다. 내일 그녀가 떠나는 것은 막을 수 없었다. 그녀의 귀국을 막을 자격이 현재 자신에게는 없었다.

'지금은 보내 주자.'

그녀가 원하는 대로 잠깐 이별하는 것쯤은 어렵지 않았다. 어차피 그녀가 돌아갈 곳은 서울이었다. 서울에서 도서관 사서로 근무하는 스물아홉 살, 윤지원을 찾아내면 되는 일이다. 하경은 마음속에 휘몰아치는 불안을 잠재웠다. 조심해야 할 것은 아버지의 감시 하나뿐이었다.

'다시 만나면 된다. 다시.'

그가 속으로 되뇌면서 마음을 다잡기 위해 손에 힘을 주었다.

갑자기 가해지는 힘에 그녀가 겹쳐진 손을 내려다볼 때였다. 그가 침묵을 깨뜨렸다.

"아까, 화장실 간다고 했었잖아."

"응? 아……."

떼를 쓰는 어린애처럼 창피하게 굴었던 기억이 떠오르자 그녀의 얼굴이 살짝 붉어졌다. 어두워서 창피함을 숨길 수 있는 게 다행이었다.

"사실, 화장실이 아니라 선물을 샀어."

"선물?"

하경이 스파클라가 들어 있는 봉투에서 자그만 상자를 꺼내 열었다. 우아한 벨벳 상자 안에는 목걸이가 들어 있었다. 지원의 눈이 동그래졌다. 계속 그가 짐을 들고 다녀서 폭죽 봉투 안에 선물이 들어 있으리라고는 전혀 상상하지 못했다.

"이거 사러 갔다 온 거야?"

불빛이라고는 바위 뒤편에 있는 리조트 건물에서 희미하게 흘러나오는 빛이 전부였다. 그나마 별이 밝았고, 눈이 어둠에 익숙해진 덕에 지원은 카센터가 꺼낸 선물을 확인할 수 있었다.

"생일이 7월이라고 해서."

그는 지나가면서 본 주얼리 브랜드에서 그녀를 위한 생일 선물을 샀다. 매장 직원은 이 목걸이에 담긴 의미를 한참 동안 설명했었다. 직원은 이 펜던트의 붉은 루비는 정열적인 사랑을, 루비를 감싸고 있는 다이아몬드는 영원한 사랑을 의미한다며 연인에게 좋은 선물이 될 거라고 추천했었다.

본의 아니게 이별 선물이 되고 말았지만.

"7월, 네 생일에 내가 옆에 있지 못할 테니까. 미리 주는 거야."

지원이 말없이 목걸이 펜던트를 만지작거렸다. 어두워서 색깔이 잘 보이지는 않았지만 붉은 계통의 동그란 보석과 그 주변에 투명하게 반짝거리는 보석이 섬세하게 세공되어 있었다.

"7월 탄생석이 루비라면서?"

"진짜?"

목걸이를 바라보고 있던 지원이 고개를 번쩍 들었다. 윤지원은 자신의 탄생석이 뭔지 29년 만에 알게 되었다. 어째 남자보다 둔한 듯한 그녀를 하경이 말을 잃고 응시했다. 가운데 있는 붉은 보석은 루비라면…… 그녀가 멋쩍게 웃으며 물었다.

"이쪽 건 뭐야? 다이아몬드?"

"응."

깔끔한 대답에 지원이 입을 쩍 벌렸다. 카센터는 호쾌한 데가 있어서 신혼을 흉내 내기 위한 반지도 다이아몬드였고 이른 생일 선물도 다이아몬드였다. 고가의 생일 선물이라니, 그녀는 당황스러웠다.

"받, 받아도 되는 거야?"

내일이면 헤어질 인연에게 과한 선물이 아닌가 싶어서 그녀가 걱정스럽게 중얼거렸다.

그는 대답 대신 미소만 지었다. 마음 같아서는 이런 목걸이뿐만이 아니라 더한 것도 줄 수 있었다. 아버지를 등지고, 회사를 포기한 채로 가지고 있는 전 재산을 그저 윤지원만을 위해 쓸 수도 있었는데.

"이번에는 보내 줄게."

지원이 멈칫했다. 이별을 말하는 그를 그녀가 딱딱하게 굳은 표정으로 바라보았다. 그는 그녀의 시선을 모르는 척, 상자에서 목걸이를 꺼내 들었다.

"결혼할 사람이, 예순이라고 했지?"

"완전 생각도 하고 싶지 않아."

그의 말을 듣자마자 그녀가 미간을 찌푸렸으나 그는 여전히 담담한 표정이었다. 미안하지만 윤지원은 그 남자하고 결혼할 일은 없을 것이다. 손하경이 어떻게 해서든 막을 테니 말이다.

하지만 지금만큼은 그녀의 장단에 맞추어 줘야 했다. 그와 달리, 그녀는 이미 완전한 이별을 각오하고 있었으니까.

"20년?"

"응?"

"20년 정도면 다 늙어 빠지겠지, 그 노인네도."

도저히 이해할 수 없는 그의 말에 지원이 고개를 갸웃했다. 하경은 목걸이 고리를 풀면서 말을 이었다.

"네가 스물아홉이지?"

"응."

"좋아, 그럼 자릿수 딱 맞춰서 21년."

물론 20년이든 21년이든 하경에게는 상관없는 일이긴 했다. 한편, 지원은 의미를 알 수 없는 소리에 입술을 삐죽였다.

"무슨 소리야?"

"21년 뒤에도 나를 사랑한다면⋯⋯."

말을 하다 말고 하경이 지원의 목에 목걸이를 걸어 주었다. 펜던트가 닿는 생소한 느낌에 그녀가 시선을 슬쩍 내렸다. 쇄골 밑에서 동그란 보석이 반짝거렸다. 그가 그녀의 머리카락을 정리해 주고 나서 말했다.

"이 목걸이를 걸고 나와. 6월 한 달. 매일 이곳에 있을 테니까."

예상하지 못한 그의 말에 그녀의 눈동자가 세차게 흔들렸다.

"지, 지금 오빠가 하는 소리⋯⋯ 되, 되게 뜬금없는 거 알지?"

펜던트를 만지작거리던 지원이 말을 더듬었다. 21년 뒤에 이곳에서 이 루비 목걸이를 걸고 다시 만난다? 허황된 약속이었다. 21년은커녕, 21일 뒤에 무슨 일이 있을지도 모르는 게 인생인데.

그러나 하경이 기약 없는 약속을 하는 이유는 따로 있었다. 생일 선물이라고 건넨 목걸이를 볼 때마다 그녀는 그를 떠올리겠지만, 그는 자신이 그녀에게 있어서 아련하게 지나간 사랑이 되고 싶지 않았다. 두 사람은 다시 만날 인연임을 강조하고 싶었다. 그녀가 그와의 재회를 하루하루 손꼽아 세면서 기다려 주기를 바랐다.

"그건 지나 봐야 아는 거지."

그의 자신만만한 목소리 탓일까? 지원은 먼 미래로 정해진 약속을 믿고 싶었다. 그러고 보면 카센터는 허튼소리를 한 적이 없었다. 이 약속이 그의 진심일지 모른다고 생각하기 무섭게 그녀는 가슴이 뭉클해졌다.

"그때 이혼하고 뻥 차 버린 다음에 와."

그가 가볍게 덧붙인 말에 그녀가 깔깔 웃었다. 한참 웃느라 눈가에 눈물이 맺혔다. 이건 슬퍼서 맺힌 눈물이 아니라고 애써 마음을 다잡으며 그녀가 눈가를 쓸었다.

"영화 같다. 로맨틱한……."

지원이 잠시 말을 멈추었다. 영화 같은 상황이긴 한데, 먼 미래에 다시 만나자고 약속하는 연인들은 보통 그 약속을 지키지 못했다. 자신이 본 멜로 영화에서 영원한 사랑을 부르짖던 연인들은 상황에 휩쓸려 결국은 제 갈 길을 걸어가곤 했다. 재수 없게!

"그런 영화."

그녀가 말라 버린 입술을 축였다. 피할 수 없는 이별은 눈앞으로 성큼 다가와 있었다.

"21년이면 얼마나 먼 세월일까?"

"글쎄?"

21년 뒤의 윤지원은 쉰 살이었다. 그 생각만으로도 숨이 목에서 턱 막히는 느낌이 들었다.

그렇지만 뒤늦게 만나서 뭘 어쩌겠다는 거지? 불륜이라도 저지르자는 건가? 운이 좋아서 21년 뒤에 그를 다시 만나게 되더라도 지금과 같은 감정은 이미 색이 바래 있을 것이다. 이성적으로 생각하면 그와의 사랑은 추억으로 아름답게 남기는 게 최선이었다.

하긴, 헛된 기대는 하지 않는 편이 좋았다. 어차피 한국에 돌아가면, 자신은 마음속 깊이 간직해 둔 순간순간을 가끔 떠올리면서 살아가게 될 거라는 것을 알면서도 미련이 떨어지질 않는다.

그녀는 그를 물끄러미 응시하다가 의심스러운 시선을 보냈다.

"근데 오빠, 그때 다시 만나면 나 막…… 늙었다고 싫어하는 거 아냐?"

그는 대답 대신 피식 웃었다. 그럴 리 없다는 듯이.

목걸이 펜던트를 만지작거리던 지원은 다시 하경의 어깨에 머리를 기대고 장난스럽게 말했다.

"한 번 갔다 오는 건 봐줄게."

"어딜 갔다 와?"

"노총각으로 살 수는 없잖아. 한 번 결혼했다가 오는 건 봐줄게. 나도 가니까."

"그럴 일 없어."

그가 단호하게 대답하면서 왼손을 들어 보였다. 왼손 약지에 그녀의 것과 똑같은 반지가 끼워져 있었다.

"이미 했는걸."

카센터의 나직한 목소리가 달콤하게 귓가에 맴돌았다. 지원이 참지 못한 웃음을 터뜨렸다. 소꿉장난 같은 결혼이지만, 그녀는 그가 자신과의 짧은 인연을 소중히 여긴다는 게 감사했다.

안다. 모든 게 다 억지고, 그저 잠깐의 위안을 위한 의미 없는 말일 뿐이라는 것은. 21년 뒤? 그런 먼 미래는 상상조차 할 수 없었다. 당장 내일 비행기가 추락할 가능성도 있고, 윤지원이 쉰 살까지 살 수 없을 수도 있었다.

아무 보장 없는 약속은 무의미한 공수표일 뿐이었다. 그보다는 지금 자신의 옆에 있는, 사랑하는 사람의 온기를 느끼는 편이 좋았다.

"오빠, 나 안아 줘."

갑작스러운 그녀의 요구에 그가 소리 없이 웃으며 그녀를 품 안으로 끌어당겼다. 하지만 그녀는 고개를 절레절레 저었다.

"포옹 말고."

하경의 품에서 빠져나오면서 지원이 조르는 투로 덧붙였다. 그녀의 말뜻을 단숨에 알아듣자, 그의 눈이 가늘어졌다. 자리에서 일어난 그녀가 요염한 미소를 내비치면서 그의 손을 잡아 일으켰다.

"다 잊어버릴 수 있게."

내일이 이별이라는 것도, 끊임없이 찾아오는 불안과 상실감도, 다시는 볼 수 없으리라는 절망과 슬픔도 전부 잊어버릴 수 있도록 그녀는 그에게 안기고 싶었다.

그가 걸어 준 목걸이처럼 영원히, 열정적으로.

침대에 바로 누운 지원이 팔을 뻗어 하경의 목을 제 가슴으로 끌어당겼다. 몸을 감싸고 있던 옷가지들은 객실에 들어오기 무섭게 바닥으로 내던져졌다. 그의 뜨거운 숨결이 가슴 끝, 민감한 부분에서 바스러졌다.

"간지러워."

그의 입술이 피부에 닿자 그녀가 키득거리면서도 그를 안은 팔에 힘을 주었다. 그는 오랫동안 그녀의 가슴만 희롱했다.

처음에는 보름 정도의 일탈이라고 생각했다. 몸매 좋고 잘생긴, 젊은 남자와의 추억 쌓기일 뿐이라고 가볍게 여겼었다. 깊은 감정이 생기리라고는 상상하지 못했었다. 그저 서로 좋은 것만 보고 즐기다가 헤어져서 일상으로 돌아오면 그만일 줄 알았다.

"으응……."

그녀의 입에서 야릇한 신음 소리가 나왔다. 그의 혀가 가슴을 지나 아래로 내려가기 시작했다. 그를 옭아매고 있던 그녀의 팔이 스르륵 풀려 침대 위로 툭 떨어졌다. 그의 입술이 닿은 곳마다 뜨겁게 달아올랐다.

하지만 지원은 자신이 크게 착각하고 있었음을 뒤늦게 깨달았다. 비록 육체적 끌림으로 시작한 관계였으나, 그는 그녀가 만난 어느 남자보다도 괜찮은 사람이었다. 외모뿐만이 아니라 그녀를 위해 줄 줄 아는 성격과 자신의 일에 대한 책임감까지 가진 멋진 남자.

한낮의 추격전을 벌이고 지쳐 쓰러졌을 적에 그는 그녀의 발을 일일이 닦아 주었다. 어느 남자가 이토록 자상할 수 있을까?

그와 함께 보냈던 지난날의 기억이 떠오를 때마다 가슴이 욱신거렸다. 지원은 더 이상 아무 생각도 하고 싶지 않았다. 오로지 그의 손길만 느끼며 그에게 집중하고 싶었다.

"오빠……."

재촉하는 목소리가 당돌하게 울렸다. 그들은 매일매일 서로를 탐하며 시간을 보냈지만 항상 갈증이 남아 있었다. 아마 그 갈증은 지속할 수 없는 인연이라는 약점에서 나온 것이리라.

"그래, 네 오빠 여기 있어."

반쯤 낮아진 그의 목소리가 섹시했다. 어느새 그는 그녀를 팔 안에 가둔 채로 내려다보고 있었다. 살그머니 눈을 뜬 그녀가 히죽 웃었다. 자신을 향한 그의 눈빛에 애정이 가득했다.

"오빠."

지금처럼 이 남자가 영원히 옆에 있어 주었으면 좋겠다. 이루어질 수 없는 소망 대신, 그녀는 그에게 매달리듯 요구했다.

"키스해 줘."

지원이 입술을 모아 내밀었다. 새들이 부리로 쪼듯, 하경은 그녀에게 가볍게 입을 맞추었다. 입술에 닿는 감촉이 간질간질하면서도 짜릿해서 그녀가 몸을 움찔, 움직였다. 그녀의 다리 사이에 놓여 있던 그의 무릎이 그녀의 여성을 스치듯 건드렸다. 그가 장난스럽게 말했다.

"너 벌써 젖었어."

그에게 익숙해진 그녀의 몸은 이미 그를 맞이할 준비를 마쳤다. 객실에 들어왔을 때부터? 아니, 정확히는 엘리베이터에서부터 그녀는 그를 원하고 있었다.

"오빠도 만만치 않은데, 뭘."

지원이 눈을 가늘게 뜨고 그의 남성에 눈길을 주었다. 자신만큼, 어쩌면 자신보다 더 그가 흥분한 것이 틀림없었다.

조금도 지지 않으려는 그녀의 태도가 귀엽다 싶어서 하경이 쿡쿡거렸다. 확실히 도서관은 그의 인생에 다시없을 여자였다. 어디 가서 이런 여자를 만날 수 있을까? 아직 영업도 하지 않는 이 리조트에서 기적과도 같은 확률로 그녀를 만난 현실에 그는 무한히 감사했다.

그때였다.

그녀가 다리를 들어 그의 허리에 감았다. 나직하게 울리던 웃음소리가 단숨에 뚝 멎었다. 호선을 그리고 있던 그의 눈에서 불꽃이 튀었다.

"빨리."

하릴없이 흘러가는 시간이 너무나도 아까웠다. 조금이라도 더 오랫동안 그를 느끼고 싶은 그녀가 먼저 움직였다.

"……해 줘."

그녀는 그의 허리를 감고 애틋한 눈빛으로 그를 올려다보았다. 그를 재촉하는 말만을 입에 담으며 그녀가 손을 올려 그의 가슴에 댔다.

"빨리 하고 싶어."

단지 손만 닿았을 뿐인데 하경은 눈앞이 아찔해졌다. 물기 어린 눈동자가 자신에게 곧게 향하자 그의 목울대가 들썩였다. 자신을 간절히 바라는 그녀의 눈동자에 흘려 버린 게 아닐까 싶었다.

그녀를 바라보고 있는 그의 얼굴에서 표정이 싹 사라졌다. 침대를 짚고 있던 그의 손이 그녀의 뺨을 거칠게 잡았다. 두 사람의 가슴이 맞닿다 싶을 즈음 그가 그녀의 입술을 삼키듯 빨아들였다. 전에 했던 가벼운 입맞춤과는 전혀 다른 키스가 진하고 강렬하게 이어졌다. 혀와 혀가 얽히고 진득한 타액이 섞였다.

"흐응……."

잠깐 만들어진 지원의 입술 틈 사이로 참지 못한 신음이 흘러나왔다. 하경의 손이 그녀의 얼굴을 지나 어깨로 내려갔다. 그 와중에도 그는 그녀의 입술을 놓아주지 않았다. 그녀는 그의 목에 팔을 감고 등줄기를 쓸었다. 그녀는 매끈하고 탄탄한 그의 피부를 손안 가득 느끼며 기억하려 애를 썼다.

입술을 뗀 하경이 흐려진 눈으로 지원을 내려다보았다. 앞으로 무슨 일이 일어날지 잘 아는 그녀는 소리 없이 군침을 삼켰다. 그 순간, 그녀의 엉덩이를 받치듯 들어 올린 그가 단숨에 안으로 진입했다.

"아……."

그녀의 입이 절로 벌어졌다. 아무리 잔뜩 흥분해서 그녀의 안이 이완되었다고 해도 그의 존재감은 만만찮았다. 수도 없이 그를 받아들였지만 그는 항상 묵직했다. 잠시 숨을 고르고 나서 그녀가 입을 열었다.

"오빠, 천천히 해."

"언제는 빨리 하라며?"

그가 피식 웃으며 되묻자 그녀가 그를 뾰로통하게 쳐다보았다.

"이제 천천히 해 줘."

지원은 그를 완전하게 느끼고 싶었다. 몸 안에 그가 만들어 준 감각을 문신처럼 새길 수만 있다면 기꺼이 새겼을 것이다. 그가 그녀를 장난스럽게 내려다보면서 대꾸했다.

"어쩌지, 천천히 못 하겠는데."

"오빠…… 흑!"

그가 말을 마치기 무섭게 허리를 움직였다. 그녀는 그를 만류하기 위해 어깨를 때려 주려다가 갑자기 밀려드는 감각에 멈칫거렸다. 그가 몸을 뒤로 살짝 뺐다가 그녀의 안으로 다시금 거칠게 들어왔다.

"아, 으응……."

조용한 가운데 도서관의 앓는 소리만이 흡족하게 퍼졌다. 하경은 제 허리를 감싸고 있던 지원의 다리를 잡아 위로 끌어올렸다. 그가 안쪽 깊은 곳까지 내밀하게 닿자 그녀의 안이 바짝 수축했다. 그가 잇새로 신음을 흘리고 미간을 좁혔다.

"천천히…… 하라며?"

"응?"

그녀는 그의 말뜻을 알아듣지 못한 듯 눈만 동그랗게 떴다. 천천히 해 달라는 말과 정반대로 그녀의 몸은 그를 사정없이 자극했다. 그를 꽉 물고 놓아주지 않으려는 그녀에게 몸을 묻고 있자 그는 마약이 이제 막 혈관을 타고 도는 것처럼 짜릿해지기 시작했다.

하경의 움직임이 빨라지려는 찰나, 지원이 그의 팔을 잡았다.

"오빠, 천천히."

"왜?"

"오랫동안 하고 싶어."

마지막 밤이 끝나지 않는 착각이 들 정도로 그를 오래 느끼고 싶었다. 그녀의 눈동자에 담긴 진심을 읽은 그가 눈을 가늘게 뜨고 대답했다.

"오래, 많이, 계속 하면 되지."

그녀의 표정이 복잡 미묘하게 변했다. 오래, 많이, 계속? 어째 그가 말하는 세 단어가 위험하게 들린다. 할 말이 없어서 그녀가 침을 삼키고 그를 가만히 올려다보았다. 그가 입가를 끌어올리며 물었다.

"못 믿겠어?"

못 믿을 것은 없긴 한데…… 그녀의 시선이 슬그머니 그를 비껴 나갔다. 자신감 가득한 음성으로 그가 재차 물었다.

"나한테 만족하지 못한 적 있어?"

"그건 아니지만……."

대답하는 그녀의 목소리가 기어들어 갔다. 생각해 보면, 항상 자신이 먼저 기절하듯 나가떨어졌다. 이 남자는 좋은 몸매만큼이나 체력도 좋아서 그녀를 쉴 새 없이 괴롭혔었다. 가끔은 그만해 달라고 애원할 정도로.

"그럼 됐잖아."

그가 자신만만한 미소를 내보였다. 골반 근처를 잡고 있는 그의 손에 힘이 바짝 들어갔다. 그제야 지원은 자신이 쓸데없는 걱정을 하고 있었음을 깨달았다.

천천히 오랫동안 그를 느끼고 싶다는 바람은 어쩌면 오만이었을 수도 있다. 왠지 오늘, 마지막 밤에도 그에게 매달려야 할지 모르겠다. 우리 이제 그만 좀 쉬자고. 마지막까지!

*   *   *

녹초가 되어 기절했던 지원이 겨우 정신줄을 잡은 것은 어슴푸레한 때였다. 창문 쪽을 바라보는 그녀의 눈동자에 절망이 묻어났다. 일출이 가까워진 시간이라는 건 이별이 다가온다는 뜻이었다.

지원은 제 옆에서 숨소리도 내지 않고 잠든 카센터를 돌아보았다. 역시 예상대로 그는 이제 그만 놓아 달라는 그녀를 무섭게 몰아붙였다. 밤에서 새벽까지 '오랫동안 하고 싶다며?' 하고 묻는 그에게 원망의 시선만 보내야 했다.

하지만 그와의 인연도 이제 끝이다. 그가 깨지 않도록 소리 없이 조심스레 일어난 지원은 테이블 위에 놓인 휴대폰을 켰다. 오늘 출발하는 거 맞느냐, 다시 한 번 확인하는 언니의 메시지가 먼저 보였다. 지원은 답장을 하지 않았다. 어차피 돌아가면 만날 테니까.

몸은 피곤했지만 지원은 자고 있을 수가 없었다. 자면서 흘려보낼 시간이 아까웠다. 에어컨 때문에 추워지자 그녀는 휴대폰을 들고 침대로 돌아와 이불 속에 쏙 들어갔다. 해서는 안 될 일이지만, 이별을 결심했을 때부터 하고 싶은 일이 있었다.

지원은 하염없이 하경을 바라보다가 마른침을 삼키고 휴대폰 액정을 터치했다. 휴대폰을 든 손이 부들부들 떨렸지만 그녀는 어금니를 꽉 깨물고 참았다.

'딱 하나만.'

흔적을 남겨서는 안 될 밀회였으나 지원은 그와의 추억을 자신의 머릿속이 아닌 다른 곳에도 남겨 두고 싶었다. 휴대폰 화면 가득 그의 모습이 잡혔다. 그녀는 호흡까지 멈춘 채로 사진 촬영 버튼을 눌렀다.

찰칵, 셔터 음이 나기 무섭게 그녀가 휴대폰을 품에 안고 침대에서 후다닥 내려왔다. 소리 탓인지, 진동 탓인지 그가 팔을 움찔 움직였다. 숨이 멎는 듯해서 그녀는 휴대폰을 원래 놓아두었던 테이블 위에 재빨리 올려놓았다. 그리고 제 발이 저린 윤지원은 아무렇지 않은 척 그에게 말을 붙였다.

"오, 오빠, 나 씻고 올게."

잠금 설정이 된 휴대폰을 열어 볼 수 있는 사람은 주인인 지원 외에 아무도 없었다. 그녀는 마치 그 자리를 도망치듯이 욕실로 들어갔다. 욕실 문이 닫히는 소리에 하경이 눈을 반짝 뜨고 혼잣말처럼 중얼거렸다.

"귀여운 짓을 하네."

그녀의 따가운 시선을 느꼈을 적부터 그는 잠에서 깨기 시작했다. 애초에 오늘 깊이 잠들 생각도 없었다. 잠깐이지만 그녀와의 이별이 예정된 날이었다. 그녀가 원하는 대로 알차게 시간을 함께 보내고 싶었다.

상체를 일으켜서 침대 헤드에 몸을 기댄 하경이 테이블 위를 쳐다보았다. 덩그러니 놓인 그녀의 휴대폰을 보자 웃음이 절로 나왔다. 이별을 각오하고 있다 한들, 그녀 역시 미련을 놓지 못했다.

"우린 꼭 다시 만날 거야."

어둠 속에서 그의 눈이 번뜩였다. 지금은 그녀를 보내 주긴 하겠지만, 다음에 만났을 때는 절대 놓아주지 않을 것이다. 그사이에 그녀에게 늙은 남편이 생겼다고 해도 상관없었다. 그녀를 찾아오면 되니까.

서둘러서 씻고 나온 지원은 깨어 있는 하경을 보고 소스라치게 놀랐다. 머리 물기를 닦고 있던 그녀가 수건을 바닥으로 툭 떨어뜨렸다.

"아…… 안 잤어?"

"음, 깼어."

설마 카메라 셔터 음을 들은 건 아니겠지. 지원이 눈을 깜박거리면서 그의 얼굴을 살폈다. 그러나 그는 아무것도 모르는 듯 평온한 표정이었다.

"이리 와."

하경이 그녀에게 팔을 벌렸다. 자석에 이끌리듯, 그녀가 그에게 향하다가 걸음을 뚝 멈추었다. 그의 의아한 시선이 그녀에게 닿았다.

"싫어. 오빠 안 씻었잖아."

"너무한 거 아니야?"

그녀의 단호한 말에 그의 눈가가 일그러졌다. 기가 막힌다는 듯 그가 손을 내리고 투덜거렸다. 그녀가 킥킥 웃으면서 멈추었던 다리를 다시 움직여 그에게 훌쩍 다가가 끌어안았다.

"올 거면서."

그가 그녀의 귓가에 소곤거렸다. 그를 제대로 속였다는 기쁨에 그녀는 까르르 웃었다. 그의 허벅지 위에 앉은 그녀가 그에게 입을 맞추었다. 담백한 키스를 하고 나서 그녀가 말했다.

"오빠도 씻고 나와."

"지금?"

그녀가 대답 대신 고개를 끄덕였다. 그는 이유를 묻지는 않았다.

"깜짝 놀라게 해 줄게."

"그래?"

그의 눈빛에 호기심이 섞였다. 그녀는 그의 무릎에서 일어나
며 덧붙였다.

"응. 천천히 씻고 나와."

"천천히?"

하경은 지원을 빤히 응시했다. 깜짝 놀라게 해 준다는 게 혹
시 씻고 나왔더니 뿅 사라지는 건가? 불안한 기분이 들었지만
그는 애써 태연한 척 그녀를 뒤로 하고 욕실로 향했다. 욕실 문
이 닫히는 것까지 확인하고 나서야 그녀가 걸음을 재촉했다.

그의 기억에 남는 자신의 마지막 모습은 어느 때보다도 예뻐
야 했다. 계속 자고 있을 줄 알아서 조금 방심했는데 서둘러야겠
다.

제일 먼저 머리를 말리고 지원은 어제 백화점에서 산 하얀 원피
스를 입었다. 전신 거울에 비춰 보니 피부가 그을려서 마음에 쏙
들지는 않았다. 그래도 흐물거리는 다른 옷을 입을 수는 없었다.

커튼 너머로 날이 환했다. 일출은 이미 끝난 지 오래였다. 지
원은 시간을 살폈다. 벌써 여섯 시 반이었다. 열 시까지 출국장
에 들어가야 하니, 여기서 여덟 시에는 출발해야 했다. 공항을
생각하자 그녀의 속이 울컥했다.

'아, 정말 헤어지는구나.'

눈물이 치밀어 올라서 그녀가 급하게 눈가를 티슈로 닦았다. 울고 있을 수는 없었다. 그가 나오기 전에 화장도 마쳐야 했다.

한참 동안 하지 않았던 화장을 꼼꼼하게 하면서도 지원은 자신의 얼굴이 낯설었다. 은둔형 외톨이처럼 집 안에 처박혀 있었던 서울에서의 자신과 달리, 그의 사랑을 듬뿍 받아서일까? 현재의 윤지원은 평소보다 예뻐 보였다.

"음, 좋아. 이 정도면 됐어."

거울을 보면서 지원이 만족스럽게 고개를 끄덕일 무렵이었다. 타이밍 좋게 욕실 문이 열리고 하경이 나왔다. 그녀가 밝은 표정으로 그에게 쪼르르 달려갔다.

"짠! 나 어때?"

샤워 가운 깃을 정리하던 그가 그녀의 목소리에 깜짝 놀라 고개를 들었다. 하얀 원피스를 입은 그녀가 청순한 모습으로 그의 앞에 서 있었다. 한 번도 본 적 없는 우아한 그녀의 차림에 그는 잠깐 할 말을 잃었다. 그녀가 배시시 웃으며 물었다.

"예쁘지? 놀랐어?"

"……정말 놀랐어."

진심이 느껴지는 그의 대답이 흡족했다. 웃음을 거둔 그녀가 과장되게 한숨을 내쉬고 허리에 손을 올린 채 생색을 냈다.

"나 진짜 엄청 노력했다. 오빠한테 예뻐 보이려고."

하경이 지원의 손을 잡아 품에 안았다. 그에게 안겨 있으면서도 그녀는 조잘조잘 말을 이었다.

"오빠, 잘 봐. 난 이렇게 생긴 거야. 땀 찔찔 흘리면서 뛰어다 닌 건 얼른 기억에서 삭제해."

그녀는 그를 향해 고개를 반짝 들었다. 땀에 젖어서 도망쳐 들어오던 그녀의 모습이 떠오르자 그가 쿡쿡거렸다. 미안하지 만 그 모습도, 이 모습도 생생하게 기억할 것 같았다.

지원의 허리를 놓아준 하경이 그녀의 머리를 귀 뒤로 쓸어 넘 겨 주며 화제를 돌렸다.

"공항으로 가야하지? 언제 출발할까?"

"오빠 나를 빨리 보내고 싶은 거야?"

"그럴 리가. 가기 싫으면 가지 않아도 돼."

서글픈 농담에 그가 진심 어린 대답을 하자 그녀의 표정이 굳 어졌다. 그의 음성과 눈빛이 그녀의 심장에 아프게 꽂혔다.

"진심이야."

그의 목소리가 나직하게 울렸다. 두 사람 모두 헤어지고 싶을 리가 없었다. 바보 같은 윤지원, 멍청한 소리를 했다. 그녀는 그 에게서 고개를 돌리고 담담한 척을 대꾸했다.

"농담도 못 하겠어. 얼른 준비해. 여덟 시에 나가게."

기껏 예뻐 보이려고 화장을 했는데 눈물이 나와서 다 망치게 생겼다. 지원은 눈물을 꾹꾹 참았다. 우는 모습으로 남고 싶지 않았으니까.

카센터의 차에 오르는 것도 이게 마지막이었다. 아, 모든 게 다 마지막이다. 이 길을 가는 것도 마지막이고, 그의 옆에 있는 것도 전부 마지막이었다. 지원은 조수석에 앉아서 멍하니 창밖만 내다보았다. 심지어 공항으로 가는 길마저 뻥 뚫려 있었다. 그녀는 툭하면 차가 밀리기 일쑤인 서울과 정반대인 도로조차 미웠다.

자그만 공항은 여행객도 많지 않았다. 인천 공항 같은 휘황찬란한 공항에 익숙해진 지원은 공항이 작은 것조차 야속했다. 어마어마하게 넓어서 오랫동안 그와 거닐 수 있으면 좋을 텐데 세상 모든 것이 그들을 갈라놓으려고 노력하는 듯했다.

"아침은?"

"애틀랜타에서 경유할 때 먹을래."

그녀의 목소리가 무겁게 울렸다. 지금 음식을 먹었다가는 전부 게워 낼 것이 분명했다.

지원이 수하물을 붙이고 올 동안 하경은 공항 카페에서 아침 식사 대신 따스한 커피 두 잔을 사 왔다. 두 사람은 출국장 앞, 간소하게 비치된 고객용 자리에 앉았다.

"커피네?"

그녀가 반가운 목소리를 냈지만 커피는 그들의 마음만큼이나 씁쓸했다. 시시각각 출국 시간이 다가오고 있었다. 공항에 비치된 디지털시계를 그녀가 흘끔거리자 반쯤 커피를 비우고 나서 그가 떨어지지 않는 입술을 뗐다.

"다시 한 번만 부탁할게."

"응?"

"가지 마."

그녀의 눈이 크게 뜨였다. 입을 살짝 벌린 채로 그녀는 아무 대꾸도 하지 못했다. 무슨 말이라도 하고 싶은데 말이 나오지 않아 그녀는 입술만 달싹였다. 그가 테이블 위에 커피를 내려놓고 말을 이었다.

"옆에 있어 줘."

리조트 일이 마무리되는 대로 서울에 돌아가자마자 하경은 도서관 사서인 윤지원을 찾아낼 생각이긴 했으나, 역시 최선은 그녀가 자신의 곁에 계속 머무는 것이었다. 하루라도, 아니 한 시간이라도 그녀와 떨어져 있는 건 힘들었으니까.

진정 어린 그의 음성에 여권을 든 그녀의 손이 바르르 떨렸다. 잠깐, 아주 잠깐 그의 말에 마음이 흔들렸다. 가족을 버리고 세상이 어떻게 되든 간에 그의 손을 잡고 싶다는 충동이 일었으나 그녀는 주먹을 꼭 쥐는 걸로 참아 냈다.

왜 그는 지금 여기서 마음을 어지럽히는 걸까?

"……안 되는 거 알잖아."

그녀의 목소리에 울음이 섞였다. 예상했던 대답이었지만 그의 시선은 바닥으로 떨어졌다. 안다. 이런 말로 그녀가 마음을 돌릴 리가 없다는 걸 알면서도 다시 한 번 그녀를 붙잡아 보고 싶었다.

지원이 원망스러운 눈빛을 보내면서 자리에서 일어났다. 울지 않으려고 했는데 끝내 참지 못한 눈물이 주륵 뺨을 타고 흘렀다. 그녀가 입술을 삐죽이면서 눈물을 닦았다.

"나 이제 가야 돼."

그는 대답을 하지 않았다. 머리로는 짧은 이별 후에 재회하리라는 것을 알고 있으면서도 작별 인사가 입 밖으로 쉬이 나올 리가 없었다. 그는 서울에 돌아가서 그녀를 찾아내겠다는 말은 꾹참고 묵묵히 눈을 감았다.

하경의 뒤에 선 지원이 그를 끌어안으면서 속삭였다.

"오빠, 우리 나중에 다시 만나."

다시 만날 수 있을지 없을지 모르지만 지원은 어제 저녁, 목걸이를 걸어 주면서 했던 그의 약속을 믿어 보기로 했다. 머나먼 미래에 재회하자는 소리는 어불성설이고, 타인이 들으면 비웃을 법한 약속이지만 왠지 이 남자라면 그 약속을 평생 지킬 것 같다는 근거 없는 믿음이 생겼다.

"그리고 그때는 우리 이름부터 먼저 말하자."

이름도 모르는 사이가 이토록 애틋할 수 있을까?

지원의 말에 하경이 눈을 번쩍 뜨고 몸을 돌려 일어났다. 손하경은 윤지원의 이름을 알았지만, 그녀는 그렇지 못했다. 아무것도 남지 않는 사이지만 적어도 이름만큼은 알려 주고 싶었다. 눈물이 가득 매달린 그녀의 눈을 보며 그가 입을 열었다.

"내 이름……."

"말하지 마."

그러나 지원은 그의 말을 잘랐다. 물론 하경도 물러서지 않았다. 그가 그녀의 어깨를 강하게 쥐고 그녀를 무섭게 몰아붙였다.

"내 이름 기억해."

"말하지 마!"

그녀가 비명처럼 거부했다. 그의 이름을 들으면 분명 찾고 싶어질 것이다. 그가 귀국한다는 이달 말부터 그를 찾아다닐지도 모른다. 그럴 수는 없었다.

"내……."

자신의 말을 전혀 듣지 않는 하경의 입을 막기 위해 지원은 뒤꿈치를 들고 그에게 키스를 했다. 그녀의 어깨를 잡고 있던 손에서 힘이 빠져나갔다. 입술을 떼자마자 그녀가 다급히 고백했다.

"오빠, 사랑해."

그녀의 눈물이 턱에서 방울져 떨어졌다. 자신을 향한 서글픈 눈빛과 표정에 하경은 차마 아무 말도 할 수 없었다. 사랑한다는 말도, 이른 시일 내에 다시 만날 거라는 말도 입 밖으로 나오지 못했다. 말을 할 줄 모르는 사람처럼 그는 딱딱하게 굳은 채 그녀만 응시했다.

"안녕."

지원은 그에게 남길 마지막 모습이 그 누구보다도 예쁘기를 바랐기에 애써 환하게 웃으며 마지막 인사를 건네고 도망치듯 그에게서 등을 돌렸다. 하경이 뒤늦게 손을 뻗었으나 그의 손은 그녀의 머리카락 끝만 스칠 뿐이었다.

이별이었다.

외전

바닷가 관광지의 밤은 화려하다. 고급스럽거나 사치스러운 화려함보다는 다양한 사람들이 여행을 와서 밤의 정취를 만끽하는 화려함이었다. 가족끼리, 친구끼리, 혹은 연인끼리 옹기종기 모여서 추억의 밤을 보내는 가운데 우중충하게 홀로 있는 여자가 있었다.

'거지같다……'

초여름이라 해가 진 뒤에는 조금 서늘했다. 스물일곱의 윤지원은 모래사장 구석에 쭈그리고 앉은 채로 얇은 카디건을 여몄다. 그녀의 앞에는 비어 있는 맥주 캔이 나뒹굴었다. 청승맞은 모습 탓에 지나가던 사람들이 그녀를 힐끔거렸다. 그중에서도 유난히 그녀를 쳐다보는 시선이 있었다.

커플로 보이는 두 남녀가 지원 쪽을 손으로 가리키며 저들끼리 수군거렸다. 커플! 가뜩이나 남자친구에게 차인 윤지원에게는 최악의 구경꾼이었다.

"뭘 봐?"

이미 머리끝까지 화가 나 있는 주정뱅이 윤지원이 먼저 시비를 걸었다. 깜짝 놀란 커플은 똑같이 어깨를 움찔, 떨다가 고개를 돌리고 소곤거렸다.

"어머! 미친 여잔가 봐."

다 들린다.

"뭐야?"

지금 지원은 누구라도 한 사람 걸리기만 해 봐라, 하며 이를 갈고 있는 상태였기에 눈에 뵈는 것이 없었다. 미친 사람은 피하는 게 상책인지라 여자는 제 연인의 팔을 꼭 안고 후다닥 자리를 떴다.

서울역 노숙자처럼 쭈그리고 있던 지원은 아직 다 마시지 못한 맥주 캔을 들고 벌떡 일어났다.

"재수 없게."

비틀비틀 걸으면서 그녀는 욕설을 뱉었다. 반쯤 흐려진 눈으로 모래사장을 활보하는 그녀를 보고 사람들이 흠칫거렸다. 그러거나 말거나 그녀는 주정뱅이처럼 술을 마시며 걸었다.

'숙소나 잡을까.'

사람들 사이에 있으면 덜 외로울까 싶었는데, 오히려 사람들 사이에 있으니 더 외롭고 서글퍼졌다.

일주일 전까지만 해도 윤지원은 노숙자 꼴이 아니었다. 예고도 없이 남자 친구에게 차여서 비련의 여주인공처럼 흑흑 울고 있었지만, 지금처럼 노숙자 꼴은 아니었단 말이다. 모든 것을 포기하고 맥주 캔이나 든 채로 해변을 활보하는 이유는 엄마를 향한 실망 때문이었다.

'엄마가 어떻게 나한테 이럴 수가 있어!'

다시 생각해도 열이 뻗쳐서 못 참겠다. 지원은 씩씩거렸다.

남자 친구, 아니 이제는 전 남자 친구지. 하여튼 전 남자 친구인 민철은 지원의 두 학번 선배였다. 군대 제대와 동시에 바로 복학한 민철을 보고 첫눈에 반한 지원은 그에게 적극적으로 대시를 했다. 스물두 살의 윤지원이 보기에 친구도 많고, 평판도 좋고, 성실하게 공부도 잘하며 그럭저럭 외모에도 신경을 쓰는 박민철은 건실한 왕자님 같았다.

그렇게 스물두 살 때부터 스물일곱 살까지 무려 5년을 사귀었다. 연애결혼을 한 언니처럼 지원도 민철과 결혼까지 생각했다. 일단 요즘 같은 불경기에 둘 다 졸업과 동시에 바로 취직이 되었고, 언니도 연애결혼을 했으니 자신도 할 수 있으리라 여겼다.

민철은 5년이라는 시간 동안 한눈을 판 적도 없었고, 그녀에게 소홀한 적도 없었다. 외적으로는 물론, 잠자리에서도 그는 조금 소심할지언정 자상하고 매너가 좋았다. 나이가 차면서 그녀가 결혼 이야기를 꺼냈을 때도 그는 싫은 내색을 보인 적이 없었다.

슬슬 결혼에 대해 진지해질 때가 되었다 싶어서 지원은 엄마에게 오랫동안 만나는 남자가 있다고 털어놓았다. 엄마는 이미 알고 있었다는 듯 놀라는 기색을 보이지 않았다. 지금까지 그래왔듯, 지원은 모든 것이 다 자신의 마음처럼 잘 되리라고 믿었다.

그런데 갑자기 민철이 이별을 입에 올렸다. 아무 전조도 없었다. 정말 뜬금없는 이별 선고였다. 구질구질할 정도로 그의 발목을 잡아 보았으나 그는 윤지원이 아니라 '박민철과 어울릴' 다른 여자를 만날 거라며 지원을 냉정하게 내쳤다.

도대체 '박민철과 어울릴' 여자가 누구지? 지원의 머릿속에 마지막까지 남은 의문은 그것이었다. 그러나 그 의문은 좀처럼 풀어질 줄 몰랐다.

지원이 좀비처럼 일상을 보낼 때, 민철의 친구이자 지원의 대학 선배가 찾아와서 은근슬쩍 답을 흘려 주었다.

"너희 어머니가 민철이한테 3천만 원 주고 떨어지라 그랬다며?"

눈이 뒤집힌다는 말은 이럴 때 쓰는 표현일 것이다. 곧바로 조퇴한 지원은 집에 돌아가서 엄마에게 온갖 악을 쓰며 집안을 엎어 버렸다. 자존심 강한 민철이 받았을 상처가 얼마나 클지 상상도 가지 않았다.

물론 막내딸의 지랄 쇼에도 엄마는 눈 하나 깜짝하지 않았다.

엄마가 굽혀 줬으면 지금 윤지원은 노숙자 꼴로 제주도 해변을 돌아다닐 리가 없을 테니까.

엄마가 꼼짝도 하지 않자 지원은 회사에 사표를 던지고 바로 가출했다. 자신의 의지를 보여 주겠다고 스물일곱이나 먹은 윤지원은 열일곱 살짜리 애들이나 할 행동을 감행했다. 엄마는 결혼한 언니를 사주해서 지원에게 계속 연락을 시도했으나 지원은 '민철과 전처럼 관계가 회복된 뒤에나 돌아가겠다!'는 억지를 부리며 노숙자 꼴로 제주도를 방황했다.

그렇게 일주일이 지났다.

지원이 살아 있는지 아침마다 언니의 확인 전화만 올 뿐, 여전히 민철과는 연락도 되지 않았다. 지원과 헤어진 이후로 민철은 휴대폰 번호를 바꿨기에 이쪽에서 전화를 걸 수도 없었다. 이제 조금 있으면 신용 카드 한도도 꽉 차게 되는데, 마음처럼 일이 풀리지 않았다.

"되는 게 하나도 없어."

심지어 맥주도 다 마셔 버렸다. 지원은 쓰레기로 가득 찬 휴지통에 빈 캔을 대충 집어던지고 호텔 쪽으로 걸음을 돌렸다. 대충 1박을 하고 조식을 먹은 뒤에 내일 또 해변이나 거닐어야겠다고 생각하며.

"서른이나 먹어서 클럽 파티는 무슨."

하경이 귀찮은 투로 손을 내저었다. 아까부터 친구 놈이 클럽 파티 타령을 해서 진저리가 날 지경이었다. 파티라면 환장을 하는 친구, 준서가 기가 찬 듯 대꾸했다.

"이 새끼 봐라? 언제부터 철든 놈이었다고?"

"그냥 너희들 얼굴이나 볼 겸 내려온 거야."

친구의 비난에도 하경은 담담하게 대답했다. 막내로 오냐오냐 자라서 워낙에 사고를 많이 치고 다니던 준서가 호텔 경영이라는 명목하에 제주도에 처박힌 것도 벌써 2년이었다. 사실, 호텔 경영이라기보다는 유배에 가까운 일이었다. 준서가 제주도를 뜨지 못하게끔 준서 아버지의 감시가 상당하다고 했으니 말이다.

술잔을 기울이던 다른 친구, 정훈이 웬일이냐는 듯이 하경을 쳐다보았다.

"그럼? 얼굴 봤으니까 이제 올라가게?"

"그건 아니고."

오랜 친구들에게 매정하게 행동할 필요는 없었다. 희미하게 웃는 하경에게 준서와 정훈의 의아한 시선이 쏟아졌다. 그들의 눈빛에는 '손하경, 이놈이 이렇게 무게 잡는 놈이 아닌데?'라는 의심이 담겨 있었다.

"어머니 건강이 요즘 많이 안 좋으셔서."

"마마보이냐?"

손하경 말마따나 '서른이나 먹어 가지고' 엄마 핑계라니 우스울 따름이었다. 그러나 하경은 시선을 떨어뜨리고 우울하게 말했다.

"마마보이가 되어서 고쳐질 일이면 좋겠다."

"왜? 심각해서?"

눈치 빠른 정훈이 표정을 굳히고 진지하게 물었다. 하경은 마른세수를 하고 한탄조로 답했다.

"……좀 그래. 그래서 정신줄 놓고 노는 짓은 그만하려고."

하경은 부정하지 않았다. 그 말뜻은 어머니에게 목숨을 위협할 만큼 심각한 병이 발병했다는 뜻이리라. 무거운 사실에 테이블 위에는 침묵만 내려앉았다. 정훈이 고개를 끄덕이며 하경의 어깨를 툭툭 쳐 주었다. 조금이라도 기운을 내라는 듯.

"그래, 이럴 때 파티는 눈치 없는 짓이지. 술이나 마시자."

계속 클럽 파티 노래를 부르고 있던 준서도 얌전히 마음을 접고 다른 쪽으로 관심을 돌렸다.

"부를 만한 여자 없나?"

파티 타령이 여자 타령으로 바뀌었을 뿐이지만.

"하다못해 제주도가 아니라 부산만 되었어도 부르면 나올 애들 한 트럭인데."

준서는 정말 아쉬워하고 있었다. 힘이 다 빠지는 것 같아서 하경이 바에 팔을 걸치듯 올리고 턱을 괸 채 중얼거렸다.

"잘났다."

"왜? 손하경 귀국했다고 알리면 대한민국 뒤집어지겠구만?"

"지랄 말고."

미안하지만 하경은 여자고 나발이고 간에 흥미가 전혀 일지 않았다. 뭐랄까, 정신적으로 고자가 된 느낌이랄까? 그런 친구의 마음을 이해하는지 정훈이 조심스럽게 말을 붙였다.

"그래도 자식이라고는 아들인 너 하나뿐인데, 결혼하는 건 보실 수 있겠지?"

"글쎄……."

하경이 씁쓸하게 대답을 흐렸다.

꼭꼭 숨어 있던 췌장암은 정력적이던 어머니를 삽시간에 환자로 만들었다. 그래도 처음에는 병원에 입원해서 가만히 있으려니 좀이 쑤시다고 불평을 했던 어머니가 지금은 마약성 진통제에 의존하여 조용히 잠들곤 했다. 숨이 턱턱 막히는 암담함을 견디는 건 힘들지만 점점 야위어 가는 어머니의 모습을 보면서 그는 차근차근 마음의 정리를 하고 있었다.

테이블에는 또다시 정적뿐. 그 고요함을 이기지 못한 준서가 자리를 박차고 일어났다.

"이럴 땐 우울하게 사내새끼들끼리 있으면 안 돼. 헌팅이라도 해야겠다."

"하여튼 임준서, 여자에 미쳐 가지고."

정훈이 쯧쯧, 하고 혀를 찼지만 하경은 준서의 말이 자신을 위로해 주려는 유머 섞인 제안임을 잘 알고 있었다. 친구들이 동정 어린 시선으로 위로를 하는 것보다 평소 같이 행동하는 편이 차라리 나았다. 그러면 우울한 현실을 조금은 잊을 수 있을 것 같았다. 아무 생각 없이 인생을 낭비하는 재미로 지냈던 때는 어머니도 건강했으니까.

준서는 휙휙 고개를 돌리며 하룻밤의 연인을 찾아 헤매기 시작했다. 그러나 여자 옆에는 꼭 사내새끼들이 하나씩 붙어 있었다. 준서의 얼굴이 일그러졌다.

"오늘 왜 이래? 여자가 없잖아?"

"다 클럽 파티 갔겠지."

그럴 수가! 소리 없이 절규하면서 준서가 양손으로 머리를 부여잡았다. 그러고 보면 전에는 굳이 헌팅을 할 필요도 없었다. 셋이 뭉쳐 있으면 여자들이 먼저 합석을 요청하는 경우가 많았다. 그런데 지금은…… 물론 준서는 그 와중에도 여자를 찾아 헤매고 있었다.

"저기 구석에 여자 있다. 혼자인가 본데?"

"예쁘냐?"

진지한 척을 하던 정훈도 여자에게 관심을 보였다. 평소 같아도 너무 평소 같은 친구들을 하경이 한심하게 쳐다보았다. 그러거나 말거나 준서는 눈을 가늘게 뜨고 여자를 살피다 대답했다.

"돌아앉아서 안 보여."

안타깝게도 보이는 것은 긴 머리를 하나로 묶은 여자의 뒤통수뿐이었다.

"가라, 임준서!"

"출동하겠습니다!"

준서가 경례 포즈를 짓고 당당하게 걸어 나갔다. 쿵짝이 잘 맞는 친구들을 하경은 황당하다는 눈으로 바라볼 뿐이었다.

한편, 오늘의 숙박비를 술값으로 쓰기 위해 지원은 호텔 바 구석에 자리를 잡았다. 오늘의 숙소로 잡으려고 했던 이 호텔에 기가 막히게도 빈 객실이 없다고 하니 어쩔 수 없었다. 24시간 운영하는 건 아니지만 마감이 여섯 시라 새벽에 나오면 그만이겠지 싶었다.

즉, 지금 윤지원은 충동 조절이 잘 되지 않았다.

그때 그녀의 머리 위로 그림자가 졌다. 가뜩이나 어두운 조명인데 더 어두워졌다. 무슨 일인가 했더니 낯선 남자가 실실 웃으며 말을 걸었다.

"혼자예요?"

"네."

지원이 심드렁하게 대답했다. 남자는 그녀의 대답에 용기를 얻었는지 아예 맞은편에 자리를 잡고 앉아서 꼬치꼬치 캐물었다.

"혼자 술 마시면 심심하지 않아요?"

심심하지는 않은데 좀 짜증이 난다. 이 상황, 결혼까지 생각했던 연인이 엄마에게 고작 3천만 원을 받고 사라진 현실은 정말 거지같았다. 술이라도 마셔야 기분이 그나마 안정이 되었다. 지원은 대꾸하지 않고 빈 술잔을 채웠다. 남자가 계속 찝쩍거렸다.

"심심하죠?"

"안 심심한데요."

지원이 똥 씹은 표정으로 부정하자 남자의 미소에 균열이 생졌다. 크흠, 목소리를 가다듬은 남자, 준서가 은근슬쩍 그녀를 떠 보았다.

"지하 클럽에서 파티 하는데 거기 안 가요?"

"네."

클럽 파티. 남녀가 하하호호 웃으면서 젊음을 불태우고 있을 파티에 이 기분으로 가면 윤지원은 그 파티장을 쑥대밭으로 만들고 가드들에게 쫓겨날 것이 뻔했다. 지원의 사정을 하나도 모르는 준서가 의외라는 투로 이유를 물었다.

"왜요?"

"피곤하니까."

"피곤한데 왜 여기서 술 마셔요? 올라가서 쉬지."

지원은 울컥했다. 누가 쉬기 싫어서 여기 있는 줄 아나? 그녀도 마음 같아서는 침대에 뻗어서 소리 내어 울고 싶었다. 하지만 모르는 남자한테 제 사정을 나불나불 털어놓기는 싫어서 그녀는 깔끔하게 사실만 말했다.

"방이 없대요."

"아하! 나 맨 꼭대기 스위트룸인데, 갈래요? 방 남는데."

물론 이놈이 여자를 얌전히 재워 줄 놈으로 보이지는 않아 그녀가 미간을 찌푸렸다. 여자 혼자 술 좀 마시고 있다고 별 또라이가 다 붙는다. 지원은 자신이 그렇게 쉬워 보이나 싶어 짜증이 나고 화가 치밀다가도 이놈 면상은 반반하다 싶은 게 아주 요지경이었다. 그만큼 자신의 마음이 혼란스럽다는 거겠지.

여러 가지 감정을 꾹꾹 누르고 그녀가 차갑게 거절했다.

"저 남친 있어요."

헤어졌지만 아직 그녀에게 남자 친구는 박민철뿐이었다. 그의 존재를 입에 담자 괜히 코끝이 시큰거렸다.

하지만 이놈은 끈질겼다.

"지금은 혼자잖아요?"

애인이 있든 말든 무슨 상관이냐는 질문이 기가 막혔다. 지원은 뭐 이런 게 다 있냐는 듯 준서를 흘겨보았다. 발정 난 짐승에게는 매가 약인데, 할 수만 있다면 발로 엉덩이를 차 주고 싶었다.

"개수작 부리지 말고 꺼지세요. 기분 엿 같으니까."

싹 비운 술잔을 테이블에 소리가 나게 내려놓은 지원이 만면에 인상을 썼다. 쉽게 설득할 수 있으려니 여겼는데 의외로 기가 센 여자였다. 준서가 항복의 표시로 양쪽 손바닥을 들어 보이면서 고개를 끄덕이고 자리로 돌아갔다.

"청승맞게 혼자 마시는 여자가 딱인데."

"진짜 쓰레기 같은 놈이네, 이거."

오늘의 출동은 불발이었다. 아쉬워하는 준서에게 하경이 한마디 했다. 워낙 많이 들었던 호칭이라 준서는 조금도 타격이 없었다. 정훈이 슬쩍 물었다.

"그래서 예쁘냐?"

"어. 얼굴은 좀 반반한데 성깔이 장난이 아니야."

"뭐래?"

"개수작 부리지 말고 꺼지래. 자기 남친 있다고. 면상에 술 뿌리는 줄 알았다니까?"

백발백중, 화려한 전적을 믿었던 준서는 웬일로 호되게 혼나고 온 모양이었다. 훌륭한 쓰레기 임준서가 술을 맞고 왔으면 더욱 재미있었을 텐데. 하경과 정훈이 킥킥거리며 구석에 있는 여자 쪽을 흘끔거렸다. 정훈이 먼저 입을 열었다.

"남친 있다며 왜 혼자 저러고 있는데?"

"있는지 없는지 알 게 뭐야? 기분 엿 같다는데 차인 거 아냐? 청승맞게 혼자 마시는 이유도 딱이네."

준서가 일리 있는 추론을 했다. 곧 정훈이 하경의 옆구리를 쿡쿡 찔렀다.

"임준서 실패했으니까 손하경이 출동해라."

"됐어. 청승 떠는 여자는 질색이야. 짜증 나고 귀찮아."

하경이 술잔을 비우고 대꾸했다. 가뜩이나 마음이 심란한데 여자까지 청승맞게 질척거리고 있는 건 딱 질색이었다. 애초에 손하경 취향부터가 처량 맞은 여자도 아니었다. 그는 태양처럼 밝고 환하며 활기찬 타입이 좋았다.

파티와 여자를 포기하고 힘없이 자리에 앉은 준서가 한숨을 푹 내쉬면서 대화를 이었다.

"그런데 뭐랄까, 청승이 아니라…… 그냥 미친년 같기도 하고. 눈빛이 맛이 갔더라."

준서가 제 관자놀이에 검지를 가까이 대고 빙빙 돌렸다. 의외라는 듯 정훈이 눈을 크게 떴다.

"약 한 거 아냐? 눈이 맛이 갔으면?"

"글쎄? 대화는 정상적으로 하던데. 아닐걸?"

친구들의 쓸데없는 대화를 들으면서 하경은 여자 쪽을 쳐다보았으나 긴 머리를 하나로 대강 묶은 뒷모습만 보여서 이내 흥미를 잃었다.

*   *   *

제주도에 온 것도 벌써 9일째였다.

"아, 네…… 오빠도 연락이 안 되신다고요? 알겠습니다. 갑자기 전화 드려서 죄송해요."

동아리 선배와의 통화는 미련 없이 끊어졌다. 벌써 50번째 실패였다. 지원이 한숨을 길게 뱉었다.

SNS 뒤지기, 친구 찬스, 대학 동기와 선배 닦달 등을 아무리 해 봐도 지원은 민철의 전화번호를 알아낼 수 없었다.

'왜 그렇게 피하는 거야…….'

스토커가 따로 없는 짓이지만, 지원이 이토록 민철과 연락하고 싶어 하는 이유는 따로 있었다. 그녀는 민철에게 엄마의 무례를 사과하고 자신의 마음을 알리고 싶었다. 박민철을 위해 윤지원은 가진 모든 것을 버릴 수 있다고 자신 있게 말하고 싶었는데, 정작 연락이 되지 않는다.

'돌아 버리겠네.'

험악한 인상으로 지원은 쇼핑몰에 도착했다. 망설임 없이 의류 매장에 들어간 그녀는 늘어선 마네킹을 대충 훑어보고 개중에 제일 나아 보이는 옷을 세트로 구입했다.

계산을 마치고 새 옷으로 갈아입은 그녀는 방금 전까지 입고 있던 옷을 쓰레기통에 버리고 쇼핑몰을 나왔다. 짐을 가지고 다니기 싫다는 이유로 이렇게 새로 산 옷을 하루 입고 버리는 사치스러운 생활이 벌써 9일째였다.

벌써 날이 어둑어둑해지고 있었다. 오늘 하루 종일 한 일이라고는 이곳저곳에 전화를 걸어서 민철의 연락처를 알아내려는 노력뿐이었는데, 결국 오늘도 공치고 말았다.

가까운 편의점에서 맥주 두 캔을 산 지원은 맥주를 마시면서 걸었다. 이쯤 되면 그냥 맥주가 끼니나 다름없었다. 요 며칠, 제대로 된 곳에서 잠도 안 자고 밥도 먹지 않아서 몸이 유난히 피곤했다. 오늘은 멀쩡한 숙소를 잡아야겠다.

양손에 맥주 캔을 든 지원은 저번에 들렀던 호텔 앞에 멈추어 섰다. 저번에는 객실이 없다고 했는데, 오늘은 있었으면 좋겠다. 딱히 이곳이 좋아서가 아니라 이 호텔의 입지가 좋았다. 그녀는 저번에 한 번 퇴짜 맞았던 프런트 앞에 다시 섰다.

"싱글 룸 있나요? 1박이면 되는데."

평일이라 다행히 객실은 비어 있었다. 결제를 위해 지원은 후다닥 지갑에서 신용 카드를 꺼냈다. 계속 찜질방 따위를 전전하느라 힘들었는데 오늘은 타인의 방해 없이 푹 쉴 수 있겠다. 그녀가 막 마음을 놓을 찰나였다.

"죄송합니다만 한도가 초과되어서……."

"네?"

뜻밖의 날벼락에 지원이 눈을 동그랗게 떴다. 지원의 큰 목소리에 로비에 있던 손님들이 그녀에게 시선을 꽂았다. 프런트 직원이 난처한 눈빛으로 지원을 바라보았다. 따끔거리는 사람들의 시선에 아랑곳하지 않고 지원은 휴대폰을 꺼내 카드 내역을 쭉 살폈다.

"싱글 룸이 얼마죠?"

남은 카드 한도는 12만 원. 대단한 호텔도 아닌데 설마 싱글 룸 가격이 12만을 넘을 리가…….

"베이직 싱글 룸은 1박 15만 원입니다."

넘었다! 뭐 얼마나 대단한 곳이라고.

끙, 앓는 소리를 내면서 그녀가 지갑에서 체크 카드를 꺼냈다. 그동안 모아 온 월급이 고스란히 들어 있는 계좌와 연결이 된 카드였다. 이제 신용 카드를 이달 말까지는 쓸 수 없게 되었다.

카드 키를 받은 지원은 객실 위치를 확인하고 바로 엘리베이터로 향했다. 마침 엘리베이터 문이 막 닫히고 있었다.

"잠깐만요!"

하지만 그녀가 버튼을 누르기 전에 엘리베이터 문은 매정하게 닫히고 말았다. 정말 요즘은 되는 일이 하나도 없었다. 오늘은 민철과 꼭 통화가 되었으면 좋겠는데. 답답한 숨을 쉬면서 지원은 엘리베이터 버튼을 누르고 기다리기 시작했다.

매정하게 떠난 그 엘리베이터에 타고 있던 하경은 밖에서 들리는 여자 목소리에도 열림 버튼을 눌러 주지 않았다. 아픈 어머니 생각만으로도 머리가 복잡해서 다른 사람까지 신경 쓸 상태가 아니었다.

"손하경, 내일 올라간다며?"

"올라가 봐야지."

하경의 대답에 정훈이 아쉬운 표정으로 고개를 끄덕였다. 유배당한 임준서는 제주도를 뜰 수가 없었고, 정훈도 모처럼 시간을 내서 보름 정도는 아무 걱정 없이 쉴 예정이었다. 어머니의 상태가 언제 나빠질지 모르기에 하경 혼자 먼저 떠나게 되었다.

"그래. 다음 달에 서울 올라가면 그때 술 한잔하자."

정훈이 지나가는 투로 제안했다. 서울에 올라와서 술잔을 같이 기울일 장소가 부디 장례식장은 아니기를 빌며 하경은 그저 씁쓸하게 웃을 뿐이었다.

며칠 만에 개인 욕조에 몸을 푹 담근 지원은 인상을 바짝 찡그렸다. 냉장고에 들어 있던 음료수와 맥주 캔들이 빈 채로 욕실 바닥에 나뒹굴었다.

"엘베 타고 있던 놈, 분명히 내 말 들었을 텐데."

엘리베이터가 닫히는 틈 사이로 남자의 실루엣이 보였다.

생각해 보면 어느 정도 시간적 여유가 있었는데, 엘리베이터 문은 거침없이 쾅 닫혔다. 요즘 사람들은 참 매정한 것 같다는 쓸데없는 생각을 하며 그녀는 바닥에 널린 빈 캔을 내려다보았다.

"맥주…… 더 사 와야겠다."

귀찮지만 술이라도 왕창 퍼 마시고 푹 자고 싶었다. 현실을 잊고 싶었으니까.

다 말리지 못한 머리에서 물만 대충 털어 낸 지원은 바로 객실을 나섰다. 맥주는 참 좋은 술이었다. 배도 부르고 취하기까지 하니 말이다.

호텔 1층에 위치한 편의점에서 맥주 다섯 캔을 사고 터덜터덜 엘리베이터 앞에 선 지원은 갑자기 울리는 휴대폰 진동에 깜짝 놀랐다. 언니가 또 전화질인가, 하면서 귀찮은 듯 휴대폰 화면을 본 그녀가 멈칫했다.

모르는 번호가 화면에 떠 있었다. 전혀 익숙하지 않은 숫자 배열인데, 그래서 더 심장이 미친 듯이 뛰었다. 지원은 엘리베이터를 뒤로 하고 로비를 가로질러 밖으로 나갔다. 가슴이 터질 것 같아서 신선한 공기가 필요했다.

"……여보세요?"

마음의 준비를 하고 조심스럽게 전화를 받은 지원은 휴대폰 너머의 정적에서 상대의 정체를 파악할 수 있었다.

"민철 오빠. 오빠 맞지?"

지원의 목소리가 바르르 떨렸다. 그토록 기다리던 연락이었다. 스토킹에 가까운 50건의 통화 중에 누군가를 통해 민철에게도 이야기가 들어간 모양이었다.

—내 연락처 찾고 있다며?

그리운 목소리가 차갑게 울렸다. 뜨거운 감정이 울컥 치밀어서 지원은 잠시 말을 잇지 못했다. 그녀가 울음 대신 한숨을 길게 뱉었다.

"미안해. 우리 엄마가 오빠한테 못 할 짓을 했어."

—아니야. 그렇게 생각하지 마.

역시 민철은 어른스러웠다. 자신이었으면 자존심 상했다고 길길이 날뛰었을 법도 한데 그는 여전히 침착했다. 덩달아 그녀도 마음을 가라앉힐 수 있었다.

"오빠, 지금 어디야? 우리 만나서 이야기하자. 아, 오늘은 안 되겠다. 비행기가 내일에나 뜨니까…….."

지원이 횡설수설 말하기 시작했다. 그러나 민철이 차갑게 그녀의 말을 잘랐다.

—윤지원. 우리 이제 끝났잖아. 너랑 만나서 이야기할 거 없어. 너한테 연락한 것도 이제 그만 미련 버리라고 전화한 거야.

"오빠…….."

싸웠을 적에도 들어 본 적 없던 민철의 차가운 목소리에 지원은 잠시 당황했으나 이내 정신을 굳게 붙들었다. 겨우 연락이 되었는데 아무 소득 없이 통화를 끝낼 수는 없었다.

"엄마 때문에 그래? 내가 사과할게. 우리 엄마가 너무 과했지?

오빠 자존심 상한 것도 다 이해해. 그래도 오빠, 우리 서로 사랑하잖아. 응? 나, 오빠가 원한다면 다 버리고 오빠한테 갈 수도 있어. 진심이야."

―그럴 필요 없다니까?

지원이 진심을 다해 매달렸으나 민철은 싸늘하기만 했다. 그는 벌써 감정을 다 정리해서 마치 그녀가 귀찮다는 듯 대하고 있었다.

―우리 이제 끝났잖아. 너희 어머니가 아니었어도 그냥 끝날 사이였던 거라고.

"그, 그래도 결혼하자고 했었잖아."

―너 혼자만 그랬어. 생각해 봐.

"뭐?"

지원은 휴대폰을 든 손에 힘을 꽉 주었다. 느낌이 이상하다. 뭔가…… 일이 엉망진창이 될 것 같은 예감이 들었다.

―너 혼자만 결혼이니 뭐니 들떠서 떠들었잖아. 그래, 나도 관성적으로 너랑 결혼하겠거니 생각은 했었어. 근데 너랑 결혼하면 내가 미칠 것 같더라. 난 처가 등쌀에 눈치 보면서 못 살겠거든.

"오빠…… 나, 날 사랑…… 한다며?"

―사랑? 그래, 그 사랑이 거기까지였던 거야. 현실적으로 생각해, 윤지원. 부잣집 막내딸 기분 맞춰 주면서 못 살아, 난.

갑자기 숨이 컥 막히는 듯해서 그녀가 휴대폰을 들지 않은 손으로 입가를 가렸다. 지금 통화 상대는 자신이 잘 알고 있던 박민철이 아니라 전혀 모르는, 박민철의 탈을 쓴 타인인 것만 같았다.

—구질구질하게 여기저기 전화하고 다니지 마. 쪽팔리지도 않아? 우리 헤어졌다고 동네방네 소문 다 낼 거야?

어째 생각대로 일이 진행되질 않는다. 민철과 전화 연결만 되면 모든 것이 다 제자리로 돌아올 줄 알았는데, 점점 더 상황이 나빠지고 있었다. 지원은 숨을 몰아쉬면서 진정하려 애를 썼다. 아무래도 얼굴을 보면서 서로의 진심을 나눠야 할 것 같다. 그녀는 손을 떨면서 안절부절못했다.

"잠, 잠깐만…… 오빠, 우리 만나서 이야기하자. 응? 전화로 말고……."

그러나 민철은 냉정했다.

—진짜, 내가 이런 소리까진 안 하려고 했는데 솔직히 너희 어머니가 돈이라도 먹고 떨어지라 해 줘서 고맙더라. 그냥 헤어지라고 쫓아낼 수도 있는 건데 말이야.

"뭐?"

—그러니까 어머니한테 효도 잘하고 급 맞는 남자한테 시집가서 잘 살라고. 앞으론 나한테 연락하지 말고.

이상하다. 민철이, 민철이 아닌 것만 같다. 5년을 알아 왔는데, 이 남자가 이런 소리도 할 줄 아는 사람이었나? 지원은 현실을 받아들일 수가 없었다. 냉정하게 뱉고 있지만 민철의 말은 또 묘하게 그녀를 위하는 소리처럼 들렸다. 어쩌면 엄마가 헤어지라고 돈을 들고 협박을 해서 어쩔 수 없이 이런 슬픈 말을 하는 걸지도 모른다. 왜 영화나 드라마에서도 이런 장면이 종종 나오지 않던가? 그녀는 마른침을 삼켰다.

"……오빠 일부러 나한테 이러는 거야? 엄마가 헤어지라고 해서? 그래서 이렇게 못된 소리 하고 일부러 상처 주는 거…… 야? 그렇지?"

제발 그렇다고 해 주길. 지난 5년간의 사랑이 거짓이 아니었기를 지원은 간절히 바랐다. 하지만 그녀의 바람과는 정반대로 잔인한 대답만이 이어졌다.

─착각하지 마, 윤지원. 진짜 사랑하는 여자라면 돈 몇천 받고 안 헤어지지. 아니, 못 헤어지지. 그냥 넌 3천만 원에 진 거야. 이런 소리까지 구질구질하게 듣고 싶었냐?

피가 식는 기분이 이런 걸까?

지원은 말문이 턱 막혔다. 구질구질하다? 그녀는 유리창에 비친 제 모습을 살펴보았다. 저가 SPA 브랜드에서 산 여름옷 차림에 화장하지 않은 맨얼굴은 햇볕에 그을렸고, 동네에서나 찍찍 끌고 다닐 만한 슬리퍼를 신었다. 아직 다 마르지 않은 머리는 산발이나 다름없었다. 참 구질구질하다. 지금 이 모습을 보면 윤지원이 3천만 원에 질 만도 했다.

─너도 자존심이 있으면 이제 그만 좀 전화하라고. 쿨하게 좀 헤어지자. 쿨하게.

뜨겁지는 않아도 따뜻하게 연애를 했는데, 차갑게 헤어지자는 말은 또 뭔가. 그런데 지원은 민철의 비난에 아무 말도 할 수가 없었다. 할 말이 없는 게 아니라 기가 막혀서 말이 나오지 않은 것이었다. 그녀의 대답이 더 이상 이어지지 않자 민철은 너무나도 '쿨하게' 전화를 끊어 버렸다.

정말 이별이었다.

도대체 지난 9일 간 자신은 제주도에서 뭘 한 걸까? 이미 마음이 돌아선 남자를 잡겠답시고 회사도 때려치운 채 집 나와서 개고생만 하고, 그렇다고 해서 지나간 사랑을 잡지도 못했다. 허무함에 그녀가 헛웃음을 터뜨렸다.

"미친년."

진짜 미친년이 따로 없었다. 친한 친구에게조차 자신의 삽질을 말할 수 있을 리가 없었다. 지원은 한참 동안 허탈하게 웃었다. 눈물이 나올 줄 알았는데, 우습게도 눈물은커녕 조소만 나왔다.

지원은 맥주가 담긴 비닐 봉투를 그대로 길바닥에 버리고 건물 안으로 들어갔다. 술도 먹고 싶지 않았다. 당장 내일 첫 비행기로 제주도를 떠나야겠다. 이제 집을 나가 있을 필요는 없으니 말이다.

퇴근한 준서가 웬일로 손에 편의점 비닐 봉투를 들고 있었다. 아직 오너는 아니지만 상무인지 전무인지 하는 그럴싸한 직함을 달고 있는 놈이 웬 편의점 봉투인가. 할 일 없이 늘어져 있던 하경과 정훈이 편의점 비닐 봉투를 의아하게 바라보았다.

"웬 거야?"

"그 여자가 맥주를 버리고 갔더라."

테이블 위에 놓인 비닐 봉투에서 준서는 맥주 다섯 캔을 꺼냈다. 설명이 영 부실해서 하경이 물었다.

"그 여자가 누군데?"

"전에 바에서 헌팅 하다가 실패한 여자."

"아, 걔 여기 있어?"

정훈이 아는 체를 하면서 맥주 캔을 땄다. 아직 시원한 게 맥주 맛이 나쁠 것 같지는 않았다. 준서는 정장 재킷을 대충 의자 위에 걸며 설명했다.

"그런가 봐. 그때도 차여서 기분이 엿 같았던 거더라고."

"어떻게 알아?"

정훈이 눈을 동그랗게 뜨고 준서를 바라보았다. 하경도 맥주 캔을 집어 들었다. 계속 외국에 있었던 터라 국산 맥주를 마시는 것도 꽤 오랜만이었다. 탄산이 강한 맥주를 한 모금 마신 그가 인상을 찌푸릴 때였다.

"남친하고 통화하는 거 딱 들었지. 엄청 매달리던데 그래도 차이더라."

준서는 아까 지원이 민철과 통화를 하고 있던 것을 어쩌다가 엿듣게 되었다. 처음에는 타인의 사생활을 굳이 알고 싶지 않아서 돌아서려고 했는데 지원의 얼굴을 보자마자 준서는 건물 구석 사각지대에 숨어서 그녀의 통화를 훔쳐 들었다. 자신을 매몰차게 거절했던 여자가 무슨 이야기를 할지 궁금했다.

"다 버리겠다고 그러는데도 남자가 끝까지 안 넘어가더라. 결혼까지 할 사이였나 보던데?"

"그렇게까지 말해? 안됐네, 불쌍하다. 진짜 좋아했나 봐."

공짜 맥주를 한 입 마시고 정훈이 지원을 동정했다. 반면, 하경은 한 모금 마신 맥주에 더 이상 손을 대지 않고 툭 내뱉었다.

"헤어지면 헤어지는 거지, 세상에 남자가 얼마나 많은데 뭘 붙잡겠다고 청승을 떨어? 미련하게."

"와! 이 새끼 뺨 맞을 소릴 아무렇지 않게 하네."

준서가 하경의 등짝을 장난삼아 때렸다. 하경이 눈살을 찌푸리며 준서를 쏘아보았으나 준서는 손을 내저었다.

"이놈이 그 자리에 있었어야 하는데. 얼마나 절절하던지. 엿듣던 게 미안하더라."

농담처럼 말했으나 반쯤은 진심이었다. 지원의 통화를 몰래 듣던 준서는 그녀의 진심이 진하게 와 닿아서 마음 한구석이 불편했다. 이내 캔 맥주를 싹 비운 정훈이 입을 열었다.

"나도 손하경한테 동감이긴 한데 재수 없긴 재수 없다. 너 그러다가 벌 받는다?"

"내가 벌 받을 거면 너희도 다 벌 받지."

"하긴."

그 여자의 진심은 안타까웠으나 이 자리에 있는 남자 셋 모두 그녀의 마음을 이해할 수는 없었다. 아무리 잘난 연애 상대라고 해도 자신이 싫어서 떠난다는데 바짓가랑이를 붙잡을 필요는 없는 것이다. 새로운 사랑을 찾으면 되니까.

캔을 따면서 준서가 장난스럽게 말했다.

"야, 근데 아쉬울 것 없는 손하경이 이별 때문에 미쳐 날뛰면 재미있겠다. 그치?"

"얘가?"

정훈이 황당하다는 투로 웃음을 터뜨렸다. 손하경이 여자한테 차여서 빌빌거리는 모습은 상상만으로도 웃기는 일이었다.

"웃기긴 웃기겠네."

"말도 안 되는 소리 하지 마."

졸지에 놀림거리가 된 하경이 눈가를 찡그렸다.

연애는 간단하고 건조하게 서로 좋은 면만 보며 즐기는 것이다. 질척질척하게 감정을 이어 나가는 것은 딱 질색이었다. 이 넓은 세상에 여자가 하나도 아닌데, 굳이 그 한 사람 때문에 미련을 질질 흘리는 것을 하경은 이해할 수가 없었다.

2년 뒤, 자신이 어떤 상황에 놓일지 모르고.

〈2권에서 계속〉